林谷芳　孙小宁　著

观照

一个知识分子的禅问

作家出版社

目录

问禅·问佛

观　照

林谷芳　孙小宁　著

序 | 观照

林谷芳

因执著而烦恼，是众生的常态，执著能放，放至无可再放，现前的就是那"无一物中无尽藏，有花有月有楼台"的世界。在禅，要能真空才能妙有，但众生执著既俱生而来，禅乃"只破不立"。

谈破，正所谓"凡情易遣，圣境难除"，世间以为低劣的要破容易，以为殊胜的要舍就难，但何谓凡、何谓圣，低劣与殊胜的实义何在？禅在此常提醒我们"药毒同性"。原来，万物的好坏只具现在特定的情境中。殊胜的道德固可礼教杀人，傲人的学问更常让知识分子自陷牢笼。也因此，谈生命的安顿，知识分子还常不及黎民。

不能自我安顿的生命却夸夸其言于天下大事，虽说言不必因人而废，但其间的吊诡、异化确值得我们反思。

反思，因此就有了此书的提问，而相较于前一本为人叩问的《归零》（大陆书名《如实生活如是禅》），这书所问更就是问者因现前环境所触发的疑惑，映现的多是知识与生命的矛盾。不过，问题虽多，在禅，答处却只一句：观照而已。

观照，是返观自照，它使万事不离平常心，使繁华不碍转身，使祖师语皆如家常饭。有观照，你才真能会通世出世间，道器得兼；有观照，你的知识学问才真是药，才真能役物而不役于物；到此，你也才真能荷担世间事。

从来，生命事，是不离现前脚下的，这观照，愿有心者因此书而能更体之。

1

为安顿，也为解脱

孙小宁

一

《如实生活如是禅》出版的那一年，我意外地接到《读者》杂志编辑祁莲小姐的电话，约我写一篇生活禅的文章。当然是阅读了这本书之后的约稿想法。她要求越恳切，我越是惶然。我向她表示，有资格写这文章的是林谷芳，我只是个提问者。她则坚持还是我写，理由是，毕竟你在这过程中也有所体会。这样说也是成理的，于是我提笔写了篇应命文章，并表达了这样的想法：尽管有读者希望我就他们感兴趣的问题再做一本和林老师的生活禅书，但我不想再接续。因为"师父领进门，修行在个人"。

但现在，提笔写这本书序言，我在想自己是否"食言"？因为就这第三本合作书（前两本是《十年去来》与《如实生活如是禅》），样貌都基本相像，且又是在我和林老师之间展开。谈的话题呢，从各章的标题而言："世出世间"，是以出世间法来叩应世间。"问禅问佛"，则是希求在佛理的领悟与实修上有个进阶。说来也基本上是《如实生活如是禅》部分话题的后续与延展。敏锐的读者可能还会感觉出，它直接是从"我生"、"我爱"、"我死"的第二部分进入的。跳过了柴米油盐的思量权衡，省却了人际关系、友情爱情的困扰，是对做事本身意义的探讨，也是在对做怎样的事的观照，以及对人生进退的积极与消极在做辨析。

为什么当初说不继续，现在又在继续，说来还是离不开"因缘"二字。

《如实生活如是禅》出版于2008年，在它发行于市的几年中，我陆陆续续接到反馈。有些是陌生的读者，辗转信来；有些是朋友的朋友，还有曾为我医过病的大夫。他们对这本书的喜欢超出我的想象。有的甚至说，买了许多本，送身边的朋友。

但是同时，我也面对另一种情形，我自认为和我意趣相投、沟通无碍的知识界朋友，对它的反应则没有如此热烈。一些作家朋友直言，不管怎样，他还是相信，人类的困境无法解套，而艺术之动人处，也在于呈现那种困境。"作家的使命，在于贡献迷途。"我所尊敬的一位离世作家，不也曾留下这样的话？而佛教总说放下，化开，都放下，都化开，怎么可能有陀思妥耶夫斯基那样的《罪与罚》，有蒙克尖锐而痛苦的画作《呐喊》以及凡高那永恒的向日葵呢？

还有一位喜欢畅谈国事的学者，吃饭聊天说起来，语带调侃地说：这样的书放枕边睡前一看，自是安慰。但是第二天醒来应对中国的变革，还是不行啊——在他看来，佛教的义理再精妙，也就是个自我安顿，解决不了社会问题。

坦率讲，以我在《如实生活如是禅》中的所谓"无所不问"（这是同一本书台版本腰封广告语），显然确实还没涉及到他们所关心的议题。抑或说，他们也许同意这本书中所说，对于物质的欲望贪婪，应该放下，放下，但是对于他们身肩的社会责任，对于心中艺术的执著，则断断不认为应该放下。因为这涉及到他们的使命感，以及自身存在的意义。

而且，多少还和时代的处境有关。在微博中，我看到一位作家如是写："在相当大的程度上，我们都是时代的产物。有人因此说，如果他晚生几年，就不会是诗人作家知识分子，而是主持人写字匠媒体人……我有时候也作此设想，如果没有经历80年代，而是直接进入90年代，我现在会不会是一个过日子的自了汉？如今，灵台无计逃神矢，我们不得不背负着这个时代和自己种下的罪苦和耻辱。"

连我自己，多年在媒体供职，也似乎能感到，时代的改变，社会的转型，走到今天已经是箭在弦上不得不发的关键一步。有着不同社会角色的知识分子，怎么可能被我前书序中一句，"把心放下，随处安然"，就变得安然呢？随着年事增长、社会角色的增加，不也经常纠结于精神层面的种种问题吗？

而这些，还没有和林老师真正探讨过。也不知，佛教义理是否可以在此着力，让"知我者谓我心忧，不知我者谓我何愁"的知识分子，生命也在此有所安然。

二

我另外得提一本书：《和尚与哲学家》。在最近几年，这是我阅读最多的一本书，它也是对话录形式，父亲是哲学家，儿子最先是知识分子，后来做了僧人。在亲切自由的父子交流中，他们试图以不同眼光来探讨宗教、哲学、科学、伦理、责任等种种人类普遍关心而又存疑的问题。不是科学与宗教在PK，就是在平等对话。这，让我看到了与林老师做下一本对谈书的可能。

记得很清楚，和林老师谈下一本书的构思，是在台北。在我2011年台湾之旅中。一次吃饭聊天，就说起这个话题，我兴奋地提到《和尚与哲学家》，而他竟然不同意。态度温和仍不失坚定，理由是：这些问题是西方知识分子头脑中的，这种解决事情的方法，是他们的模式，但行者都知道：纯粹只透过论理辨析是不能真正感悟那直观的生命世界的。

当然他那时的说法还暂时没能说服我，而这本书就在台北的成吉思汗餐厅，一个不经意的谈话瞬间搁浅了。

当然，从根本上，我知道林老师是强调破除虚相的人，他不喜欢凌空蹈虚，只为知识分子感兴趣的命题而去探讨。可是我却试图想说明，我们，或者说我，随着知识的积累，以及渐渐在社会上承担的角色，一些看似高蹈的命题，如果想不清楚，依旧会成为生命中的负累。

另外还有，即就是像我这样亲近佛教，并喜欢从中获得启迪的知识人，对于佛陀教导的所谓出离世间的智慧，也只是一般性的领会，一碰到自己较真的事情，中间就会起迷惑：提到责任就无法谈放下，彰显自由就无法谈救赎。有时想在自己专注的领域爬梳，又愧疚于自己怎么不关心公共议题，无法对公众事务贡献自己的思想与看法。汶川地震，玉树地震，每每灾难降临，无论远近，都会良心不安，而真要去做义工做志愿者，又发现自己连入灾区的素质都不具备⋯⋯

最根本的疑问还是：如果一切都勘破，那世间还能留下张岱那样璀璨如烟花的前朝梦忆吗？

佛教常讲"如人饮水，冷暖自知"，但知识人涉猎的文字东西越多，越不容易从严谨的体系与架构中跳脱出来，反而当有人用这一句佛理来开导你时，你会认为他把世事看简单了。

但是另一方面，这个时代的复杂，又分明让人无所适从。它看似开放地朝着知识分子想要的公民社会迈进，看似在自由与开放地讨论问题，但是无论是先有的BBS论坛，还是后来的微博，你都能发现，有些事是越辩越明，有些事，则越议论越糊涂。有些事，真像一本美国学者书的书名所昭示的那样：公正，该如何是好？

所以，我并没有放弃我的《和尚与哲学家》范本，但我也由林老师的态度，对这个范本做着自己的"修正"。但是究竟做成什么样，我依旧没有概念。

三

偶然的一次，冬天，和许久没来北京的林老师再次相见。一堆朋友重聚一起，向他吐纳着心中的郁垒。他一句笑谈，就化解了其中的沉重。还开玩笑说：佛其实是度你们这些人的。众人莞尔。是啊，有些事，真是好人的负担。比如灾难中的做与不做，比如为什么觉得自己重任在肩。

林老师经常开玩笑说自己是将将之人，而不是将兵之人。原来功力显现在这儿。

那我就从好人的现实纠结开始问他吧。

应该说，当我在2011年的3月，打电话问出第一个问题时，并不知道这将是一本书的开始。因为它很像是，一个人生活中碰到了问题，然后向一向信任的老师咨询。时间我也记得很清楚，是3月31日，全球刚从日本的3·11地震中平静，而我身边蔓延的恐慌与不安仍在延续。一位修佛的朋友的电话触动了我，他让我感到这场灾难，加深的是人们对通常所说的2012年那个末世预言的确信。

林老师体贴地回答了我以及我那位朋友带给我的问题，但他也锐敏地指出，那位朋友的悲心如果化不开，走到极致会是一种悲魔。

现实与佛理，修行与做事，在这样的谈话中有了一次真实的对应。我似乎找到了这本书既体现《和尚与哲学家》内在精神，同时又不是就义理在辨析，而和现实和具体生命有所联接与对应的某个基点。

之后，这样的叩应依旧延续了以往我们的模式，我问问题，录音并整理。不一样的是，问题更加没有系统，更没有方向，而且问题之间相隔的时间也不确定。第一次，我打算不再绞尽脑汁想问题，而是等问题真正从生活中浮出来。如果它需要付出漫长而无期的等待我也认，因为我相信，它比头脑中设定的来得更真实更有意义。

当然，林老师依旧还是应对自如，让我不得不再次感叹他经常所说的那个说法：禅，就是两刃相交，无所躲闪。

渐渐地话题谈开，我也发觉，林老师并没有像我最初想象的，坚拒所谓的知识分子议题，他只是想从根本破除我这知识分子的迷障。而当进入议题时，他对废除死刑议题的观照，对于知识分子公共角色的观照，也让我屡屡有惊喜。有些我自认为做足了功课一问再问的问题，一一被他见招拆招给破掉。这时最能看出，作为禅者，他所观照的基点与知识分子有什么不同。一个禅者，并非不关心这些层面，但他绝不是从知识分子擅长的逻辑推理去切入，而是从生命层面做提醒：一个长于义理概括，长于抽象思维的知识分子，会不会在此有生命的异化？把一个概念推到极致，也许理据充分，但是不是因此失去了对生命真正的体贴与观照，以及人本该有的将心比心的能力。

我很庆幸，在这一次的探讨中，涉及到根本性困扰像我这样知识人的一个东西，也就是我所喜爱的不丹导演，当代活佛宗萨钦哲仁波切所讲的出离："在成为佛教徒几年之后，你也许可以轻而易举地出离很多过去无法出离的东西，你变得不再关心那些被认为是很世俗的事物。你不再翻阅汽车杂志，也不再留意开过你身边的车是法拉利还是奥迪。不再关心精品购物杂志里那些漂亮的衣服和背包，不再关心哪家购物中心正在打折，也不再经常更新你的QQ版本。你甚至可以不需要肉食也可以不再抽烟。可以说，你在这些方面出离得很好，你确实出离了一些东西。但是你可能会被另一些东西控制住，例如，你从肉食出离，却走进了素食。你开始执著于素食，甚至认为肉食不洁，那些吃肉的人也会引发你的反感和敌视，这个时候，你应该从素食出离。你执著于吃素，而执著的直接结果就是制造出各种有害情绪，比如敌视。同样的，你可能不再关心张曼玉的新欢是黑人还是白人，不再关心最新款法拉利，也不再关心今秋流行的鞋的款式，但是你开始关心另一些东西，你开始关心如何弄到纯天然的红珊瑚佛珠，开始搜集各种佛像，开始关心高僧们的八卦，这表示你的出离并不彻底，你只是从一个笼子钻到另一个笼子里而已。"

虽然这是针对佛教徒所讲，但它其实点出了真正出离的难度，是在于自己较真的那个事物。记得当我把这篇谈话作为一种自我提醒放到博客中时，我一位导演朋友在下面留了一句言：我还是当个俗人吧！空灵一些、淡定一些可以，"出离"真的做不到。

人真的有必要在你认为重要的事情上出离吗？这本书几乎每一章都涉及到这个问询。所谓艺人与道人之别，所谓艺近于道为什么还不是道？林老师点出：艺人非道人，最根本的原因是有些东西还没有全然放下。但是艺人有必要为得道而放下自己所爱吗？相信林老师的答案会令一些人豁然。

四

很多身边的人都笑我，怎么现在还用那种老式小录音带。我其实也屡次担心，那样的小磁带市场上会不会越变越少。没想到，这个问题没来，我的小录音机先就失灵。我这习惯依赖旧物的人，不得不开始学习使用录音笔。

也是在今年，因为要修和林老师几年前写的《十年去来》书稿，在家翻找原始档，发现当时存盘的软盘，现在已经没有计算机为它预留软区了。IT技术之变，以迅猛之势，让你不想变也得跟着它变，乔布斯的苹果，iPad及系列产品，其实就是这样影响着人的生活的。

乔布斯逝世，铺天盖地的怀念与赞美，我和林老师谈乔布斯话题，感慨万端。但真正修稿阶段，这又是我们彼此往复最多的一章。因为，随着我对乔布斯认知的增加，问题的角度也一变再变。这代表了我不断认识乔布斯的一个过程，而林老师随我而应对出的答案，也促使我更深地思考这个时代技术与人的关系。

除掉废除死刑那部分，我认为乔布斯这一节，也是众人会感兴趣但很可能会有争议的篇章。我期待这样的阅读效果。因为这世上不能只有一种声音。而且都流于赞美附和。

可以说，就每一个问题做整理，林老师回答的精彩都让我兴奋，但把所有的问题汇成一本书，就有一个具体困难很是胶着我，以怎样的集装箱分类法，才能把它们串成一本书的样貌？

因为，只要我建立起一个分装体系，就会有一些问题散在外面，甚至连乔布斯、连废除死刑的讨论，我都不知道，怎么放，才能使那分好的集装箱不至于大小失当。

所以，第一次发那个"集装箱"给林老师时，有些问题就是作为散件留在了外面。是林老师后来给出一个建议，将那些散件作为相关公案，附在每章后面。于是，读者在阅读四章后，都会接触到一个公案：乔布斯是一个公案，仓央嘉措是一个公案，废除死刑是一个公案，还有苏曼殊、李叔同、胡兰成，共同成为一个公案。禅宗讲究以事显理，他们分别作为具体实例，正好叩应前面所谈的义理。

一本书因为这样的编排，终于显示出该有的立体感。林老师作为禅者的一朝风月，在这里也得到映现。说来修行还是要比不修行功力深。

五

多年在书业界打转，我个人的关注点基本都在文化领域，所以这本书在文化议题上，涉及还算深入，而在佛教义理与修行之上，明眼人会看到它的不足。

其实在看稿过程中，林老师也谈到了这一点。对此，我想解释的是，许多看似轻浅的佛教问题我也试着问出，除了个人实修尚浅、功力不及的缘故，还因为，我经常也能发现，一些在各自领域学问深入的学者作家，他们对佛与禅的理解，也与我对他们的认知颇多出入。有时听到他们对佛教义理做质疑，其说法本身就是言不及义。而另有一些，不是质疑而是引用或阐释，但也似乎用错了词会错了意。而读胡兰成系列著作，我更深感，中国知识分子所习惯的文人说禅或文人说佛，所产生的误解误读，由来久矣。

而当我把书稿给相关的朋友看时，有些人则表示了这样的看法：这是两本书的架构，不应合成一本书。作为普通读者，也许只需要读一个禅者怎么用出世间法来应对世间就可以了，不需要了解更深的佛教义理与修行法。

这说法固然有理，但合在一起也有它的彰显。以佛法来解世间事，读来确能安顿人心。但是如果没有对佛理彻底做到理路通透，那么它的功用也只能是一时的心灵鸡汤。而更重要的是，对深妙的佛理的领悟，最根柢还是实践之事。一是"信为能入，智为能度"。另一个，一个满腹经纶的学者大家，如果只是以自己学者的逻辑思维去推敲佛理的字面意义的可信性，而不亲行实证，走入难，获益也难。其实和"说食不饱"一个道理。

这同样对我自己，也是一种提醒。

说来很有意思，《如实生活如是禅》是我自己做的采访，但我竟然也常常翻阅，并从中再次获得生命中一份安然与踏实。但是这份安然与踏实，究竟能否带来生命最后的解脱，我一直不抱希望。甚至看西方学者肯·威尔伯的书，说到宗教修行有两种功能，一种是转译（给自己的生活寻找意义而实现自我安顿），一种是转化（即佛教意味的超越），我也把自己自觉归为前者。

通过做这本书，我似乎修证了自己的看法。因为林老师告诉我："生命中最大的如实，就是如实面对。你如实面对，自然就有精进有增长，心中也愈趋于踏实。而有了这当前分内的踏实，对所谓看似遥远的悟道，信念也就会越来越坚实。即使还没能达到，你也发觉，这不是遥不可及的梦。所以说，在谈修行与做事可以或应该有怎样关系时，若还只是从两者'用'上，也就是修行如何帮忙做事、做事如何增益修行这功能的连接来看，没能从'如实面对'、'如实观照'这两者的根柢处下手，修行、做事也总还是两件事。总之，回到如实观照，你慢慢就能体会，这眼前的有限与世间法与遥不可及的无限其实是同一件事。"

那么个人的安顿与尽社会之责任之间有无矛盾呢？看这本书的人，会得出自己的答案。

六

序写至此，该说结束的话。照理该对这本书的书名做个诠释。最开始我自己的想法是用"破执"命名，但林老师却建议用"观照"。

慢慢地，我和编辑都接受了他的建议，因为诚然，"破执"更有力量感与针对性，但"观照"二字，则在平实之中深藏了更多内涵，或许是提醒众生，不执著于某些热门议题，多一些角度观照自身。

从2003年《十年去来》，到2008年《如实生活如是禅》，再到2013年的《观照》，读者也许发现，这三本书中的林老师，已经从一个深具知识分子情怀的文化人转变成一个彻底的禅者，而我，也从一个活跃的文化记者，变成沉潜的书写者与观察者。

感谢林老师，在他书写《两刃相交》、《千峰映月》、《画禅》这些直接映现禅之宗门高度的禅书之余，接受我的数次询问采访。他不叩不应的态度，在我看来，比那些动辄即给人开示的法师，更能予人以启示。据我所知，近几年随着读他禅书的大陆读者越来越多，他去一些地方，确曾有企业界人士听闻他大名，请他直接开讲禅理。而他只说一句：人平不语，水平不流。禅者不叩不应，你若有疑，还是直接问问题吧。

而以我多年的接触与了解，林老师对生命问题的叩应总在应缘，他常能在轻浅的问题上有非常透彻通达的解答，但同时又会对与生命无关、貌似深刻的问题直言不感兴趣。他常举"药毒同性"，举"祖师语皆如家常饭"。在我们这次的问答中，林老师常让我反身观照的其实是，这是一个真实的生命问题，还是知识分子头脑里的"伪"问题。

他常说：每个人问问题，或许都有他所学与情性的限制，但生命问题问得好与不好，只能用受用不受用来检验。答得好不好，只能从应机不应机、如法不如法来看它。回到这本书，他说，一本公开发行的书，必然会因其指涉而受限。在此不应机，其实还可在他处寻得应机。

那么接下来，我之所问究竟对读者受不受用，只能再等外界的检验。但就我个人来说，林老师能够在生命之安顿与解脱之路上再次提供如此多的观照，已经是我生命之大幸。

2012. 10

世出·世间

做事与修行。

壹

并不是专心做一件事，就叫修行

孙小宁（以下简称孙）：在上一本书《如实生活如是禅》中，我们涉猎到修行在世间的应对，更多是代身边朋友问。这次我决定更自私一点，为我这类所谓读书思考的知识分子提问。做媒体采访，经常听作家说，写作就是我的修行；艺术家说，我在艺术中修行。在有些知识分子心中，在自己的事业中修就可以，不需要单辟时间与精力。禅不是也讲，打成一片吗？

林谷芳（以下简称林）：修行这字眼，它的原点，它的核心，在禅，在其他宗教，都与了生死有关。它要冲破人类最深的迷茫，也即是那死生的天堑。如果离开了这原点，所谓修行，就与修养、锻炼无异，也就丧失了它的不共，它之随时提醒生命观照的地方。总之，修行一事，是要从生命根本问题、人类最终的迷茫来做攻坚的。

　　但尽管生命都有共同的根本问题，谈修行，也还得谈及特定的人格特质，对有些人来说，既是生命，就非得在此主力攻坚不可，就像二祖慧可，立雪及膝，断臂求法，对此问题要得个彻底解决，否则心不得安。这就是所谓的宗教人，佛门就直接称之为行者。

　　了生死这事，在有些法门，它是放弃所有的日常，直接攻坚的，如印度的瑜伽僧、天主教的苦修士，他所做的一切都聚焦于这个超越的修行，离此则别无余事。

　　但另有一些修行，虽亦攻坚，却又有"道在日常功用间"的拈提。因为从佛法来说，众生之间彼此本有着无尽的因缘，这无尽的因缘就像帝释天的宝物帝释网一样——每个网结都是一颗夜明珠，也都会自己发光。光光交涉，互不相碍，既有独立性，彼此因缘又无穷无尽，如此构成了帝释网的光，也构成了这无尽缘起的世界。从这无尽因缘体会，就没有能离开众生而得解脱的佛陀，没有独立于万事之外的修行，因此行者不可能只一味单独苦修而不与众生结缘。这是世出与世间的联结，是对修行的一种观照、体悟，是大乘佛法核心的拈提。

而另外一种世出、世间的联结体悟则在禅，禅认为我们所以会颠倒烦恼、生死轮回，正来自我们因分别心而有的追逐。要彻底打破这分别心才能解脱，连世间与出世间的分别，生活与修行的分别都必须打破，如此打成一片，禅说是"二六时中，不离这个"。也就是在二六时中所有的事务你都须契于本心，从无执而入于全然直观之境，这与我们一般修行讲系心一缘的"心一净性"不同，"心一净性"，还得有个净字。

孙：也就是说，一个人专心做事情，把所有时间精力都投入进去，也并不等于是一种修行？

林：对。专心做一件事情，也可能是一件污染之事，比如专心犯罪，不说那究竟解脱，就离那修行中的"心一净性"的纯净也还远得很呢！

即便是作家专心地创作一部作品，以此来得成就，这本身依然是个世间法。或说专心写一部作品，一心一意，但却被文中事件的情感感染，自己心情也随之起伏，就脱离了那能观照的心，这也不能叫修行。所以说，认真工作并不等于修行。一定是这工作让你生命更加慈悲更加宽广，渐渐契入一种无分别之境，甚至当下领略绝待，才叫修行。

孙：那么是说，这世间的确有两种样态的修行，但无论是克期取证（指在最短时间内，把生命逼到极致，看能不能证悟），还是日常事物中的修行，都还得在这两者之间来回观照，出出入入才对？

林：对。这跟艺术的锻炼同一个道理，比如绘画，有一阵子你要专心地画画，有一阵子你又必须把你画的心得直接应对世间，直接游于名山大泽红尘市井，印证自己闭门独修的东西在境界现前时到底对不对。到哪天你打成一片，外师造化与中得心源，核心修行与日常修行对你，就成了只是修行出入相上的一事。

贰
当修行与职业规则有冲突

孙：不过总的来说，如我一样的大部分人修行，愿力并不那么大——是为了究竟成佛。普遍的心理，还是借助修行或是领悟佛法，以出世间法应用于世间。以此推动事业的良性循环，同时也获得心灵的宁静、身心的平衡。但说来，真这么应用，中间会有两难。

林：你说得对。多数喜欢讲生活中修行的人，基本上持的还是一个世间法锻炼的观点，是说，我从修行道理有的一些体会，能否帮助自己更有能力应对世情，例如，我们在工作中跟人起冲突，那可不可以依此返观自己的无明，可不可以从因缘的角度看彼此的关系，而解决这个困境。当然，如真能如此而心量越来越大，生命越来越安然，也真就在修行。但如果未能扣入那生命根本的无明与困境，从这出发，这心量、这安然未能坚固，严格地讲，也还是落于一般锻炼。

孙：其实不说那究竟的安顿，仅就拿出世间法应对世间种种职场事业，那些职场领域业已形成的规则或者潜规则，已经和出世间法多有冲突。为什么官场小说、商战小说那么受欢迎，就是因为这里面道道多。要人在这里面去修心，难呐。

林：应该这样讲。首先，你就是你，你并不是他人，也不是全世界，不是其他人如何你就如何。尽管一定得和众生对应，但重要的是，你自己如何用如法的心情对应不如法。我们不是常讲观照吗？观照就是这样，有些事情它存在那里，它不如法。但因为你看到它的"不如法"，于是就映现了你如法的心。

孙：光是看到，或者明白它不如法，就可以了吗？总觉得做得还不够……

林：对。这中间如何自处或转它，还存在一个智慧与锻炼的问题，生命的学问急不得。其实在我经验里，商界里也有人修行得蛮不错的。他们可以在这中间不违本心或者信仰地来做事，且做得挺好。

孙：只是就我接触，还没有在这里面的朋友觉得舒服的。我并没有看到他们挣钱多痛苦，而是看他们花钱的样子，那种一掷千金的挥霍，都像是给情绪发泄一个出口。

林：人往往只因对这世间有太多非怎样不可的想象，才将自己推入深渊的。其实，太多时候你都可以一定程度地自主、出离，可以有自己把握，甚至也能影响到别人。总之，每个人所在的场尽管大小不一，但都可以从返观自身开始。

孙：但我仍然觉得，有些行业，比如我们在上一本书中谈到的股票行业，它本质上就是建立在一人幸福万人哭的性质上，想在这里面修行的人再有反省，也还脱不了那种原罪感吧。如果一个人意识到这一点，他怎么做得下去呢，或者说，他在这个领域何谈修行？

林：如果你真意识这行是这样，就不要做，但股票也可以做长期投资啊，企业不是有句话吗！"创造利润，分享顾客"，企业主、股东、员工、顾客也可以共荣啊！以前的日本企业让人称赞不就如此？！在此就没有赌的心理，没有算计的心理。不会一人幸福万人哭。你要做什么行业，从个人的抉择来讲其实常很简单，多数时候，人原可自主进退，但千万不能说，世上就不该有这个行业，从根柢就否定它，这样你就看不到那活生生的个人。世间有那么多复杂的因缘，世间就有那么多复杂的存在，投身其中也就不能径直就认为是错，而即便个人，有时也有不得已之处，譬如须负担家计等等。

孙：人间草木，有省即苦。尤其是有省，又不能转出这个业，煎熬真是一点点在增……

林：那不妨转变你自己，将这些当境界来对应，当公案来参。但千万别一杆子打翻所有人。说里面的都是坏蛋，都没醒转。从佛法来讲，这都是颠倒梦想。你自以为自己像个什么、什么都可以裁断的上帝或先知，大可不必，这会把生命逼至无以转圜的死角。行业不好，你要么改变它，要么离开。总可以有一个自身的选择。顶多是说，我们深陷在里面已经很久了，到今天才闻到修行的讯息，这时怎么办，不能马上出离，那也总可以逐渐出离，真正的行者在此，会将浊世当成道场。

这些年在台湾，我也不是没有经历诱惑过，但面对诱惑不失原点，它便成了我一个观照的境界。修行不是说让你远离尘世、与世隔绝，是说你对烦恼的观照有多深，菩提增长有多大。不是有一句"烦恼即菩提"吗？所以为什么佛讲六道轮回里，说天是不容易悟道的。因为他寿命千万年，享尽福报，但这正好让他不能观照到苦，不能观照到无常，就无有解脱，到得业报一到，又回去了。所谓的"佛法难闻，人身难得"，用佛法看人间的殊胜是恰好苦乐参半，有起落有浮沉，你正好观照。

看股票这一行是这样，再往大看，我们也会感叹资本主义走到这里，有些不归路。不归路的确是事实，但如何在这不归路中选取我们的自由，也一样可以操之在己。而许多人如此想，也就可能为这不归路找到新出口，以为它不好，马上跳到打垮资本主义，恐怕更出大问题。这在佛法，也是一种"断灭空"。

叁

救世良药与心灵鸡汤，谈价值，就需要检验

孙：谈到不极端，就想到我自己。很长一段时间，我的工作是和各类论述者、学者作家打交道。我也有自己的职业纠结。做一本书的评论，不看完就觉得没有底气说。但有些书真是成百万字的厚，真要看完大半的生命都耗尽了。但因为不想看而对它置之不理，也不对，毕竟它还是一个重要作家、学人的重要作品。我也知道从修行来说，您一直强调生有涯，学无尽，但若选择这一行，眼前这个批评伦理，就需要你做无涯的事。

林：不，不是这样的。佛法不是有句话说"欲知四大海水味，但取一瓢饮"吗？你要知道海水之味，并不需要把全部海水都喝光。上百万字的一部作品，如果要看完才能批评，每个作者都来写这种作品，就活活折磨死你。

所以说，"必须读完"这个前提不存在。一本书好坏，有时真是一目了然。有时在基点上就发现它出问题，有的大略翻过也就晓得它结构松散，哪需要循章逐句，那就死于句下了。

何况一个作品，无论它多长多短，它都要有一个让你读了以后一直想读下去的心理。有的一开始就破题，石破天惊、夺人眼目。也许读了两三章之后发现乏善可陈也就可以放下。有些作品比较温润含蓄，可是你看了几页总觉得好像有些搞头，那么就不妨探索下去。

如果你前也翻翻后也翻翻，皆无可观，还把生命搭在上面，干嘛！再说许多作品还是作者很主观的东西，他不累，你可累呢！

再有，评论与写作原就是两个不同角色、不同层次的事，评论者当然要能契入作品经验，但不代表他需要一字一句随着作者走，就因不完全重叠，许多东西他反而能看得清楚，有所发明，两者的存在也才能相应乃至互补。

孙：一般来说，理想的批评家或者是书评家，需要就书论书。但是我们面对国内一些作家学者的作品时，还有另外一层纠结，很可能是书后面的人或事。比如写书的人那么辛苦，他的责编又那么认真，都认为自己在做一件无比有意义的事，这时直接将之批得一钱不值似乎太狠。

林：这个纠结也不能说错。世间本来人和事都是联在一起的。就像我们谈禅，有时说"依法不依人"，有时又说"人能弘道，非道弘人"。你不可能写尽天下事，天下人，什么能触动你你就写它，写时，无论是看来严厉或温厚，总得有前后一贯的标准，不能只是快意恩仇。在此，谈书、谈人，要有一个基点是：对人不要过薄，对事不要过偏。

孙：但他们也是我的一面镜子。比如碰到他们着力我不以为然的事情，我也会返观自己，我认定有价值的事情，是否在别人眼里也一样？我们上一本书出来，我送过一个多年不见的朋友，他是那种动不动就讲家国天下的人，写的书都很有社会性，上下五千年，纵横捭阖。他倒没有批我们的书，但会调侃地说，这种书晚上看它心灵当然是安宁的啦，但第二天，面对中国道路，还是不行地，得努力推动才行。

林：所谓中国道路从来就是不极端的，竟日孜孜矻矻，常就把自己逼死了。当然，禅还是就案论案，他谈那些大的东西，是他自己的人境对应，很难只从表面谈对错，但当事人还是要观照：自己的心量是否由近而远，扩充而来。如果没有，就有异化的危险。

孙：可确实在很多严肃的知识分子那里，谈生活谈自我安顿，就是一种心灵鸡汤。

林：世间法都是相对的。从生命而言，每条路都有它待检验的问题。对于那些喜欢从大处建构东西的人，我们要看他建构合情不合情，合理不合理，更要看他的实践性。庄子讲，"圣人不死，大盗不止"，这句话可不是说着玩的。而对于"鸡汤"，我们要看它在面对现实中到底有没有能量。尽管说"大德不逾闲，小德出入可也"。但，还要看怎样叫大叫小。一个人可以看似目标宏大，但在成就国家与成就自我之间，自己固须扪心自问，他人也还要打个问号。

孙：普契尼歌剧中有句唱词：为艺术，为爱情。但在我们这个有着经世致用传统的文化里，每一个自诩为知识分子的人，还得面临另一角色的选择，要不要做公共知识分子，为社会发声。我个人在这件事上也有纠结，就是一方面很羡慕那些在自己的专业里心无旁骛、手艺人般的艺术家、作家，但有时又觉得那些代表社会良知的艺术家、作家更让人敬重。像索尔仁尼琴、苏珊·桑塔格之类。

林：佛家谈因果，有所谓的异熟果，不是现前看来最有作用的影响就最大。佛家谈因缘，不同人就对应不同的事，所以过去说"立德、立功、立言"其实正是从不同角度切入公共事务，这里重要的是不异化、不违初心。而说到艺术，能动人还是原点，否则也可能过多的"文以载道"，反过来衍生许多的副作用。

肆

微博：我们是否跟群体太过联接？

孙：这几年微博兴起，让很多人过起了微博生活。或者比博客更集中地体现了一种群落生活。从微博类群中，你可以看到人们的关注点各式各样。彼此互动的及时性，也让许多知识分子相信，通过它，可以推动我们这个社会质的变化。于是，很多人都积极参与到微博的讨论与意见表达中。您怎么看这个微博，以及它所显示的公共价值？

林：不说微博，就讲广播好了。历史上有多少革命都是广播这及时性的媒体促成的。

孙：但显然广播已远远没法和微博相比。因为那是每分每秒的产生与变化。有些像原子裂变……

林：我的意思是说，当年那个一切都在纸本里作业的人，对于广播的诧异也在这个地方。

孙：您是希望我们历史地看一切新发生的事物。但我常常预感，工业社会的新生事物，改变人的速度远远比不上信息时代的媒介。差不多一年前，我还和一个人讨论微博，并且讥笑谈话人那么拿自己的粉丝量当真。但现在我也开了微博，因为有句话被他说中了：做媒体，你不利用微博，就少了很多便利。以前需要电话采访的，现在你可以直接对要采访的有关人士的微博加关注，他有这方面的言论，直接捞就是。而且他用文字表达，肯定比口头表达要准确。但因此也觉得，记者这一行，怎么都变成了兑来移去。

林：这里要有个根本疑问：微博上的话，几句是真的？人，在形诸文字时，一定程度都在妆点自己。禅讲如实，有就有，没有就没有，许多人说我这行者，最触动他们的是如实，但看我的书，一样也得检验我的人。大家都知道，自己的微博是面对粉丝，面对那么多人的，能不掩饰吗？更何况在这里想上下其手的人。

孙：还有人不知道哦。有个当官的把微博当MSN来用，于是和他的情人在上面讨论晚上在哪儿开房之类。记者根据他的注册追到他本人，他还奇怪，大家怎么知道他们这么私密的事。哈哈。

林：台湾没微博，大家比较难真实体会微博在大陆的真实角色。台湾媒体本就兴盛，新闻本就自由，在发表议论上不像大陆有些事只能透过微博来舒畅心情。另外台湾地方就这么大，每天都能看到名嘴骂政治，几个娱乐节目蜚短流长搞不完，有时也让大家烦死了。所以尽管网络、脸书上也对事情漫天叫谈，但也就如此。当然，信息时代新闻的追逐在台湾记者也如此，可像微博那样常有微言大义的几乎没有，一个艺人与他日本朋友殴打出租车司机的事，可以头版头条连做两个礼拜，台湾的媒体荒谬在此。台湾人每天都看政论节目，少有人把它当真，但也在看。

孙：现在台湾很多名人都在这边开了微博。凡是名人微博，也都一呼百应。据说贾平凹被说服开微博时，尚不知怎么回事。刚一注册，只说了一句话，就哗啦啦一堆粉丝，吓得他说，原来是这样啊。就再没发微博。他是只说一句话就拥有了万千粉丝的名人。

林：这里蛮虚幻的。人人粉丝一堆，人人都试图用140字来讲道理、论时事，最后微博只剩下一个简单的信息，一个简单的信念，一个简单的结论。

孙：对，还有很多格言，名言。我一朋友开玩笑说，现在又重回哲人时代，每个人都发些貌似深刻的感悟在上面。

林：飞机上的杂志都有这样的微博摘录，也没觉得哪个更有趣。但确实每个人都一副哲人的样子。微博文字有限，所以我们基本上都在谈结论。你当然可以说，微博同样可以使文字精简而深刻，但只谈论结果而不展开过程，或只接受结论性语言，跟我们有时批的迷信并没多大差别。

孙：当然对很多人来说，它相当于一个小笔记本。过去是摘抄格言在本子上，现在是通过转发收藏保留下来。但我这样做时也发现，收藏得太多也等于没收藏，真要找时又是汪洋一片。我一个朋友感叹，信息爆炸之后，便是信息麻木。

林：讲远一点的吧！现在手机可以照相，计算机可以修片，人人都成为摄影家，摄影看似已无特别意义，照片太多了嘛！但也就人人可以照、可以修，好坏又回到那根柢的美学素养。不像过去，你操纵了技术，就拥有了一切。对其他信息也可以如是观，你如何役微博，而不是为微博所役，没这思索，我就要提醒，过去侃大山，是跟固定人浪费生命，现在是跟一群虚无缥缈的人浪费生命。

孙：这也包括那些真诚的意见表达、问题讨论吗？韩寒与方舟子就韩寒写作是否代笔问题做微博争论时，我看到很多高人把自己的文章链在微博上，大家看得还是很尽兴。因为，确实，有时候聚焦在一个公共事件中，会增加大家很多对公共价值的认识。

林：我们不是一直在谈药毒同性吗？微博当然可以有它的正面意义，但误区也大，尤其对个人，你总得在此有个观照。

孙：话虽那么说，许多人还是上瘾。人人都引微博作重要谈资，而它也的确会层出不穷地产生谈资。大势所趋，所以大家都卷在势中，乐此不疲。疲也不止。

林：话虽如此，任何事物，人毕竟是行为的主体。人的生理都有局限，你天天玩网络试试看，到底能玩几天。玩到后来，你要么烦，要么沉溺不可自拔。会物极必反的。所以我们讲势头之时固然说难撄其锋，但以为人就必然会在信息里一直打转，或能在中间改变什么，想法都太单纯了些。意见的汇流的确像洪水一样，有时沛然莫之能御，但一时水从这边起，另一时水从那边起，无既定方向，你又怎能期待它从你想的那方向走呢！

在此，我还是要再一次强调个人的回归。真正改变生命的能量，你还得相信那亲身实然的经验。而即便全世界都是这样的趋势，个人也完全可以自由选择。这就是禅常讲的当下安顿。

在现代这网络的世界里，当下的自由尤其需要我们去领略。

孙：但是泡微博的也许可分成两类。一类是看个乐子；一类是看重微博公共价值的人。后者看重的可不是自我的当下安顿。他们甚至会认为，这样的想法太自私了点。我想大家动不动说这个只是心灵鸡汤，那个是救世良药，也含着这两种价值的比较。知识分子更是这样，不在潮头上做点改变社会的事，会觉得对不起自己的良知。

林：那如果不能力挽狂澜，生命是不是就不能安顿呢？禅告诉你，你跟这个势可能有许多的关联，但千万不能只用单一的一面来看待彼此。网络当然有它的公共性，透过它，有些东西会改变，但改变多少？能改变什么？是否照你的意思改变？这里空间可大呢！最近台湾表演艺术界与我谈到了他们在此的无力感：台湾流行在网络上按"赞"，赞在台湾是很好的意思，也就是我欣赏你，赞同你，于是办个活动，一上网，按赞的几万人，都说要来参加，真到场的也就三五十人。本来，人跟势离得太近，越想要追上它，通过它改变什么，改变不了时就越会受挫。不说一个行者，即使是知识分子，关心社会，但与之保持一定程度的距离仍是必须的，更何况信息社会有太多的虚拟性，有些看来铺天盖地的反响，也不见得有真正的影响力，何况那影响是浮面的，过眼即忘，过手即丢的。

所谓"随缘作主，立处皆真"，你做自己随缘该做的，有了自身的自由，你也必然，也才会影响有缘的他人。

每个人自己的生命问题只能自己解决，但我们现在每个人：无论是搞社会运动的，知识分子还是普通百姓，都跟群体太过连接了，快乐与价值都在这里面寻找，反而找不到生命的主体与自由。

孙：其实说来在微博上面讨论问题，有时还容易互相生气。因为你发现有些人的理明明狗屁不通，是歪理，但也有人跟进。有次我跟出版我们《如实生活如是禅》的出版人尚红科聊起来，他也说您和他周围的知识分子不一样。您身上没有愤怒，但又不是事不关己。而他身边的人都忍不住愤怒，他也忍不住愤怒。

林：如果每个人都跟时潮太近，都是一种世间积极参与的态度，难免不被整个时潮整个情绪左右，观照没有了，有的往往只剩立场的对立。

孙：但是，不是那句话，如果大家为一个社会不平很愤怒时，你的不愤怒是否太安然一些？

林：西方人不是有句话："正义是不须愤怒的"，只有愤怒，你就缺乏智慧的观照、因缘的领略。

伍

只要成功，什么都可不管，这就是一种魔

孙：也是通过微博，你会发现，正因为每个人的意见都能在上面显现，反而在此，很难形成一个公认可信的价值观。你再看那些网络红人，每每冒出，

都令我等人士匪夷所思。而他们蹿红了，有了人气。也有商机。这个时候你若把自我安顿看成价值，在他们看来也小儿科了。真的不怕被认作OUT，很多陡然蹿红的人，都跟我们所认为的要成功就该踏踏实实，一步一个脚印的信念相左。有一次您发一个短信说：现在魔焰炽盛，只能在个人生命中全真，以待势转。我似乎感觉这也是您对当今这个世界的观察与看法，看来两岸都如此了，全球或许也同此凉热。

林：真是全球的感觉，两岸自然在内。食养山房的主人炳辉几次很感慨地跟我说，这是个魔焰炽盛的时代。他不是个愤世的人，很平和，会有此说，当然是看到真正让他感慨的东西，我这句话，不消极，你连自己的真都保不住了，如何改变他人！

孙：我一个朋友不戒烟、不戒酒，他调侃地说，快乐的事情都是不好的事情。估计网络、微博之所以让人上瘾，也是让很多人觉得虽不都好但是也有乐的地方。

林：这些都让我想起佛教所谓的阿修罗的世界。现在每个人比起过去，能量强多了，但这能量更滋养了我执。没有哪个时候像今天这样地肯定现世追逐的一切：名位、金钱、消费等等。一个现前快乐就好的世界，真有些像罗马沦亡前，人人都纵情酒色的世界。其实如果不自觉，微博、网络不小心也是一种酒色。

孙：而且更是一种看似和别人不相扰的温柔富贵乡。因为可以一个人对着机器，自得其乐。

林：当然，对普通人来讲，生命有那么大的压力，在网络在微博释放一下或构筑自己喜欢的世界也不能说有什么不好，但开放的网络带来的却很可能是很封闭的世界。过去人必须在现实里接受环境的挑战与启示，但现在你可以构筑一个完全自足的世界。有句老话说，"国无敌国外患者国恒亡"。有敌国才会有砥砺。修行人讲生死事大，是透过如实的观照，透视生命的处境，但现在，有了这遁逃的无限空间，这么安全，生命就死了。不是有句话说"温柔乡就是英雄冢"吗？不说世情，生命的学问、安顿也适用。

孙：媒介改变人。从人类发展看，也不尽是乐观事。

林：产业革命加法迅速膨胀，但产业时代对西方来讲还有个上帝，这个时代，你看所有电视节目都在消费，消费刺激生命的加法，你要得越来越多，所谓成就都从这里来衡量。本来，生命的成就可以有很多丰富的内容。比如关怀别人是一种成就，肯牺牲也是一种成就，一个人能在一方天地安顿也是一种成就。现在的情形不是。所有的成就都是放在世俗量化的天平上看它多不多，重不重要。

孙：是啊，包括我一向尊重的一些学者、作家、艺术家、评论家，现在都不免显出急功近利。以前作家总在提，要写那种能带进棺材里的书，现在大多开始短平快。娱乐圈更是，一有作品不论好坏，先造绯闻。真真假假，彼此暗有默契，以引起关注为第一要义。

林：只要成功，别的一切不管，对不对。这就是魔。把我执放到最大就是魔。你说希特勒对待情妇也很好啊，他做一些事也觉得是在奉献国家啊，但反而造成了人类的灾难。我执特别强嘛。但过去一个独裁者，或一个企业托拉斯，要如此自我实现也还得包装一下，装得像个惊天伟业、大仁大义的样子。现在不需要了，以前在私下做，现在是公开。以前认为是江湖术士的人，现在变成了国师。大陆因为有媒体管制，还看不到台湾一个极致现象，就是从大事到生民小事，谶纬之学泛滥。有些人整天在电视节日中搞这个。"不问苍生问鬼神"，真是典型的时代怪现象。

孙：很显然这个状况大陆也会随之跟进。就像当年台湾有个许纯美，这边有个芙蓉姐。这两年芙蓉姐姐俨然也瘦身成功，以知性面目出现。在一些人眼中，也算转型成功，有了立世本钱。你虽然不好说这有多大不好，但这个社会显然默许或者还在暗羡一些人能这样搏出位。您说在个人生命上全真，真可以做到这个吗？

林：其实，说只能在个人生命上全真，是顺着炳辉感叹的语气，在禅，要说的是，你总能在个人生命上全真，因为安然、自在还是操之在自己嘛！另外，这也在提醒，像《易经》上所讲的否极泰来，事物总会摆荡的，不要在这之前就把自己元气搞没了。

陆
修行是否意味着意义减少？

孙：虽然社会乱象很多，但也发现，现在认真修行的人，越来越多了。但恰恰因为这一点，我发现，很多熟知的朋友，都从以前的事业中隐而不见了。估计别人看我也这样吧。以前觉得有意义的事情，现在觉得没意义。修行让人看到幻象，但这是否会让人感到意义的减少呢？意义减少而不作为，是不是另一种生命的消极？

林：我懂你的意思，一般人总以此岸观彼岸。自己整天做加法，遇到一个做减法的人，就会以积极消极的二分法来评判。我不是讲过：马英九任台北市长时，有一年给大家写春联。写的是云门文偃的禅语：日日是好日，他前面特地加上"积极"二字——要"积极"才日日是好日。一下子就落在二元对立里了。直让我啼笑皆非。其实，人只要在对待的情境里，就不可能日日是好日。从这可见出他没有领会这句话修行或宗教的意义，完全是一个儒家的、经世致用的心。你想想，在进退之间打转，竟日只在辨别好日子坏日子，多累啊！

孙：那什么是积极，什么是消极，禅者在此会有怎样的检验？

林：我们还是拿以前说过的日本宗教家木村泰贤所说的"自由欲"来衡量。一件事情，包括宗教修行与世间法，都可以有这基底的标准。亦即，站在生命立场，你做这件事情后，你的自由是增加还是减少了。

你看那个大企业者，看来他利润翻倍，人飞来飞去，自由像是增加了，但他想早退休都不可能，跟任何人说话都觉得人家在算计他。对个体生命来讲，其实就没多少自由。当然会有人宁可取这外在的风光，这时宗教拈提的自由本质就可作勘验，就是这自由是能自主还是依他呢？

孙：其实成功人士还有一个困扰是，身边女孩环绕，他却不知，哪个是真爱他，哪个只是冲着他的资产？

林：有钱就有人捧，有人捧就风光，但谁能保证自己永远有钱呢？即便一直有，谁又能保证在旁的人不起坏心呢？所以这风光就有它的不实性，这样来看，人就可以真正审视自己该有的进退。

孙：但许多企业家会说，我还有那么多员工要养，我这个企业还要存活。所以我不能只为自己就退啊。而且，真无事一身轻，有些人可能还无法承受这生命之轻呢？

林：别人无法判断你是继续拥有的好，还是抽身的好，但你自己要想，你的生命是不是因此而更自在，更自足。修行是对自己负责。这里还是要回到禅所讲的，进也对，退亦对。同样也可以进也错，退也错。这里并没有一个客观标准说什么样的行为算是修行的结果。佛法、禅的修行永远讲观照这两个字，道理也在这里。它对你的意义，与你生命的关系，你必须有个了然。时时返观。要不然自以为做对的事，也可能陷下去。有的人从企业抽身，结果又回到生命力萎缩的状态，这种情况也是可能的，我不是有句话"割舍即是智慧，荷担就是解脱"吗？严阳善信问赵州"一物不将来时，如何？"意思是说，已无所执时如何，赵州说"放下着"，严阳说"既是一物不将来，放下个什么"，赵州说"放不下，提取去"，就是这个道理。

孙：刚才我说的那个意义的减少，肯定是从世间法的角度说的。但也代表一个修行人必然的改变，因为修行人观照到神马都是浮云时，自然那件事的意义就在此取消了。老实说，这样的情况还是让人挺慌的。一种生命的虚无感。

林：你看修行人，哪里会慌？这个慌还是以世间逻辑角度看事情的慌。很多修行人并不如此，他更有一种生命的能量，更加的自由。你说的，是我们一般人的逻辑假设。

　　当然，当我们说神马都是浮云，当我们执著于人生如梦为定性时，我们又被这个说法困住了，生命依旧没有自由。

孙：说到这一点我有个身边的例子很有意思。有次做采访，问一个采访对象为什么要用十年做一件事。开始他谈的只是世间大面上的理由。后来交往深了他对我说，其实我有段时间很虚无的。也就是修行之后，接触的佛理多了，也体会到苦空与无常，就不太想做事。但不做事反而更空。所以，赶紧把一摊事做起来。事和人填上之后，就可以暂时不想空这件事。

林：大家不是熟悉那句禅语"万古长空，一朝风月"吗？由此参就对了。还有一句，连我的研究所都戏称它为所训的"做梦中佛事，建水月道场"，能领会这，也就不会有这进退失据的矛盾了。

孙："做梦中佛事，建水月道场"这句话我印象很深，上本书您就用这句话开导过我。这也就是说，连"神马都是浮云"这个概念都不要有？

林：为什么学佛要体会"做梦中佛事，建水月道场"，虽然是梦中，也能做佛事，虽然是水月，也有它道场的意义。体会及此，你才会随缘而为，才会当下就是永恒。你能掌握的就是这样，能体会的也就是这样。

孙：但是意义的锁定无疑会增加生命的信心。我记得有次参加一次朋友单位的拔河活动，眼看着这一边的人要赢了，突然集体放了手，成了输家。后来大家问他们，怎么就松了手，他们一个说，确实快赢了，突然听到中间有人说了句：差不多就行了。结果就大撒把。人做事最怕别人问：这有劲吗？是啊，没劲，干嘛做呢？

林：无论很有意义还是很索然，都是世间法。因为你还在起落之间转。比如一个人在出版社，做自己喜欢的书，会觉得有意义。如果不能让你做这个，就觉得索然。这是起落，不是返观。返观是说，你交给我工作时，我即便要出我喜欢的书，我认定的真像自己认定的那么有意义吗？没有这个返观，你就无法保持谦卑，一种时时应缘的弹性。

相对的，如果我没有办法得到上级的重视，无法出这些书，上级对我的态度以及我跟他的关系，也是一个观照的对象。我刚才举这个例子都是在说，修行就是修一颗心。而不是在客观上真有哪个固定的样态是如法，哪个叫不如法。

不过你刚才讲的有些也是修行中必须注意的，你如果专门修行，不问人世，也可能非常静态的环境使得你的观照迟钝，一不小心，人就槁木死灰了。所以修行才讲出入入。

有人问五祖弘忍，为什么修行都在幽谷。他的回答是，因为巨木处于幽谷，在幽谷里涵养天性才能长那么大，最后才能作为木头之用。修行要有一段日子涵养、观照，但是禅同时又讲行脚、云水，因为，你在山上修，怎么知道自己不是盲修瞎炼呢？你总须出外做个印证。

柒
做事是一种能量，舍也是一种能量

孙：再较下真，无论我们怎样谈到"做梦中佛事，建水月道场"，在外人看来，你还是在做，在建。而且你所说的那种悟透之后所显现的生命能量，以及更大的自由，难道不也是在做事情上体现吗？这么想来，还是一个积极的概念，仿佛是昭示，在做事上修行的人比不修行的人有作为。修行得好的比修行得不好的更有作为。

林：当你这样说时，也同样是一个世间积极的看法了。其实，做事是一种能量，舍也是一种能量。当我们看到一个人在任何权势、金钱、诱惑方面都能够不沾不黏，看起来云淡风轻，难道不是生命中很大的一种能量吗？也许这在外形上并不会让我们直接看到，也难以用世间的积极之意来形容。正如今年我将许多的职务都辞了，有很多人认为我这裸退不应该。"你正是可以发挥世间能量的时候啊。"可是对我来讲，人生几何，这种想法追逐得完吗？而当我十分钟就决定要把研究所停招，决定辞去种种职务，并和学校的人交代各种事务时，我其实也不觉得自己在作伟大的决定，时候到了嘛！这里绝不是一般人所以为的灰身灭智。不是啊，我不是仍活得生机盎然的吗?！

同样的，很多年前，我退出文化评论圈时，台湾知名的打击乐团团长朱宗庆也曾劝过我，以为文化圈不能没有我这号人物，我只能说，唉呀，许多事就交给年轻一点的人吧。或者你的动力比我强，你做，我来支援你。坦白说，我只能用世法所能理解的角度去找个说辞，但在行者，这样的取舍是要有甚深观照的，而就因有这甚深观照，生命才能有此更大的能量。你想，名、利，乃至包括一般世间法所认为的好事，对生命不都具有一定的能量，都会让你不自知地被牵引，你能不被它无谓地牵引，就因你本身具足能量。

孙：我承认，舍需要更大的能量。尤其是对自己喜爱的事物或领域。尤其对优秀的人。李叔同，舍弃了艺术而投身于宗教。从世间看法，这仍可理解为，他舍了自己认为不那么重要的事，而拿起了更重要的事做，甚至还有当代学者写文章认为，他固然舍弃了很多，最终还是没放下名。晚年讲学、修习律宗，他也并不云淡风轻。

林：有名并不表示他没放下名，他原来就是个名人。关键在他有没有逐名。也不是舍就要云淡风轻，这舍是在舍那我执、法执，是在跳出那生命中的不自主。修律当然不云淡风轻，但他不为外境所转，心却是自由的啊。实际上，如果一个人不为外境所转，要显现怎样的风貌，那是个人的因缘与生命各自的情性。有人不为所转是直接对抗它，有的是超越，有些可能表现在对某个领域更精进地攻坚，这都只是外相的不同而已，本质却都是进出的自由。

你是役物，还是为物所役？道人始终观照的就是这个。你能不为外境所转，你就是个自由人。越不为外境所转，自由就越大，主体就越坚固，生命的能量也就越强。

孙：呵呵，您特别爱讲生命的能量。

林：不是那种神叨叨的玄秘力量。在禅，所谓生命的能量，指的是一个人自己能把握的生命自由度。"八风吹不动"，其实是最有能量的人才有的。这种境界有事时可以惊天一击，没事时无修无整，所谓"绝学无为闲道人"，这闲，这随缘放旷，是因为不沾不黏，到此当下就是绝对。

捌
都舍了，事情谁来做？

孙：但紧接着是，都随缘放旷，都有舍的勇气与能量，那么事情谁来做？

林：先从能理解的说起吧！首先，虽说事情总须有人来做，但为何一定要你来做？这还是有一个自我的妄念在。舍我其谁，知识分子容易用这个套住自己，缠缚自身。其实世界上没有哪一个人真那么重要。佛家在讲无我的时候，不是要你放弃一切，而是提醒你要观照到任何事都是众缘和合。当一件事你发觉非你不可时，往往无明也就在这里面产生了。

自认为重要往往是修行最大的迷障。多少独裁者就自认天下没有他不行，结果是把天下更弄得乱七八糟。

一切都有个众缘和合，这是第一个。再来，我们在谈任何生命议题时，千万不要把事物推到想象或者概念的极致。比如说，当人人都当老子的时候，不是天下都完了吗？那我会问说，如果人人都当孔子，天下还更乱呢。都想改造别人嘛。

事实上，相对的世界是不可能如此的。即便世间任何一件好事，只要把概念推到极致，让所有人都来做，好事就都变成了坏事。

孙：但大家都看到星云在做人间佛教，证严在做慈济功德会。我2010年在花莲到慈济功德会参观，也还是认为，他们令人尊重，也是在事上显出了能量。我甚至认为，他们虽然是宗教团体，但是在集中做事。

林：问题不只是在做的内容跟成就，更在做事的态度，有些僧侣做了非常多人间事，也做得不错，但看着就是个职业，看不到他对自身的观照以及对众生的指引。所以即便这两人，教内教外也有不同评价。

孙：其实当时参观，我也有类似的想法。感觉慈济功德会的组织机构，就像一个现代托拉斯。一些非常严格的律条让我也有些不适。所以当时想，如果把我作为他们一员放进去，未必能适应。

林：对，就跟任何事物一样，慈济的群体性也有它的两面性，有人对此极不适应，有人却在此找到安顿。

这就好像我们做心理治疗，有需要和心理医生单独谈的，有需要团体治疗的，关键仍在是否能应病予药。

孙：那您如何理解知识分子的责任与使命感呢？似乎有一种被广泛接受的说法是：每个人来到世上，都有他的任务。从历史中也可看出，在某个历史关口，就是有些人挺身而出，或者发出振聋发聩的呼吁，历史才往前进了一步。我还担心的是，如果大家都觉得这世上没有什么事非你莫属，很容易给自己一个退却的借口。该做的事不做。该出手时不出手。

林：我常讲的一句禅语："不予自己生命以任何可乘之机。"说这句话倒不是要对自己多严厉，而是提醒大家一定要把自己看清楚。到底你是为了做事，还是人间的繁华你舍不下，真看清楚了，作任何决定都可以无怨无悔。什么时候该有什么决定，也自己会跳出来。真正能与生命相应的决定，从来不是在思虑心下思量计较的产物。这跳出来的决定，外相上可以是割舍，也可以是荷担，却都不会成为生命的包袱。

　　以为禅要别人事不关心高高挂起，对社会不尽责任，这是夏虫在语冰。所谓本心应缘，才是禅的真实，但因为众生习惯加法，它自然提醒要减，当然禅更要大家知道减至无可再减，就"无一物中无尽藏，有花有月有楼台"。"归零就是无限"的生命，进退取舍哪有障碍的呢？就如同我为什么要把大家的提问：每个人都当庄子、老子，天下该怎么办特别提出来说，是因为这背后的潜台词是：每个人都应该当孔子。

孙：其实不从修行成佛这个角度，即就是聚焦能量这个角度，舍确实是一件非常重要的事。因为我在自己的工作中都能体会，如果有太多的事情上身，都会让你忘了大的目标。但是同样还要看到，很多人即使入修行，也没敢奢望自己此生修得正果。多数的心理，还是希望借修行，让自己在做事上理路更清楚，生命更自在一些。这个时候，做事的本身，仍然是很重要的。它甚至是修行的重要勘验点。

林：回到《两刃相交》所谈，生命中最大的如实，就是如实面对。你如实面对，你就发觉这里有精进有增长，心中就会非常踏实。你有这些当前分内的踏实，对于所谓看似遥远的悟道，内心会越来越坚实。即使你还没达到，你也发觉，这不是遥不可及的梦。所以说，在谈修行与做事可以或应该有怎样关系时，你还只是从两者相上的关系、从用上来看，还没能从"生命如实面对"这观照、这根柢处来下手，修行、做事也因此总还成为两件事。回到如实观照，你慢慢就会体会到，这眼前的有限与世间法与遥不可及的无限其实是同一件事。

玖

是高超的艺人，为什么还不是道人？

孙：看胡兰成写张爱玲，用到"直见性命"一词。而现在，"明心见性"，"一超直入如来地"之用于艺术评论，随处得见。如果不是有意地夸大其辞，它多少表明，大家对这些语词的领会有偏差，或者觉得艺术的直觉感知和道人悟道的境界是一回事。

林：有不同。在禅，"一超直入如来地"，是一棒打下去你就见性了，而这见性后的生命翻转，是可以直接印证的。而且，那种契入全然直观世界的大悟，中间没有出入。而一般人，只是有省而已。当然，一般人的经验中会有类似禅者的经验，世人也有道的成分在，道同样可以作用于世间，但是，直接把禅语套到一般事物上，会失真。如此泛用，会把禅者的修行，那种直破生命最根柢无明的修行，与对一般事物的领略混在一起。想想，张爱玲的情伤，这直见性命与禅的用法有多大距离。

孙：但是，说到当下即永恒，我也通常会想到剑客、茶师，以及那些工艺精湛的手工业制作大师，甚至还包括诗人、小说家。松尾芭蕉的俳句一出，就给人当下即永恒的感觉。他们为什么还不是道人呢？

林：艺人还有进出，道人打成一片。

孙：这怎么讲？

林：做手艺、做作品那一刻，他们的确是当下即永恒，"当下即是"的。但不做时，常又是凡夫了。所以说，道俗之间的差异，就在于你这"当下即是"有多久。关于艺近于道而非道，还记得我说过明治时期禅杰渡边南隐的故事！有一个歌舞伎的艺人，大家以为他"艺臻于道"，要渡边去勘验他，渡边看完他的舞，只淡淡说了一句"可惜还在一转之间"，人再追问，他竟直接一句："舞艺何所止，回旋入冥府"。艺人，还只在这一转之间，甚且转了转，就转进冥府。艺有时会成为生命最深的一种迷障，在这迷障里你固然是忘我的，但与生命真实的解脱无关。

　　不说艺术家，其实凡夫有时也契于禅，每个人都可能会有一念的智慧，但吉光片羽之后又不见了。前此我在杭州跟大家提到，道人俗人在第一念往往是相同的，都是凡夫之念。例如遇到事情糟糕时就有气。但第二念，道俗之间就不同了。俗人一直追逐着这个生气，陷在里面拔不出来。道人则马上意识到：啊，怎么又为境所迁，于是气就过去了。

孙：道人还有第二念？那是否说明，修行得还不够彻底？

林：如果不是究竟的觉悟，当然如此，不说第二念，有时还到第三念第四念呢！功夫高下就在这里。

要到几念才不追逐，还牵涉到每个修行人自己的盲点。有些地方你观照敏锐，有些地方你就有罩门。

孙：我大概就属于道行很浅的人。一触就生气，而且在这里面打转很久。自以为是原则性不可退让的问题，当朋友用另外的思维一点，就又马上醒转了。

林：我曾跟你讲过，当年和我一起学密的师兄功夫好，修法也相应，但只要遇到儿子的事，他就完全像个没修行的人。我自己在处理儿子事情时，跟凡夫的差别也不大。前阵子见犬同学飙车，和警察发生严重冲突。他不在现场，但要作为证人出现。我明明知道他没在现场，但还是不踏实，甚至闪出万一警察处理不公正或者出现误差怎么办的一念。这一方面固然是爱子心切，另一方面也反映了自己的盲点。以道人来讲，这件事真要有误差，到时就事对事也就是了。而我竟然还在这里念头转了一下。这一念的我，和凡夫其实也没什么差别。

谈到罩门、盲点，在亲情、友情、爱情之外，还有两个特别要观照到的地方，一是知识分子的所知障，一是艺术家生命情性中认为最爱的东西。在这些方面你的觉性不容易起来。

所以又回到你开始的问题：一个人迷于事物的时候，其实也是专心一志的，但为什么跟禅不一样。首先是如刚才所说，你这生命的不二是连续的还是断的；再者你是了了分明还是沉迷而不自知，进退之间你是不是能一如。

孙：其实最根本的问题，之所以对修行这件事问这问那，还有一个原因是因为我们身边没有修行的典范。一举例就是古代僧人。当我们回到当今社会，一方面会看到有些人，把做事等同于修行，要不就是你感觉不到他因为修行而带来的自在，或者说生命能量。

林：所以我在写禅书《禅·两刃相交》，最后会写"禅者何在"这样一个议题。禅不直接谈慈悲，但禅者的存在正是对众生示现的大慈悲，因为你发觉，人是能这样对待自己生命，能如此过活的。

孙：禅不能说，一说就破。有时看到一群现代人聚在一起谈修行，还觉得挺虚妄的。饭桌上，所有人都说要放下，放下，但出了门，该怎样就怎样，贪嗔痴一点没放下。在这时你就不愿意跟他们说，我也在修行……

林：我们太容易给自己找理由，你给自己找理由，最后就会被理由给吃掉。

公案：乔布斯，真的要从「伟大」看他吗？

壹

素食、禅与追随我心

孙：这个时代就是这么悖论。我们一方面感慨，典型在夙昔，但同时又特别容易树起一个完美的典型，甚至因为乔布斯的生命跟禅有关系，所以有些人也觉得他的一生在行禅的实践。乔布斯去年10月6日逝世，那种铺天盖地的悼念，让人觉得，啊，一个旷世伟人以及一个生命修行典范，不在了。

林：台湾所有报纸也都是头条。有个电视主持人非常推崇乔布斯，但他也感慨，今天报纸，第一页乔布斯，第二页乔布斯，第三第四页还是乔布斯。

孙：要说我这人是机器盲，不爱玩那些电子新产品，乔布斯离我挺远的。但是因为他离世，他的传记出来，我由此知道，他习禅，素食，曾参与过印度的灵修，还一直有自己的禅师。许多修行者会因为这些，对乔布斯产生一种亲近之感。更何况乔布斯还说过一句名言：活着就是为了改变世界。

林：先谈禅吧！活着就是活着，活着是为了怎样，就走远了。但的确，放在一般的角度，活着就要发挥影响力，对一个人成就的衡量，也都是从这里切入的，所以乔布斯如此说，并不意外，许多人景仰他的成就也不意外，只是改变是个中性字，到底要改变得好还是更糟呢？想改变的人必须观照，被改变的人更须观照。

孙：那就他的创业成就不论，许多人认为，他对苹果帝国的推进，是在得病之后。从某种角度，他也像是体现了以禅的态度对待生死的态度吧。

林：可以这样理解，但也可从另一角度。他说他年轻时就觉得自己活不过四十。所以任何事情他都拼命干。让生命鲜烈地存在，的确是禅生命的一个特征，但禅的当下安顿，和拼命是两回事。拼命是再怎么干事情也干不完，因为这里还存在一个积极任事的世间思维。禅，虽然鲜烈，但一句禅语"生时飘泊，死亦风流"，也得在这里参。

孙：不过总的来说，他就算……西方人中，愿意在东方文化里汲取智慧与营养的。我看《神一样的传奇》这本传记中的一段，透露他的人生选择是受了日本曹洞宗僧侣乙川弘文的影响。在创办苹果帝国前他曾这样问：

"创业则奔波劳碌，心思无法宁静；修禅则青灯古佛，抱负无法施展。到底该如何决断？"禅师对他的回应是："人生如电，亦如朝露，奔波劳碌是一回生死，青灯古佛亦是一回生死。原本无生无死，万事皆是梦幻，又何需决断？"

"可是，我无时无刻不想着改变世界。如果人生皆如梦幻，改变与不改变又有什么分别？""你看！风吹幡动。六祖惠能说，'不是风动，也不是幡动，而是心动。'变与不变，只在于你是不是真的心动呀。""您是说，只要追随我心，就无需纠结？"

"一切万法，不离自性，去吧。既然心向往之，还有什么可纠结的？全心即佛，心佛无异。当心性再无滞碍，行止皆随本心的时候，你就是大彻大悟的佛陀呀！"

那个传记作者紧接着有一句自己的话：从那以后，乔布斯就用生命实践着禅的真谛。老实说，我看到这段，还很怀疑这里面原话是否就如此。不过我们不去论真假，就从这段话往下想，它似乎成了：只要追随我心，就无需纠结。有的人做坏事，也是随心所欲，那岂不也是追随我心？

林：的确，照着自己的意思，任性逍遥去做，这是禅吗？当然不是！因为禅讲的直心而为，跟一般人所讲的率性而为，还是两回事。

直心而为是它有一个不动的本体，那个像镜子一样的本体能照见万物而自己不动。直心，不会在思虑心里转，不会歪七扭八。它是以镜映物，你和对象之间"无隔"。

率性则是随着自己的惯性而为，两个都好像不需要思虑，但两个完全不同。对话里禅师所讲没有错，行止皆随"本心"，但本心可不是你这充满习气的心，它是直心映照世界，佛魔同见。知道任何事物都药毒同性。而乔布斯经营这么个事业，我们显然还没看到他对副作用的觉察，在这里他是有追逐的，还不是在真正直心的世界。

孙：但他的确艺术感觉一流，能够把技术与艺术完美结合在产品中，这一点的确比尔·盖茨都只能望其项背。"大道至简"，这个理念中的确有东方式的智能在。

林：是这样。你的确可以看到乔布斯切进的一个层次。他不像学者专家，被太多的概念所缚，以更接近孩童纯然的心来创造，他不做市调，回到那不社会化的一面，反而在这人心的初始找到与其他生命的对接。所以他的东西大家都觉得好玩，这点，不得不承认是他特殊的能力。在西方的理性逻辑外，第一次如此巨大的因他的影响力而直接凸显东方强调的直观力的重要，在六七十年代西方人对禅的向往之后，这次，又因他而启了另一次的风骚也说不定。在禅的传布来说，的确有它特别的意义。只是就禅论禅，这如孩童的纯然之心与灵感一样，与那不动而能观的直心仍是有别。直心与物无隔，因无我执，就有智慧的观照，但率性就是我嘛！一个无我，一个有我，外表看似相像，内在还是有本质的差异。所以说，乔布斯还是依着自己的欲望走了。

孙：那么我们是否可以这样理解：如果在大的目标项没有看到它佛魔同见的特性，一味去做，就难免会有率性成分？

林：凡事都药毒同性，但只在此理解还不够，因为理解是概念的。真事到临头，你要能观照才算，而要能在此观照，就得契入直心，说来，还得真实的锻炼修行。

贰

乔布斯，改变了世界什么？

孙：虽然您作为禅者，不接受"活着就是为了改变世界"这一励志语言，但是许多人还是认为，乔布斯改变了我们这个世界。读《史蒂夫·乔布斯传》，我获知，乔布斯的苹果帝国，参与打造了《玩具总动员》这样可爱的动画电影。可能我对电影这门艺术有特别的偏爱，所以看到《玩具总动员》以及《指环王》、《盗梦空间》这样技术与人完美结合的电影，会认可一个事实：技术的提升，确实会造就更好的电影，如果它同时不缺乏想象与讲故事的能力。乔布斯改变世界这积极的一面，是否我们还是要肯定到。

林：他当然改变了这世界，这改变使人是好是坏，很难衡量，人活在各种信息方便乃至虚拟的世界里，当然责任也不能全推到乔布斯，还看你怎么用，是役物，还役于物，我们不是在讲观照吗？只是从他死后一味无止境地推崇，能在此返观者的确不多。

孙：不得不承认，乔布斯对人类行为的改变，已经从孩子开始了。《史蒂夫·乔布斯》那本传记里说，一个七岁男孩，偶尔拿起一部苹果手机，也可无师自通地玩起来。他叹为奇迹。共同拥有苹果产品的人，会形成一个彼此呼应的部落。这个我在一次亲戚聚会中验证了。他们家孩子玩手机游戏不亦乐乎，抬头问我：阿姨你的手机上有新游戏吗？我说没有，他立马就不理我了。玩手机长大的一代孩子，行为心理确实已彻底改变了。

林：这确实非常典型。iPhone其中的一个功能是游戏。你征服了三种游戏还想征服一百种游戏，你又创纪录了。这里面显现的是超越与控制，是征服的快感。但是人的征服欲是无止境的，你立马会渴望新的，所以就越来越期待手机更新换代。乔布斯的苹果，本质上就是这么一个绝对资本主义的东西，所谓消费刺激生产，而消费的欲望就是这样给创造出来的。比如我们今天拿个皮包装东西，我们觉得美丽实用就好了。但资本主义造出一个名牌概念，不拿名牌你就矮人一截。这就让大家陷入资本主义的消费陷阱里了。

孙：在我们这边非常有名的宗萨钦哲仁波切，有次回答杂志记者提问，记者问他广告人声称"我们的职责就是让你垂涎欲滴。在我们这一行，没有人希望你幸福，因为幸福的人不消费"。宗萨回答得很有意思，他说：有时我跟朋友开玩笑说，如果世界上有10%的人成为真正的佛教徒，世界经济就会崩溃。因为世界上会缺少贪婪，这就足够让市场经济带来灾难。他不是在否定经济的作用，但忧虑的是，我们现在对经济力量的定义，是不是为下一代种下贫困的种子？我理解，也许是一种精神的贫困。只知追逐，而没有自省。

林： 这种态度导致的可能也不只是种精神的贫困，物质也不是可以这样让你无尽消费的。

孙： 但仍然有一个根本的观点需要观照：广告人固然可以把广告做得令人垂涎欲滴，但它吸引不了宗萨钦哲仁波切，甚至连我都吸引不了。所以论乔布斯的功过，是否有一部分需要果粉们承担，而不是他。我在网上公开课中听到乔布斯病后的一次演讲，他其实一直在对台下的学生说：要倾听你们内心的声音。选择自己想做的事。从某种意义看，乔布斯也确实只是在做自己想做的事。别人迷他，也不能怪他啊。就像大家都知道，大陆有个姑娘迷刘德华，迷得五迷三道，但大家都能看出，这并不是刘德华的过错。而对有艺术创造力的人来说，乔布斯的产品，或许就会让他的艺术如虎添翼。

林： 两个巴掌才会响，我们谈乔布斯的正负影响不是要乔布斯承担一切，是如实看待已发生的事，更重要的，是提醒你，生命自由永远是"个人"之事，是你自己决定的。

　　而即使是从群体论功过，我们现在也仍很难衡量苹果产品的功过，只能客观地说，乔布斯是个至少在目前，巨大影响了人类行为的人。大家等着苹果公司玩出新东西，再接着跟。从某种角度，这跟粉丝对偶像，没什么区别。而其实，不说那终极的超越，偶像的种种就常与你的生命现实困境的解决无关。可你却全身心投入，就这样步步紧追。总之这里面，你这个对苹果产品的需要，到底是创造性需要，还是衍生性需要，还需你自己做个检省。

孙： 您认为是衍生性需要，也可能果粉们会说：子非鱼，安知鱼之乐。

林： 我这说法，当然有禅者的基点，禅谈减法，你会发觉太多太多东西减了，你生命的意义并不真会消失，且越来越自主、越清晰。对禅者而言，太多需要是头上安头、骑牛觅牛的，所以总会提醒学人观照，这需要与你生命的真正关系何在？但即便不从这出发，对一般人而言，你也可以很直接地问，有了乔布斯这种需要，我们就比十年前生活幸福很多吗？如果答案不是一定，那这需要对你就是衍生性的。你也可以说我没它不行，但是否是你已有了它才如此，许多习惯都是染了后，没它就不行。当然，信息已成为现代社会不可缺的一环，谈不用它无济于事。但在此，社会与个人仍是两回事，个人仍旧在此可以有很大空间，而即便是社会，有了它，如何用它，也可以在此有许多的观照。

孙：这一点《史蒂夫·乔布斯传》的作者倒是呈现了一些很客观的事实：也有一些人对乔布斯追求技术与艺术完美的那一面提出质疑："它的设计中融入很多周到的想法和精巧的元素，但是也有对其主人显而易见的轻蔑。""你给孩子们买一部iPad并不会使他们认识到世界是要你们去剖析与重组。它会告诉你的后代，即使是换电池这样的事情你也必须留给专业人员做。"有一种控制让人习焉不察，就是它同时具备艺术的美感以及高度的技术封闭，是端对端的控制。

林：一个看来不好的比喻，许多人用苹果产品，"症状"都像是个犯酒瘾的人，其实没瘾的日子还更逍遥呢。

叁

乔布斯和爱迪生，是否可以比肩而论？

孙：乔布斯逝世，感觉全世界的知名人士都发表了悼念之词。奥巴马和乔布斯的传记作者还把他和爱迪生并列而论的，您的看法呢？

林：乔布斯的确是当代的传奇，他的消逝就是传奇的消失。在这一切被解构的时代里，浪漫已少，传奇更消失殆尽，而即便放在聚光灯检验下乔布斯却仍缔造了传奇。他的消逝，尤其是英年消逝，的确触动了我们那只能在小说、电影寻求传奇的现实生命。但话虽如此，把他直接定义成传统意义上的伟人，则是危险的。

爱迪生的发明，直接影响到人类的基本需要，它比较像烹调从生食到熟食或食物生产的改变，像电灯，你延长了白天，但不会活在一个虚拟的世界里。而乔布斯带给人的，还更多是衍生性需要。

孙：如何来鉴别此间的差别呢？

林：在早先的时代，科学发明对人所起的作用，是正是负，其实非常明显。尽管任何事在相对世界里，都祸福相倚，长短互见，但在过去，这个长短、祸福很清楚，一个科学发明之中祸与短的一面，只要你观照一下，还很容易明白。举个例子，汽车发展出来，改变了我们的生活，让我们行动更迅速。但汽车浪费资源，造成污染，也是显而易见的。你在衡量你要不要汽车，以

41

及人类怎样被汽车改变的时候，它很好衡量。现在我们可以说，人类已经基本不可能没有它，但还是希望它污染少一些，未来最好能完全用电力，尽量往好的方向走。在这一点上取舍很容易。

但信息的发明，长跟短在哪里，虽然也可以讲出来，却很不好具体衡量。

比如，像乔布斯这种，他确实改变了世界。但世界因他更好或更坏，却无从衡量起。你会发现，因为有他，很多人越来越依赖手机，因为可以从中取得诸多方便。但这里也伴随了许多垃圾，让我们更难发现真实。当然，它更伴随了另一种依赖，你看我们有多少时间，手拿着一个苹果手机玩来玩去，又没有跟谁联络。所搜的信息也许有一两句话对我们有用，或者触动我们，但我们搜索它，又花了多少时间，这触动能有多少真实深刻，也难讲。

台湾作家隐地有次在一个新书发布会上讲，他不晓得为什么这个瘦瘦的人喜欢玩的东西，搞得我们大家这么亦步亦趋？我们干嘛让这个人摆布我们一辈子。这说得有道理，他并不是在否定乔布斯，而是说，在这件事上，人的主体性为什么会这么低？一个出色人物的英年早逝，确实值得我们哀悼、叹惋，但那种毫无保留的歌颂，仍然显示出我们社会一个非常大的盲点。我们发觉生态有浩劫有人反省，资本主义有局限有人反省，但对信息社会对人负面影响的警觉性，却还非常低。

孙：对大家为什么迷乔布斯，我开始很不解，后来渐渐有所解。2008年美国人拍过一部苹果帝国纪录片，那里面展示了乔布斯在个人计算机上的种种突破性贡献——苹果计算机一代二代，都还看着大大笨笨的，后来就变得越轻越薄，更方便人使用。而乔布斯做产品，像做艺术品一样追求外观内里的完美，所以能感到，很多人谈到他们对乔布斯产品的喜欢，苹果产品每种都想拥有，有时不是简单地"用"这个概念，而像是在做艺术藏品。而且，乔布斯确实利用技术，促进了电影业、音乐产业往前推进。比如一个剪辑师就说，以前得用几位剪辑师好几架机器做一部电影，现在用乔布斯的软件程序，一个人就OK。

林：每个人想拥有乔布斯产品的想法不一样。但从整体来看，乔布斯的苹果产品，是改变了人类相当的行为方式。但是不是径称他为伟人，他所做主要都属正面的贡献，这还是另一层次的问题。把乔布斯当成生命公案来看，会更真实、更有意义，公案是面镜子，你怎样看就映现了你在怎样的生命层次。

　　但在此，我并不赞成把乔布斯与爱迪生相提并论。爱迪生就像我们前面谈的，他的科学贡献，长短非常容易看到。你晚上没灯，他就发明了电灯；你无法远程联络，他就发明了通讯。没有爱迪生，我们的生活就不方便，他的发明冲破了人类生活基本的限制。但乔布斯的发明，他更多是刺激了你衍生性的需要。也就是说，没有乔布斯，我们的生活并没有缺乏什么东西，行为受限也不多。

孙：我现在认为，乔布斯之所以成为这个时代最瞩目的符号，一是因为他创立的苹果帝国，另外还因为在他的行为理念之间，有许多矛盾的地方。比如他强调创新，但却要强烈地控制苹果在一个高度封闭的体系之内。因为他不相信，别人可以如他那样把产品做到极致。他禅修，但也吸迷幻药。在重回苹果之后，他开始宣称只拿企业象征性的一美元，表示他不为钱工作。不久他又要求董事会分他比他们预想还要多的股权。乔布斯是我们这个时代悖论的一部分。

林：世上的英雄豪杰都有想两者得兼的心态，而他们的确也较常人更有两者得兼的能力，但问题是，这得兼的欲求，既唯我独尊，在生命就只会加深执著，而你的欲求扩展也会与别人的欲求扩展打架。

肆
乔布斯为什么不是禅者？

孙：前面一直在问艺人为什么不是道人。但乔布斯与他们还有不同。他们做不做道人，并不一定自知或自觉往此路上追求。但看乔布斯资料，包括以前看李小龙资料，都觉得他们不仅和禅、道很近，而且真的像是在实践。首先我们在成就乔布斯的书单里，可以看出，几部都是跟禅、灵修有关，比如 Zen Mind，Beginner's Mind中文名：《禅者的初心》，《突破修道上的唯物》（一本藏传佛教和修行相关的书）、《一位瑜伽士的自传》（有关于尤迦南达，据说在乔布斯的iPad2中，这是唯一一部电子书。他在十几岁的时候就看过这本书，在印度的时候又看了一次，此后每年都要重新读一次。）Be Here Now（灵修，哲学类书，乔布斯认为精神和启蒙书中，对他影响最大的就是这一本，"它改变了我和我的很多朋友。"）

而读李小龙的语录："武术的至高境界必是趋向于简捷，以不变应万变。掌握截拳道并不意味着增加更多东西，而是砍掉非本质的东西。"又如："截拳道并非伤残之法，而是一条朝向生命真谛的坦荡大道，我们只有在了解自己时方足以看透旁人，而截拳道是在了解自己之道上迈进。"

这些已经是直接在悟道。以乔布斯的才智与超人领悟力，以李小龙对武学的钻研与精进，以及似乎不亚于慧可断臂求道的意志与决心，有一点仍让人迷惑，为什么乔布斯不是禅者，李小龙也没有达到宫本武藏晚年的境界。宫本武藏晚年的神武不杀，确实是悟道后才有的风光。

林：关键在：李小龙求道，乔布斯向禅，乃至于我们生活中许多学者谈禅，他们都是原有一个立场，从禅引一些智能，或者一些基点来挹注他们原有或自己醉心的东西。也就是他们已经有一个先有的、专业的领域在，离不开它，又想要深入，或找个支撑，因此接触到禅或者道。这样做，当然可能使他们在自己的领域有所深化，但严肃说一句：只在此，生命的全然解套就不可能。

孙：那么，在这里，真正的禅者与您说的找个支撑点的人，最大不同在什么地方呢？

林：最大的不同可能就是，如果李小龙能回到禅的原点，他就不会那么折磨自己的身体，因为那是违反于道的。他的专心或许近于道，但把身体像机械一般锤炼，就离乎道。

所以还是那句话，专心一志，不代表就是禅。禅是无执，因为无执，会出现一个无心应物的境界。如果你今天还对某个东西放不下——当然，放不下也有层次的不同，一种是你尽管醉心这个东西，但你晓得这个东西带给你生命的局限，这多少有所观照。但没有觉知的放不下，就离禅更远了。

正因如此，禅讲减法，讲彻底的放下，就要你能放下你的专业，放下所有专业里认知的一切。李小龙在他的武术里可能已经放下了他原来搏击时某些对敌的想法，但他没有放下武术这件事啊。你只有放下这个，成为一个全然、无以界定的人，再回头看你所从事的事情，就会不一样。你看禅里，有多少公案是在破圣的，圣都要破了，何况世间的成就，《金刚经》一句话："法尚应舍，何况非法。"

孙：这或许就是真正的出离心。每个人都有自己格外看重的事，宗萨蒋钦仁波切也曾这样提醒说：你最重要的东西，就是你最需要出离的对象。但是，它往往是你最不希望出离和最难出离的东西。这个，谁都知道，但也知道，放下这个最难。

林：我的生命多少也在体践这样的一个出离。我如果不舍，在中乐界论事可以叱咤，论理，也能专心一意建构完整而能影响人的音乐理论。

孙：是啊。当年您的《谛观有情》那套音乐美学著作在大陆出版，可是感动了很多人的。不少人跟我说，自己开始真正认识并热爱民乐，还是从这套书开始。结果您后来就离开民乐界了。再后来也不做文化评论了。您的书很好，但在大陆卖得并不好，别人问我这是为什么。我说，他不是某一个类群中的人。属于一个类群，自有这群人为他助阵。我们通常能在腰封上看到一串与之相关的人的名字。但林老师的书不会。甚至他的禅书，不要说上面有星云或者圣严来推荐，即便就南怀瑾来推荐，你也会觉得挺怪的。

林：宫本武藏虽然以剑客著名，但你可以看到，他晚年已经脱开了剑道的局限。反而，他这时写《五轮书》才到位。

孙：可是现在我也看出，在这个时时都追求耀眼成功的时代，这一点隐微的不同更不容易被人识别了。所以世人对宫本武藏的推崇，也还是和他那个剑客身份有关。也还停在严流岛那场精彩决斗上。而李小龙，不时有影视剧要再现他，也是因为他是功夫片的翘楚。一个在具体行业中定位清晰的人，往往更能让人认知。现代人无法去领略一个人，怎么就叫无可方物。

林：首先，就生命的成就而言，别人眼中的你，跟你自己，还是两回事嘛，离开真实的自己，去追求别人眼中的自己，多虚妄！再者，即便就世间法而言，有些影响是有形有象，是具体的，有些则是无形沁入人心的，只以有相，尤其单一面相看这影响，也会失真。

还记得我常讲的那句话吗？"我不是高人，但我是见过高人的人。"大部分人所认知的高人，未必真高。而一个"高人"被大家所认知的部分，也往往不是他真高的部分，所以，许多人只看到小次郎的"剑即一切"，却看不到宫本武藏的"一切即剑"，许多人尽管认为宫本武藏高，却也只看到严流岛一役，而无法认得"全身如水"的生命境地。

　　当然，在禅者来说，他本来就应是超圣回凡，凡圣一体的。他随缘而为，那个缘起的本身，已离乎高下，你又怎能以寻常的高下来认得他呢？

公共议题，自我观照。

壹

善恶与容受，以《少林寺》与《赵氏孤儿》翻拍为例

孙：佛教爱讲无分别，但活在世间的我们，善恶之别是一个大的困扰，进而便是要不要宽恕。这一点我们从当代艺术家的作品中也能看出其处理的困难。这些年不是流行翻拍吗？很多作品重拍，编创人员都很想在其中注入更合理更合于现代的人性观。问题反而来了。看80年代的电影《少林寺》，大家都能感受惩恶扬善的快意。但刘德华主演的《新少林寺》，看来容受了恶，却让很多人觉得憋屈。中国电影在处理佛教的善恶时，最能见出它的软肋。

林：佛家谈无别，首先是说你的心，能否像镜面一样，能够不主观地看待一件事。所谓胡来胡现，汉来汉现，胡汉还是不同，只是就胡说胡，就汉说汉。

再者，无别，是指任何事物的善恶好坏，都其实是缘于对应。比如说谎是不是坏事？你一个朋友很脆弱，得了癌症，你要不要第一时间告诉他？你直接说了，也许就是坏事。所以谈善恶，都有一个缘起或者对应的观照。

至于善恶的问题，我们在上本书谈过，善是不与恶对立的。只要与恶对立，就不是全善，就含着恶的种子。所以刘德华的行为在你看叫隐忍，或者是不对抗恶，那还只是一般的看法。当然这还要看主创者会不会编剧本。编好了，让人觉出超越，观众就能从善恶的对立中拉出来。至于角色超越善恶会映现什么行为，那倒是多样的。连金刚都会怒目嘛！该降魔时就会降魔，金刚不是无作为，是自己不动气，是不根柢地认为有些人天生就是坏。

孙：道理是这样。但是两部《少林寺》放那儿，还是前面那个更让人喜欢。而后者，你知道它最终要表达超越，但你就是不信服。

林：《新少林寺》看了没多大印象，只觉得强调忍，所以也就不去论具体的电影了。往大了说，你觉得前者好看，是因为气畅，因为单纯，人有时就喜欢有个单纯的世界，你要复杂，或更确切地说，你要对生命有更深的观照，当然就得有更高的能力。而就此两岸的电影向来就不太懂佛教，台湾又较大陆稍好一点。但怎么说也就是世俗人在编，世俗人在演，都是此岸看彼岸。一句话，披着袈裟的凡夫演来说来，无论是报复或者原谅，到底还是世情的想法。

不过在这里说善论恶，以它为对象做讨论可以，但千万不能把它就当真为道人的世界。就好像我们用武侠小说来讨论游侠、讨论武学，都不对盘。世上真有金庸武侠小说里的世界？那才叫鬼扯。

我在《落花寻僧去》中有两篇文章，《曹源一滴水》与《茅蓬七千》，都在谈少林无禅。所以世人会拍出怎样的少林寺电影，其实也不需要深究。

孙：嗯，这两篇文章还没看到。少林无禅，当如何来讲？

林：达磨东来时，中国佛教界还不能接受他这"廓然无圣"的讲法。这讲法超佛越祖，特别为律宗所忌，达磨本人曾因此被六次下毒，所以二祖慧可就避到安徽司空山，以保命如悬丝的法脉，其后到六祖宗风渐扬，他再传弟子石头希迁、马祖道一才使南禅大兴。所以说，少林虽是祖庭，但后世禅主要在南方，也所以《五灯会元记》从达磨以迄宋一千九百多位禅师的语录中，在嵩山少林的不超过五位，所以说少林无禅嘛！

孙：但是如果我们抛开史实，光讲看电影的感受。真还是觉得80年代的

《少林寺》太让我喜欢了，我曾经……一连看了三遍。

林：当然，惩恶扬善本来就是人最素朴的心理。这样的心理让你畅快本就无可厚非。但也不过是无可厚非。跟生命的超越层次还是连不到一起。再深一层你可能会产生知识分子常触及的问题：惩恶扬善，这里面是真的善真的恶吗？而修行可能还更深一点：善恶的真相是什么？表象的恶会不会有内在的善？表象的善会不会有内在的恶？乃至更深的，善恶的恒常性在什么地方？

孙：之所以纠结这部电影，是因为后来又看到一篇电影评论，也在说它不好，但评论者认为佛理讲的是以直报怨，而非以德报怨。以直报怨，离超越还是有距离的吧？

林：一般是有距离。还要看你这个"直"意思是什么。如果是：我对，我只是不跟你一般见识，这表明你的心里还是认为你是对的。那个纠结还在。如果不是世间的正直，而是直心，那就对了。

孙：这里的直心是指？

林：是不在分别胶着打转。善能分别诸法相而于第一义不动，这才叫直。它不在后天的架构中去看一些事物。有人诠释六世达赖的诗不是情诗，而是悟道诗，除非其中的隐喻原不是隐喻，而是一个民族习惯的明喻，你说它一定是个悟道诗，就离了直心。因为一个大修行人，一个真正的智者，是不会为众生惹麻烦的。他不会没事让你解谜题。所以佛法为什么简单，释尊传道时只讲三法印、四圣谛、八正道，是后世的学者在那里附会，搞得大家累得要死。就这一点，就不智慧也不慈悲了。

孙：关于仓央嘉措，要谈的颇多，我想我们可以专门列一章来谈。回到我们所谈之善恶，我现在多少也能明白，为什么现代人很少能拍好《赵氏孤儿》了。看过陈凯歌的新电影，我写过一篇剧评叫《救孤易，复仇难》，感觉今人在古人认为最直接的复仇这件事上，附会了许多现代人的理解，结果既不让喜欢原戏的人满意，也不让今人觉得到位，看着四不像。

林：如果从佛法，从禅的角度看《赵氏孤儿》，大概最深的感受是这里的"苦"，而不是像现代人那样急于要翻案，想要寻找这里面有没有更好的方法。每一个时代，包含我们现代人，在这个相对的世界都有些东西是两难，如此反而看到生命的苦空无常。

孙：那您觉得《赵氏孤儿》这个故事的重点，或者说核心，不是复仇？

林：当然是重心，我虽不会歌颂，但也不会像现代人那样带有贬义地去看。它就是，那个时代，那种心理，不得不做的事，多无奈。

孙：体会到无奈之后呢？

林：体谅尊重相关当事者的作为，但更深地还是观照到苦的本质。其实看希腊悲剧也如此，在这里要找个人可以自圆满意的逻辑，让自己在世情中安顿是不可能的。

孙：说到复仇，自然也会说到宽恕。我又想扯到一个沉重之事，就是中日之间，应该说，从战争赔偿等诸方面可以看出，中国在战后是宽恕了日本，但后面的事情并不是太爽。包括我们看旅日导演李缨拍的纪录片《靖国神社》，也能很明显看出，因为没有把战争责任追到天皇，于是日本很多的战争责任就无法猛追下去，有些东西变成死结。这当然也跟美国当时的想法有关。

林：当宽恕变成矫情的时候，后面麻烦就来了。这是为什么以佛之慈悲，我仍一直在谈一般意义下的以直报怨而非以德报怨的缘故，一来是因于以德报怨，层次太高，以之要求一般人，反作用大；二来以直报怨就是该怎样就怎样，在这样的基础上，事理反而清了。

孙：说来这些题材还蛮考验人的。若换位思考，是我做编剧，如何表现超越，而不让人产生憋屈感，怎样的宽恕不让人觉得矫情，还真是挺难一件事。

林：有一个故事是真的，日本有个武士，身负杀父之仇，但找到仇人时，仇人却已出家，且正在深山里独自一人地打隧道，因他游方到此，发觉山村贫困，就因交通不便，他邀村民共开隧道，却被村民讥为愚蠢，他就自己打了。面对复仇者这个和尚说，你等我半年，我把这隧道打通，自然要还你的血债。年轻人就监视着他打，几个月后急着复仇又帮着他打，但等到隧道打通，年轻人反而皈依他了。

　　这事发生在日本，听着多像个电影故事，但真实发生，这里有很多心理的转折及生命观的变化，这变化和佛理之间有内在的联接，就看你怎么表达了。

　　我不是也说过一个高僧生前拉着思慕的公主的手掉下眼泪，第二天就圆寂的故事吗？这个东西一般导演怎么拍得出来。

貳

不平则鸣，为什么我们更容易和弱者共鸣？

孙：从西方学者肯·威尔伯的书《一味》中读到一句话：受苦使你时刻想到作为人的苦，这也是使我们相互联结最根本的方式，因为我们在人生的某一个时刻都苦过。

虽然理论上都会这么认为——每个人都在承受自己的苦，但实际上很多人更愿意与弱者共鸣。这在微博讨论中最能看出。微博的身份是经过认证的，也就是公开的，这时我会发现，当那些生活优渥并且实际享受着种种权贵特权的人也参与公共表达并且同样显出愤激之时，就会有人留言，暗含冷嘲热讽之意。因为人们会下意识想，你那么有钱有势，跟我们不同。我自己也有一次经历，和一堆朋友到过一个豪华别墅，主人对我们很友善，饭后大家还一起议论时事，各抒己见，但我就是心底有些隔。因为总觉得他们是特权阶层。是我在这方面太有分别心吗？

林：可以从两面来看。一个是看那个表达意见的人的自觉性在哪里。自己享受特权，如果还看不惯别人享特权，就属于典型的灯下黑。另一个是，回到人的基点，不同人就有不同的不平感受，所以愤怒对象也不一样。比如有些人在职场竞争时毫不留情，甚至是踩在别人身上过去。但遇到一个穷人，有时也会长期捐助。更不用说许多这样的人还对一只宠物倾尽爱心。在这里，他是真心的，所以关键还在你是否看得出这中间是真心还是矫情，或灯下黑。从修行的角度，我还是得提到，人其实有他复杂的一面，问题是当事人及我们是否观照到了。

孙：您说的是我所观察的对象？

林：对那个别墅的主人及他的朋友，他们有的也许属于第一个。不觉得自己其实也享了特权的那种。但有的也许属于第二个。即生命里他的慈悲只在具体某个情境下才有，也不能一径说他假。总之，触发我们生命有感觉的，每个人不一样。人在这里的确有他自己的盲点或不对称不平衡。

所以说禅家为什么会讲生命的"透脱"这两个字，就是你从这一边打到那一边，再从那一边打这一边，都是通透的。

孙：仔细想这件事，他们自己或有盲点，但也照见我的分别心。也许在一些公共领域上的事件，比如7·23动车惨案，他们的愤怒与悲伤也是真实的生命流露，但我却把环境、身份背景等方面因素带了进去。这是我的迷障？

林：知识分子比较容易出这种问题。因为知识分子自我会更强一点，对于自己关心的事物会更敏感。

孙：您的意思是我首先关心到了不平等？

林：所以说要观照嘛！观照就不会只纠结在那里。

孙：说到不平则鸣，关怀弱势，我总会想到特蕾莎。我个人觉得像她那样的方式去帮到人，才更让人信服一些。因为她实际上已经把自己降到需要帮助的那群人中的一员。而大部分人都是此岸说彼岸，同情心都在嘴上，抒发完了就好像事情做完了。

林：大概每个人都有所思与所行不相应的部分，就看不相应到什么程度。我意思是这里还得有返观自己的部分，否则论事论人就犯同样的毛病，老在一件事要求，一件事上转，转也转不完。

虽然我自己也从事艺术工作，比起许多艺术家、学者在许多方面，我真是迟钝许多，不像他们那么敏感。所以我也常常觉得他们怎么就在一件事上可以愤激到那个程度。许多朋友能感觉到我这点特质，说是作为修行人的人情练达。如果真有这人情练达，当然不来自世俗事物的纵横捭阖，而是说，在任何一件事上行者总会看到作为人常有的局限。

我生活中也会和一些富豪结缘。但我常常说，我们认识的也常就是他们的某一面。看到了他的特权与荣光，没看到他的牺牲。只这样，就会在一个东西上扯出千丝万缕来追逐，然后自己身陷其间。

叁

看尽道场乱象而不失道心

孙：这么多年与您接触，越来越感觉您不像知识分子。这听来像不敬话，但其实不是，就是越来越淡然、超然，但还不是……冷然。

林：我接纳人性。但看到人性之后基本也就三个字：知道了。并没有往下追，不像一般人常用穷追的方式让自己能更面对这人性的幽微，因此也不会一直就在那里打转。

知识分子不然，许多知识分子一旦看到污秽的真相，立刻转而愤世嫉俗。

更有的极端人文主义者却又认可人性中一切的发生，认为人就是这样，于是自己也跟着下去。行者不同，我们相信超越，所以就去修行实践，有句话听来或许别人会认为相当自许，我常说我是一个看尽道场怪现象而犹不失道心的行者。

孙：那种认为人性就是如此的知识分子，我读肯·威尔伯的《一味》，注意到他对西方知识分子的看法和您以前的观点有相似之处。"现代自由主义的产生主要是因为人类对抗神话式的宗教信仰而逐渐趋向解放，起点是好的，但是自由主义犯了一个典型的前理性、超理性的谬误——它以为所有的灵修或宗教都是前理性的神话，因此把任何一种超理性的灵修和宗教都舍弃了，这绝对是一大灾难。自由主义企图杀掉上帝，而以自我中心的人道主义取代超个人的神性。"您在《一个禅者眼中的男女》我们的对谈中提到，现代的学问把超越当成虚妄，也是基于几百年来西方文明经历的这个渐离神权的过程。"人"从某种意义上被肯定被放大，也就越来越不相信彼岸。

林：过去是道德感束缚人，例如"生死事小，失节事大"，显不出人情通达。现在是非常多的人，尤其人文主义者，更愿意从人类的有限入手，但似乎又是一种"人就是这样"的听之任之。

孙：就是在两极中摆荡。

林：台湾这种自由主义、人文主义的流弊也是存在的。知识分子为所有事情找到理由。于是乎，我们会觉得性是每个人都需要，所以一定要性解放；人既然是很有限的，所以就废除死刑吧，因为我们不能代替上帝。这些看来很开放很理想的东西里，其实常是直接肯定了某种现实，放弃了人在不得不的生命中还有可能的超越。

现在，这种东西很快已成为知识分子的生命特质。于是我们自己做不到的，就说它没意义，是教条的。因为超越说来还蛮辛苦的。

孙： 不过老实说，要看尽道场乱象还不失道心，还真是很难的。知识分子是易感之人，我就曾在一个地铁站目睹一个强拆户哭诉自己诉状无门，就忍不住掉下泪来。许多天天关注微博的人开玩笑说，要是整天趴微博，就会觉得整个社会要崩掉了，得拿电视来平衡一下。作为读书人，阅读一些离时事很远的书，当然是心情愉悦的。但是以此来证明自己道心不移，也好像有假相在。

林： 的确。世上所见道心强的人，也多的是不看乱象才不被其所扰的。而道心弱的，一碰到怪现象自然道心就退。

你应该是看到了，知道了，后面不随意往下引申。也不是像某些知识分子所解释的：存在就是合理。相信超越，人是可以下，可以上的。

孙： 我的朋友文阁也说，她越来越明白佛教为什么总是讲：如是观。如是观，观就是了。不要把自己很深地融在里面，以为自己可以扭转乾坤。真要那么想，扭转不了，还挺起急的。不过说到超越，这两天接触到荣格的一本书：《金花的秘密》。他实际上是对东方的文化经典做了自己的评述，里面非常肯定东方这个超越的概念。他说许多病人的困境不是被解决而是被超越。而我们通常看到的艺术作品经常是困境无法解决而僵在那儿。

林： 禅宗讲你所以僵在这里都因为执着与妄念。关键看你是不是能转。

从执来讲，你以为很重要的问题，也许原就可以不成问题。就看你转得过来转不过来。这还不只是人主观认为的问题、情感问题，许多我们所说的客观问题，都有人自我的妄念在里面。

孙：包括自由、平等……

林：也包括上本书你问我的男女之间有没有纯粹的友谊。

孙：哈哈。在生命的某个阶段会有这样的傻问题哈。但是荣格的超越理论让我坚定了自己对一些艺术作品的看法。很多艺术家在处理困境题材时，就让它死死地僵在那里，与他交流时，他会觉得你希望的升华或超越，是另一种幼稚。他不理解转或说不相信这种转。所以作品看来看去就是一盘死棋。

林：有些事不见得要解决。中国有一种智慧，它也可能是世故而来，也可能是超越而来，叫存而不论。哦，我知道了，它在那里。下面是，句号。打破砂锅问到底背后，有一种我执在，什么是对的，我一定会找到对的。所以历史上最激烈的党争都出现在最优秀的知识分子身上。在这存而不论上，人是要有一定观照的。

孙：但知识分子也会说，学问学问，不就是学着问吗？屈原有天问，而我之所以做这本书，也还是想接着问下去，弄通生命的道理。对我这样的头脑来说，有些东西不在观念上说服自己，实践起来也难。不过，在上本书当我经历那场困境，问为什么是我的时候，您也认为这是很好的问题。是疑情的开始。

林：我们谈的是人的事，弄明白，与接纳是两回事。弄明白了，还不接纳，在生命间就变成更大的负担，你能否在弄明白时也扩充心量，说穿了，还是修行。道人要晓得人的复杂，但保有一颗宽松的心。常常你非要把它搞清楚，反而越搞越乱，心灵也会死锁。

孙：顺便问下您对荣格的看法。我感觉他面对的那两个东方经典应该是道家的吧，不过以佛家眼光看，也觉得不隔。

林：是啊，全真教的道家讲性命双修，基本受佛家很深影响。许多名词还用佛家的。

孙：所以一时判断不出，荣格到底是被道家吸引还是被佛家吸引。

林：荣格在西方心理学上当然很有位置。但从我们东方角度来看，他的特别其实在于，他是西方学者中极少数对于超越，对于集体心灵，不只是学说上面的论述，而是相信的学者。但东方人讲东方，其实是不需引用荣格的。毕竟他还是用西方的思维在理解。神秘主义一直是西方一个支流，在中世纪变成异端。荣格在西方，敢于面对这些东西，这些说法，他有划时代的意义。但东方人，不都是神秘主义者吗？我所谓的神秘主义不代表大家都装神弄鬼，而是说他从不认为理性可以解决生命的一切、可以了知宇宙的实相。

　　我常说在中国，许多教物理的教授课讲得不错，但回家跟朋友聊起紫微斗数，也还兴味盎然。西方人看了不可思议，就像看到霍金这样的人相信塔罗牌。而在中国，这种人与现象却比比皆是。

孙：东方人骨子里有这些，但一直对它将信将疑。荣格则不只是相信，而且是用他的病理学研究支持了东方这些观念。所以感觉他就像东方文化的知音。

林：主要原因，这一块虽然属于东方，但在五四以来，相对于荣格，我们反而不是族内人了。比如大陆在批伪科学时，激进的那些观点连西方人都会觉得蛮奇怪的。西方人对一些不可知的事物还保持一颗开放的心，而我们还停留在破除迷信上。

孙：不过看荣格自传，又觉得他的特殊在于，他的一生也亲历了一些奇怪的神秘体验。他之所以对东方文化有开放与接纳的态度，是和这些生命经验有关的。

林：如果我们看到某些人类现象目前还不可解，那么你是用一种比较开放的态度觉得人在世界的有限，还是把它定死，认为它就是不存在呢？

西方神秘主义历来面临基督一神教的压力，荣格也面临这些。有些人即使有同样的体验，也未必敢说出来。所以荣格之于我们的意义，不是说他比我们更懂得我们，而是让我们返观自己：怎么面对自己的东西时，我们却更像个族外人？

肆

讨论式社会，不能把概念推到极致

孙：不幸的是我们到了讨论式社会阶段。尤其是网络发达后，你会发现任何议题，都会拿来讨论。估计网站编辑每天要想的就是拿什么话题讨论，能吸引眼球。基本上在消解存而不论这一说。

林：台湾也是啊。台湾有个性骚扰防治法。它的定义竟然是如果一个人看人让对方不舒服，就构成性骚扰了。哇，我们当兵时都是面对面洗澡，我怎么知道别人看我，是觊觎我的肉体还是一般打量。万一他是同志在欣赏我怎么办?

他们又要求同志当兵。厕所分男女,本来怕的就是性的联想。但一起当兵,那还不得分成男厕所、女厕所,双性恋厕所、同性恋厕所,问题是你怎么晓得他有几个恋?

你看这个问题认真追究起来多复杂。本来我们完全可以以人是复杂的这个基点宽松对待,既不要侵害到别人,也不用礼教杀人。但在台湾,大家觉得这就是人权,认真地在辩,结果越辩问题越多,像我这样的讲法的确是触忌讳的。

孙:台湾社会比大陆社会某些进程要早,这边刚方兴未艾、看起来好得不得了的事情,那边可能就已显出副作用。也算是一面镜子。

林:台湾出这样的法,跟民粹有关。大家觉得性自由,也就要性尊重,结果把尊重弄到极致。加上同志在台湾是个议题,你不谈就落伍了,到后来反而没人以平常心来对待这个问题。

孙:其实慢慢知道,台湾很多艺术家都是同性恋。不过接触起来也没什么异样。

林:是,文化圈有一些,同志就同志嘛,我自己身边亲近的就有几位,彼此不妨碍就是了。但这个东西干嘛一定要彻底弄清楚,它到底是基因,还是后天,人的复杂这问题恐怕没能有搞清楚的一天。所以说,培养宽松的态度比追求所谓的真相还重要,而这宽松是来自我们对生命无明的观照,对其他生命的体贴。台湾媒体常把同性恋议题放置头版,看似开放,但印象开放的法国人则把它放报尾,小小一块。坦白说,这件事同样提示我们在面对很多事物时,已经像是族外人了。不懂得站在自己文化的立场,体认自己原可以用另一种智慧方式去解决这些事情。

孙：许多看似绝对要遵循的知识分子理念，我渐渐发现，应对到具体事物上，观念还是会打架。在报纸供职，便有一些集体的选题分到头上。有段时间我被摊上了，大的主题其实是蛮迎合时潮的，但分到我这一块相对单纯，所以我感觉自己也有兴趣趁机补下历史课。但也同样会担心，我的知识分子朋友会不会认为这是一种对现实的妥协与退让。不是帮忙就是帮闲？心里还很纠结了一阵子。

林：还是个观照的问题。现象界事物都是从有限来谛观无限，绝对不会有一个完美的定论、姿态在先，再决定下面怎么做。我们不是一直提到佛陀所斥的十四边问吗？大问题搞通，人早走了，何况，真不真能搞通，更就是个问题。所以说，面对现象还是有个临界点的问题，而临界点何在，还看你是否能观照嘛！

孙：由此我的反省是，以前看别人——我认识的朋友做一些事，会对自己说，我才不掺和这些事呢。但现在发现事落到你头上，仍然还是做了。

林：我常讲，观照之后就会出现体贴。体贴自己也体贴别人。知识分子常常把自己逼得太过，动不动怕自己成为或被说是帮凶，帮忙或帮闲。台湾知识分子常提到50年代的白色恐怖，说你如果不对它提出控诉，你就是帮凶。一个青少年犯罪入狱，就说整个教育失败，是整个环境的问题，因此我们所有人都是帮凶。犯罪当然有社会环境的因素，甚至有些性犯罪我们还发现与基因有密切的关连，但动不动就所有人都是帮凶，这种话真是鬼扯淡，这样追究下去，谁能逃过。

禅宗有一个词叫戏论。也就是说所有的概念固化为抽象原则时，都是游戏之论。举个例子，那个人犯罪了，要不要执行死刑，你要将理论绝对化，答案就是不要，因为我们没有判定别人死的权力。何况，每个犯罪者都有他的社会背景，从某种角度上，我们都是帮凶。怎么能独独处决他呢？

　　这样讲，什么事也不要做了。

孙：我也同意把概念推到极致，它就不是真实的人生。但有时候我们看日本人，日本武士，他们难道不是遵循内心某种准则，啪就切腹了吗？这里的概念……

林：所谓的概念，是指他所倡导或者信奉的，不是他真实的生活。过去日本人切腹，有它时代的氛围，而他也在践行自己的价值观。切腹对他来讲，是件如实的事情。

孙：但其实看多了日本人的小说与电影，就知道有些时候并不如实。小林正树有部电影《切腹》，说的还是武士不得不切腹，同样有礼教杀人意味……

林：当然有，这就是为什么禅宗不谈概念的原因，不在理论上谈切腹好不好，该不该。一个人选择切腹，就是切了。但不得不切时，我们就得反思，一个社会该不该有这样的强制力，包括伦理的强制力。

　　所以说，事物牵涉到个人，你怎么做都可以有自己的道理。但牵涉到其他人，就不能全然概念化。宋儒礼教吃人也是这意思。有礼教不是坏事，但面对活生生的人，每个人背景都不一样。你单单用一个概念要求他，就已经吃掉他了。

　　说个轻松的例子但同样的道理，台湾很多社区主义者，总认为敦亲睦邻是天经地义的，问题是我之所以选择住到山上来，就是不想跟人家一定要来往，图那个清静。

所以，你可以做这个事，好事，但不要代人决定，也不要觉得自己有更大的优越性，不要认为不这样的人就有问题。

当我们没能瞧见每个生命当下的不同而尊重这个不同时，就容易礼教杀人。以今天的观念看，宋儒难道不是公共知识分子，他们谈的可都是修身齐家治国平天下的道理。他的公共性最大了，可是流毒为什么也那么大？

伍

自由之辨与普世的迷思

孙：现在都在谈公民社会，连网易读书频道推荐书，也分一类书叫公民读本。所以即就是现在要做个修行人，也会有一些公共角色需要承担起来。因为要营造公民社会嘛。但我个人觉得，即使是大家都在谈的启蒙观念，也需要不断澄清与辨析。而不是一个绝对概念和绝对标准。我个人非常喜欢一本书叫《公正：该如何是好》，是美国一位学者写的，你会发现，仅就"公正"这个字眼，在不同历史阶段的哲学家那里，在不同的社会事物间，就有那么多复杂的意涵。不是举一个公正的旗子，就能要来公正。可能你要的公正，对另一些人，是更大的不公正。

林：在台湾，也经历过这些阶段。因为要启蒙，许多社会的运动总常将一个观念推至极致。在最初，这也许有它的必要性，但当大家有意识后，还继续将观念推至绝对，自己其实也成了社会的另一种威权。而之所以会如此，除了身在其中，确实想将某些观念大行于世外，也来自运动者的偷懒，一句口号打了三十年，台湾许多社运团体都陷入了这样的泥淖。

我以前谈过，知识分子的角色就是拉车与刹车。大陆社会目前一些事项极需众人推动，一些声音是及时也是必要的。这两年公共知识分子变成最显学的名词，的确反映了这个社会正需要他们的参与，无论是政治、社会、文化都需要重整，公共知识分子在此时尤其扮演了拉车的角色，让这社会可以由此更合理。但在这里，也许我可以顺带提醒：所谓的公共性必然是以具体的落实来显现的，所以公共知识分子与社会之间应该是一直互补、一直调整，也就是动态而有机的，否则副作用就出来了。在台湾，这副作用其实也已显现，因为社会已过了某些阶段。所以我常质疑台湾那些还高举自由主义的知识分子，说你怎么还用五四那一套来启蒙台湾人，台湾许多人对科学、民主有效性、有限性的认识，早早都超越了五四那些大儒了。当然，两岸的发展不同，大陆还需要更多的启蒙。

孙：也就是过了我们上本书谈到的临界点了。

林：对啊。不必讳言的，在大陆，大家觉得媒体还不够自由。在台湾，我们可真是受够了媒体自由之苦。这就是阶段的不一样。

关于自由，我记得龙应台和陈映真曾经有过一次笔仗。陈映真当然多年来都是他社会主义的主张，龙应台则就直是自由主义，谈自由、民主等等的普世价值。坦白说，就观念论，龙的在台湾是显学，无人敢撄其锋，而她的笔也咄咄逼人。这个论战很火药味，但最后怎么结束的呢？是成功大学一个工学院还是其他学院，总之不是教人文的教授一篇文章，把它总结了。这篇文章的核心观点是：当人类在面临生存问题时，其他价值都只是次要价值。他举了许多例子之后表示："所以不要告诉我什么叫普世。就人类而言，唯一的普世就是存在。离开这个，就没有什么是普世。其他都是相对的。"他所说当然还有可讨论的余地，譬如生存的底线人人不同等等，但他的意思就是让两边都不要以为自己那么绝对，火气那么大。而很有意思的是，论战似乎就这样结束了。

孙：这个论战什么时候的事？

林：大概是七八年前吧。总之是陈映真身体还好的时候。

孙：还真是不一样。我们这边，普世价值似乎还处于倡扬阶段。反对这个说法的，有一部分是那些出过洋的新左派。认为这是西方资本主义的说法。当然，我理解它成为我们这边越来越热的词汇，还一个隐含之意是，长年所受教育的单一价值观之外，还有一种普世价值，应该被世人所遵循。

林：这我能理解。但是在我们外面人来看，不小心这又陷到另一种一元。你跟我多次表示不满意的大陆商业电影，但所谓的大片，主创人员觉得好莱坞那么做，他们那么做就没错。他们也以为这也是一种普世价值。

孙：普世（the universal value）还是普适（the general value）这之间有差别。有学者把普世价值概括成一种自身为善的存在。而普适性则指的是被经验所证明了的规则系统，程序法则或工具理性。而且其基本原则是建立在"自利"、"怎样才能更好"之上，所以是可修改、可重新制定的。我之所以不满意那些大片导演，是他们其实在作品中非常想体现普世价值，但又恰恰把好莱坞规则的某种普适性当成了普世价值。张艺谋拍《金陵十三钗》耗资过亿，制片人谈他的巨资花在哪儿，特别强调，一个战争场面上的一个技术点就花了很多钱。这个说法是真是假不说，但它之于这个战争中人的主题，其实毫无意义。我的一位朋友甚至认为，连那些战争场面都多余。看过原著小说，我个人觉得，不拍得那么声势浩大，就一个小电影的感觉，反而会朴素动人。结果这次美国金球奖与奥斯卡外语片奖，媒体都报：《金陵十三钗》

败给伊朗电影《一次别离》。很多人在微博上说：这是给中国电影一记耳光。你那么想贴着人家心思、照着人家的规律做，人家就是不给你。而另个电影中一对普通伊朗人离婚前后的事情，具体而微，而且看来也没花多少钱，却把两个奖都拿到了手。

林：普适性，一定程度就是主流嘛！它告诉你，要这样做才会成功，因为这是规律，社会的规律往往是主流来决定的。但主流是会变的，又是什么原因使某些东西形成主流，有时主流是背离道德乃至人性的。这讲法和你们这边一谈历史发展就是进化论的论点没什么不同，但这单线进化论恰是西欧站在他们的优越性上发展出来的。坦白说，大陆许多地方单线进化论的内容变了，但本质并没有变。

孙：或者我们可以把这个叫普适带来的普世化迷思。

林：普适，在全球化的当今更是如此，主流的影响更无远弗届，渗透得更不着痕迹，这依于主流的同质化危机，我们在第一本书《十年去来》中就谈到了。1990年我写了不少文章谈这个东西。我是想说，这个同质容易让我们觉得，因此我们的沟通是无障碍的，因此我们印证了人性有它的普遍性。先不说这印证的论理充分不充分，即便有普世，也不代表世上有一种东西，直接就是真理的形式。它肯定是在不同的形式里以不同的样貌出现的。一味坚持只有一个说法，使我们看事情反而异化。禅不是说"万古长空，一朝风月"吗？没有一朝风月，如何映现万古长空。

　　大陆现在开始谈公民运动，谈民主价值，也谈普世性，但是还是要看到，英国的民主制度，和美国不一样。更何况社会上很多东西还不是普世性所能涵盖，比如艺术。

陆
许多事其实与民主无关

孙：说到艺术，我很想说说当下大陆一个现象，就是投票泛滥。好书奖是网上投票加专家投票。文学奖也是。大家美其名曰，民主嘛。而且遵循着某种程序民主，一定是网上投票先来，然后是专家再评。我记得有位专家评委好几年都在感叹：好书经过第一轮程序后，根本没选上来，让我们怎么评。茅盾文学奖一直是最受争议的奖项，去年已经做到了投票实名制，奖项一出还是一片哗然。反而是一些不那么大的地方奖项（如施耐庵文学奖），悄悄地一圈专家评委在评，评出来还有那么些文学的意味。

当然，大陆现在的事情是各个层面堆栈并胶着着。民主、公正、平等、正义、普世价值这些字眼变得越来越迫切，而且知识分子认为，这些概念虽然一百年前都提出了，但启蒙的任务并没有完成。所以民主是个好东西，什么东西要显公正，都走一下民主的程序给大家看。但诚如您所说，很多东西既不普世也不普适。但是也有人说，民主总要有个过程，你否定这个过程，不就是把你所推崇的前提给推掉了吗？

林：民主这个事情，大概只有一点是我们在谈它时不可逾越的。就是每个生命基本的尊严。在这个层次没有谁比谁大的问题，也因体认这个基点，因此我们对公共事务，乃得从民主程序来完成它。但即就这一方面，民主在历史的运作中，因为人，也还有它不同形式的存在。民主如果只有一个样式，就不会有些地方有上下议会，有些地方是君主立宪。当然所有的制度设计，都不会逾越生命平等尊严这个前提。但除此之外，它样态可多呢！

　　比如，谈社会关怀。人作为群居动物，和蒙昧、野蛮的禽兽很重要的不同是相互关怀，我们不会认为，强者可以驾驭一切，所以对弱势的关怀代表一种文明，因此就会出现福利国家。但是福利要福利到怎样的程度，才对人好，也对这个社会好呢？本来就是相对的。

　　有的地方福利过头了，你会发觉社会生产力是极少数人在做主要贡献。你说是因为他们能力比较强吗？很可能是他们比别人更本分。那为什么更努力反而要受惩罚（从某种角度讲是这样），会不会因为这样而使得大家都不愿意工作，社会投入生产的机能反而退化？

　　再比如说欧美的债信问题，一定程度就来自生产衰退了，而社会福利一直在开支票。无可讳言的，许多时候，选举与政策"买票"是孪生子。所以说，社会事务总是在动态中达到平衡。这动态平衡，当然因于它原来的历史背景。有它的时空，它的环境，它的论述，最后，大家选出一个目前能被大家认为较好的。时空一换，这些也会有所变动。何况生命、社会还有许多事物，是完全跟民主无关的。

孙：比如？

林：学问好坏怎么跟民主有关？文章好坏怎么跟民主有关？我常讲，很多人认为，美是主观的，所以最好透过大众来决定。美当然有它的主观性，但在同一个美学系统里，它其实还是位阶历然，清清楚楚的。而为什么还要人来评呢？一是眼界的问题，不是人人都有此眼界。二是因为人本来就是一种情绪动物，美学既有部分的主观性，更有种种情绪利害关系的纠葛，所以绝大多数人看东西都比较片面。此时，一个行家的点评，可以让这里的美学位阶清楚，尽管行家也有所知障，但跟网络票选哪个更有美学意义，这是清清楚楚的，何况，评审时还往往请多位呢！

孙：虽然道理听来是这样，但是这个泛民主形式的确无处不在。也可能同时反映一个问题，就是现在的权威专家公信力的降低。这一方面跟各类伪专家一度盛行又屡被揭破有关，另外也跟网络所培养的草根英雄有关。他们觉得，以前我们看到一件事，先要听专家的，为什么我们不能发出自己的声音。所以连历史书写也有了"明朝那些事""清朝那些事"的草根解读。网络上红了之后，又俨然出了一批草根历史专家。不过就我个人阅读，我并不想涉猎这类的历史读本，因为担心这里有很多的信息误读。大陆图书界，现在不仅有好书榜，也有新势力榜。一说到新势力，所有专家权威就只好知趣地闭嘴。因为好坏在其次，人家发行量大、畅销嘛。

林：尽管美有它的时代性、社会性，但一件艺术品的好坏，从来不是靠大众选举来评定的，也不是靠投票定的。当然你要用这样的机制来认定艺术也无所谓，问题是艺术真正可以深刻触发生命的机会恐怕多数也就不存在了。总之，目前所谓的网络人气指数，所代表的还是一个资本主义的逻辑。这里面除了人人做主外，主要还因有商机在。

当我们看到人气指数由懂得和不懂得的人一起在选，一窍不通想好玩的也在里面选，你就该知道这里面没有什么道理。首先是为什么该一人一票。只有牵涉到公众事务，牵涉到更基本的东西，比如对一个生命的尊重，一人一票才是无可置疑的，因为这是底线。但相反的，任何艺术品，都有它内在的准则，内在的规范、价值，这些都跟得票多少无关。

讲个例子吧！90年代初期，高雄举办音乐比赛，为了表示公平，把所有教钢琴的老师都拉来做评委。结果比赛的人就几十个，却有70个评审在打分，分数能对吗？最后的结果当然是莫名其妙。

再有一个我自己的例子，以前台湾还没金曲奖时，流行音乐是放在金鼎奖（面向所有出版品的一个奖）里。有一年评歌词奖，几个评审分别在家自己先打分数，送去单位统计，结果排在第一名的竟是小虎队的《蝴蝶飞啊》。到那天开会，我要大家看看第51名的《亚细亚的孤儿》，我请其中一位把歌词念出。结果没念几句，大家就觉得这才是真正的第一名。你看七个行家闷着头打分，还会打出这样奇怪的结果，你说网络票选能选出怎样的意义来？

孙：但是现在程序公正仍然认为是一个相对公平的结果。否则，大家更容易觉得，这里面有黑箱操作。对民主的理解，不是也有一个说法：民主是妥协的产物。虽然西方有程序民主和实质民主，但是现在的知识分子肯定程序民主的还是居多。至少觉得得先从程序民主上走。

林：谈民主，指的就是公众事务，在这里程序正义很重要。但较成熟的民主总要观照到它是否可能带来实质正义，举例而言，台湾很民主，但以我们的角度来看，这民主，在许多地方，有了程序，却少了实质，像选举，你们羡慕得要死，我们却累得要死。不只累，族群、阶层也可能因此更为割裂，但这样说，并不是说可以退回去不要民主，而是要更去观照程序民主是否真达到实质正义，也就是能看到民主的局限与极限，那民主就是好东西。

上本书我们一直谈到临界点，一样适用于民主。而从这里，回头看，台湾小，都如此，以大陆之大，论观照，该警觉的还要多上许多。

民主是好东西，但我们以为两党并立会制衡，其实也不一定。21世纪资本主义的问题慢慢显现，两党问题也开始显现，它也可能是分赃政治。正如同台湾各个党为了得到政权，每个党都在讨好选民，开支票。这也就是为什么生态还有其他许多危机总得不到改善，因为只要在这些方面做矫正，就会失掉一些选民。要说真正的制衡，就不只是两党的制衡，还得谈及政治跟其他之间，比如宗教、文化、学术等之间的制衡，这点才真是欧美社会或日本民主更到位的地方。

孙：台湾或许如此，但这些东西对大陆人文知识分子来说，还有些超前。大陆知识界，也不是没有不同派别、阵营的区分，但会有人开玩笑说，你看中国的新左，都是出过洋的，而自由知识分子，大多都没有。什么意思呢？就是新左看到了资本主义的流弊，但国内的进程，急需解决的问题还不是这些。所以，大陆的大部分知识分子还是会觉得，民主是个好东西，所以大家很热衷把民主程序挪移到各类事物之时，也很容易拿它来说服自己来面对结果的不如意。而程序民主就包含了任何领域大家都以投票解决。参与的人越多越好，越多元越好，因为显出公正啊。

林：这在台湾不叫民主，叫民粹。什么东西，说是人民最大，其实是票数最大。一切诉诸民众最直接的感觉。

孙：所以中国电影的票房率一直是个奇怪的东西。拍得滥，却票房高。你真要质疑批评，人家会说，这是观众喜欢的。

林：90年代台湾很长一段时间也民粹过，台湾的黄光国教授就写过一本书叫《民粹亡台论》。民粹就会反专业，反理性。比如有阵子一个作品出来，先看你爱不爱台湾。

孙：现在这边的泛民主看来也很民粹化。其实总结起来就变成，数字决定一切。

林：大陆现在处于在挣脱束缚的时候，难免矫枉过正。过去台湾也如此。有些阶段很难直接跳过，但总希望副作用较小。有阵子，看到民主的弊病，许多人开始怀念儒家那君君臣臣的社会，这都可以理解。但民主有长短，儒家有长短，总要能出入自主。以美式民主衡诸各地，固有它的副作用，骂起美式民主以为祸国殃民，更大可不必。

从个人修行，破邪即显正；就社会事务，显正即破邪。

孙：有一首歌的歌名叫《孤独的人是可耻的》。我能感到，当今有了微博之后，什么都需要你表个态度先。而在微博中显示自己的同情或愤怒，最容易让你赢得粉丝，或者看到敌人。像韩寒与方舟子之争，你会发现，你真站在某人一边，想对另一边所表达的"理"不治气还真难。所以我非常喜欢马可·奥勒留的《沉思录》的原因是，有句话他提醒得很及时："对一件事不发表意见，使我们的灵魂不受扰乱，这是在我们力量范围之内的事情，因为事情本身并没有自然的力量形成我们的判断。"的确，无谓的争论会耗掉人的元气。仔细想，很多微博上的争论，也跟自己没关系。

林：很多人问我为什么后来不再写文化评论，我说，从个人的修行，破邪就是显正。只要破了就好了，那本真就出来了。但就社会事务，许多时候，则显正即破邪。这不是说破邪无意义，而是说没得立，你破来破去，不只正的在哪不清，你自己也赔了下去，所以要议论时还得有观照，千万不要没事就做议论状，落于议论的惯性，很多事会越议论越糟。

要不然，我写的两百万字文化评论，要出版也都好几本书了，但是有什么必要再回头看呢？

在中国文化传统里，立德立功立言，言是在后面，立言虽然也叫立，通常是在破邪。而立功、立德则是在显正。

人到了一定年纪要显正。六十几岁了还在写批判文章，最后就变老愤青了……

孙： 也许有人觉得做个老愤青也不错。不过，相对来说，台湾香港的知识界，尽管论调也是以启蒙的居多，但人倒是不那么扎眼。行文说事也不火气贲张，倒是值得这边的知识界学习的。

林： 不过我一位朋友看他们中一些人，还是会感叹没底子。这底子不是指东西方文化没有汇通，而是指生命中无有动人处。一个生命之所以动人，除了个人生命的情性在，也还是要跟自己的文化有个深度连接。

就对西方的态度，我并不是像有些人讲的那样属于国故派，我大学读的人类学，还是西方的学问。但如果你总是用一种启蒙的态度，用这些东西中国都没有的态度来告诉我们，以此显示你是先知启后学的时候，我还是回上一句：有种你到西方谈。在西方谈这你还能让人尊敬的话，再到我这里谈，我就尊敬。

捌

不是非社会改变，人才能安然

孙： 以前是模模糊糊地觉得，现在是明确地印证，让我斗胆把结论说出来：您和台湾时下有些公共知识分子，不对付（即彼此看不顺眼之意）？

林： 表面客气，我想许多人心里肯定对我诸多不以为然。因为这些知识分子谈的，不入我心；我谈的，离他们太远。加上我这几年对很多事的处理态度外表看来都是散散的，很少义正辞严一派凛然地谈什么事，主张什么事，但很多他们认为很庄严、较真的事，到我这儿却轻松地论定了。有人觉得我这是一种江湖大老的作风，只是他们在人格上又挑不出我什么毛病，也就没话说。

孙：理念上如此不同，要让他们挑不出理，怎么可能？

林：因为在许多公开的事务上我是有那个舍的——尽管他们不见得认为舍是对的，但能舍，都不要了，你还能怎么样！

孙：那么具体说说，是什么样的事，他们觉得庄严认真，到您这儿轻松搞定，反差如此大？

林：比如文化评奖。一般来说，争论常是无休无止，而我总提醒他们，这都只是在有限时间做的有限选择，别把它无限化。他们受不了我这种态度。因为公共知识分子本质是非常严肃的。可这一严肃，生命往往就僵死了。

孙：我也参加过一些机构的好书评奖，尽管这个奖并没有多少利害关系。但如果有人跟我说，因为所有奖都是有限中的评选，所以我们就可以不为它负责，我听着也觉得儿戏啊。

林：我没说不为它负责，有些奖的得奖理由还都是我写的，更何况也都是公开评选的。我只是想用相对的态度破一下知识分子很牛的"神圣性"。禅者哪有不认真的，正因认真，别人认为可以先不管的生死，他还是拿来天天参。但禅的认真，与知识分子的较真本质上的不同，是他看到每件事的唯一，而不是像知识分子总喜欢用大道理来概括许多事，并以为由此可以折射出所有意义。说有限的奖的意思是，没有哪个奖是统包的，所以你只能在有限的时间就做出有限的结果。这样提醒大家，一来能谦虚点，二来也可能做出比较好的结果。要不然，知识分子较起那个真，真是没法往下评。火气大，所知障更深嘛。所以每次评审，组织者看到我都很高兴。通常只要我到，就不会夜长梦多。

孙：记得您有次开玩笑说，您生来就是给知识分子减压的。我其实也有这种认真的毛病。俗话说的一根筋，认死理。

林：什么都是相对的。我们之所以在这个前提里会做得比较好，是因为这样我们更容易听到别人的意见。这不是妥协，佛家叫柔软心。我只是用柔软的态度对待每件事而已。过去儒者可以为争个义理之辨的是非，就让徒弟在雪地里等得冻到发抖，他非要马上讨论出结果来，这不是该有的态度。祖师语如家常饭嘛！台湾公共知识分子那些说辞其实大家都听烦了，突然冒出一个老头见招拆招，他们也觉得好爽，这才是人生。

孙：爽也是当时爽。爽完了，许多人觉得自己的事还得自己扛。尤其是自觉有使命感、责任感的知识阶层。

林：你觉得还得扛，就说明没跳出来嘛！评审都是公开的，结论自然也是相对的，没有不法，没有犯到回避原则，你表明了立场，也就可以了，出来结果与自己要的不同，可以观照，可以批评，但不能僵在那里。僵在那里，铁板一块，生命就死了。谈扛，禅也讲荷担。我不是说荷担就是解脱吗！但僵可不是荷担。

孙：但共同背负才像一个战壕的战友啊。他们背，您不背，难免彼此就相去远了。以前我记得做《十年去来》时，您还称许一些文化评论者。但现在，连我都能感觉，这些人与您已经像是平行线上的两类人。

林： 说没交集，也没交恶。他们许多人谈大块文章嘛！而我谈我的艺术、我的修行，两者把不在一块，要怎么说共同背负呢？坦白说，台湾许多知识分子身份跨界，文章也不错，但骨子里，他们更像是五四那个年代的人，就是他们基本不认为，中国传统文化有它高明的地方，言必称西方，言必称启蒙。喜欢音乐也一定是西方古典音乐，不少人可以在一个三流的西乐家面前恭恭敬敬，却不认为东方有什么美学。坦白讲，个人的喜好、情性、学问思维，这些选择都无可厚非，但以启蒙者自居，时时指点，就很难在一块。在我看来，台湾现在已经走到这个地步了，你还在谈五四，还以为这就叫启蒙。套句禅语，大陆社会这边见山是山，就需要这些见山不是山的人来呼应。但你这见山不是山的人，怕就看不到我这见山只是山的人的一点价值嘛！

孙： 我同意还是东西方思维的差异。我身边的知识界朋友，也有对东方文化很绝望的。他们甚至认为，生错了国度。

林： 知识分子喜欢建构自己的体系。但往往，建构得越严密，越容易变成堡垒，把自己锁在里面。对"始从芳草去，又逐落花回"的东方境界，他们并不能理解。

孙： 还是那句话，在一个社会需要有人发声、呼吁或者做什么的时候，承担这些角色的人就是被看重的。"始从芳草去，又逐落花回"的写意人生，在他们看来，太浪漫了些。

林： 当然，就因为他们对社会的推动作用不可小觑，我才会提醒这两句，这两句的文意，说是写意还是从世间角度看的，它在禅里不只从诗情解，它更重要的是应缘而无执的态度，在这态度上仍可承担许多事，否则照他们说，搞艺术都得去搞战斗文艺了。我说这些，一在不要动不动就以西方启蒙东方，以你个人启蒙社会，要保持柔软心、谦卑；另一则更在强调生命观照。提醒大家，如果以为社会改造好了人才能够好，那也是戏论。禅为什么讲当下，你总要有安顿点，你在安顿点上应缘或发愿做什么事，这个事才有能量。看公共知识分子生命的异化，除了概念化，也跟这个有关系。他们假想有个理想社会，如果不能到达它，人就不会安然。或者说不该安然。

如果真这样的话，所有生活在封建社会的人，都没有价值了。

孙：还好不是每个知识分子都做如是想。我曾做过一对历史学者夫妻的一本书的访谈，后来的题目是《这样的历史让人安顿》。因为从他们的书《文化的江山》里，你可以看到不同的历史阶段，其实有人格非常完整的人。在自己在文化里安顿，当然也让看他们的人觉得安顿。

林：这就对了。只一味强调社会改造，副作用就是永远在不满。接受这些看法的人会觉得，只有外在的条件好了，人就自然会好。我告诉你，永远不会好。这个问题解决，那个问题一定会跳出来，而自己也会永远处于愤懑焦虑中。关键永远在自己，有安顿自己生命的能力，你所从事的社会改造也比较不会异化。

玖

安乐死，一个禅者的态度

孙：平常听您提到废除死刑，态度是明显的不赞成，我感觉您对此事的观照里，有诸多层面，所以想单独附在后面作为公案来谈。在这章结束之前，想问的是，一个禅者如何看待安乐死？

林：首先，对禅来讲，死既是无常，也是一种必然。你该走就走了嘛，多少禅者欣然坐化，死生一如。在禅，死都不成问题了，哪还需拖拖拉拉地谈。但禅虽认为死是如人饮水，冷暖自知的事，可也观照到，活在世上，我们就跟许多人有因缘的牵连，有牵连就有挂念。原来只是如人饮水冷暖自知的事，别人却会因此痛苦，到这里才出现了该不该安乐死的问题。所以说你在公共议题这个层面来谈安乐死没错，它完全是个社会问题。它牵涉到其他人对你存在的感受，也牵涉到一个社会中某些成形的社会观念。正因是社会问题，是历史发展的结果，也跟废除死刑问题一样，对禅来讲都不该是绝对的。或者说，没有绝对的对错。

孙：但我也从肯·威尔伯的《一味》中看到他一位学者朋友对安乐死表示了忧心。作者的意思是，安乐死减少了世人从死亡中应该习得的东西。因为它总是用注射药剂或者另外非常直接快速的方式。

林：许多宗教，包含一些有过濒死经验的行者都会说，死会提供给你一些境界，你的生命这时反而跃入另一层次。四大分离会痛苦，但也有人在这中间获得的是另一层次的感受。

这个东西还是一个选择的问题，它应该允许选择安乐死和不选择安乐死。首先宗教信仰就不一样，大家对生死的来去观点就不同。凡是社会事物，总会涉及到它的有限或矛盾的本质，所以行者总会回过头来告诉你，社会问题永远是社会问题，永远不能解决生命问题。生命的问题，都在你自己，没有人能帮你作决定。死刑、安乐死都是社会问题，就永远有一个比例原则，因为众人和合，生活在一起，不得不有些要妥协的。当把社会问题转成绝对化的信仰，无论你原来用意多好，问题都会更加滋生。

孙：看来希望人去体会死亡中的功课，也是这个学者的一厢情愿。

林：台湾有句谚语："一样米养百样人"，我们一直谈药毒同性，也在提醒这点。许多汲汲于拯救世人的导师总告诉信众，世界是这样子，要选择怎样的过程，但问题是即使讲得都对，在佛法，世间还有有缘人无缘人之别，如果那个受者，对你的话了解不够深，或不小心你自己又有点错，那怎么办？

禅者为什么讲应缘，总不那么大开法门，因为它看到自己与众生的这个局限。生命的个人问题，还得从自性自悟这个基点开始。

公案：死刑，还是废除死刑？

废除死刑，佛教的理由存在吗？

孙：说到死刑与要不要免除死刑，大陆人文学界的讨论，经常见诸报端。我记得2011年《南方周末》还披露过一个案例，云南高院某院长为判强奸并残忍杀害姐弟二人的李昌奎免除了死刑，在其死缓辩护时称，其司法观念体现了法制的进步，并且还引用古人"冤冤相报何时了"作为不杀李昌奎（和废除死刑）的依据。此事也引发广泛争议。

虽然不同人会有不同看法，但是作为佛教徒，您明确表示不赞成，多少还是会让许多人意外。人们对佛教的理解是慈悲，是不杀生……

林：要用佛教义理来证明废除死刑的应该，这个说法不存在。废除死刑可以从基督教的伦理中寻得依据。佛教的生死观与基督教不同，基督教有个生命的总源头——上帝，佛教讲轮回、讲因果，轮回视生死只是一种不同的状态，死不是绝对，它是因果链、因缘观的一环，在这里"自作因，自受果"，"自作因，自受果"不是生命都交给造物的上帝，以为生命既为上帝所造，就只有上帝可以决定生命的存否。所以说，赞不赞成死刑其实与佛家所讲的慈悲无关，何况，虽说菩萨垂眉，但降魔时也要金刚怒目！

前阵子，星云法师在报纸上也写过，他赞成死刑，因为一味地宽恕对受难者是不公平的。

孙：那么我们又如何理解佛教的宽恕呢？如果只是讲自受因自受果的话？

林：你可以自己是受害者自己选择了宽恕，这也是你自己选择的因果，但你不能要求别人像你一样宽恕。尤其是你没有承受那苦，却要求别人宽恕，那就极有可能是生命的异化。

我不是反复讲日本那个立志要为父报仇的孩子的故事吗？一个武士杀了他父亲，长大后他追到深山里找到那个人，结果仇人已出家，选在一个偏村独力为村民打隧道，因为他知道这是让村民脱贫的唯一方法，但村民并不认为这可行，于是他就自己来打。这个年轻人既想顾到村民未来，又怕他逃，于是，先是监督他打，后来又为了赶快报仇还帮着"仇人"打，结果呢？隧道打完后，他觉得杀这个人不只没意义，还皈依了他。这是当事人的选择，他可以这么做，因为很多事是"如人饮水，冷暖自知"的。但旁边的人，要求别人必须这样那样，台湾有句话是人家在吃面，你在喊烫，没事情你在那起哄干嘛！

孙：但那个案例中法院还举出一个说法，佛教说冤冤相报何时了。

林：从佛教角度，它是告诉你，冤冤相报，是指没有谁能代替因果律，你选择原谅或不原谅也就选择了不同因果的路，这里牵涉的生命观照很深，但绝不是很概念性地可以帮其他生命作决定。因果是自然率，你作因，就受果。

孙：但在这件事上，如果别人，也就是受害者选择了宽恕，我们是不是应该格外赞美他呢？

林：应该赞美，但也不能说，所有人都要跟着学呀，不学，你就堕落了，因为每个人状况不一样，生命间的关系都有它的独特性。有些东西是虽不能至，心向往之；有些东西很高贵，但寻常人就是做不到，一味要求，反而会异化，何况赞美这，也不代表不这样的人就是错的。

而在法律上主张废除死刑，其实就等于一视同仁，对谁都这样要求了。

贰 | 主张废除死刑，历史的原因

孙：不过如果我们愿意为这个议题搜寻网络，发现满目都是废除死刑的观点文章。

林：在台湾也是，尽管民意调查不赞成废死的高达八成多，但在公共论坛，赞成废除死刑的知识分子声音绝对大于不赞成的，除了人道主义者，你还会发现有涉世未深的青年或娇滴滴的女生：啊，死刑多可怕！她怎么没有看到受害者被杀时心中有多可怕，家属面对亲人尸骨时有多煎熬。

孙：从受害者家属的情境出发，是最朴素的情感出发点，但也有学者著文阐释从死刑到废除死刑，是一个历史进化的结果。比如欧洲，就是从死刑走到了废除死刑。有一本书叫《贝卡里亚刑事意见书六篇》，是一位18世纪意大利律法专家写的，其中一篇就是废死。可见那时欧洲就有这样的声音了。

林：废除死刑的确是从欧洲开始。它最深层的原因是和它的基督教信仰相关，因为上帝是造物主，生命来自上帝，所以能决定生命的也只有上帝，人不能代替上帝来行事。

实际上最先推动免除死刑的是德国，二战中德国人屠杀了很多犹太人，当到了审判这些纳粹罪犯时，德国由于党争，同时也是为了赎罪，和对屠杀行为的忏悔，就通过了废除死刑的法律。一方面这合于德国一些人的基督教伦理，而德国在这里也得到一种类似的道德救赎。他们于是希望把这个东西推到各地去。

孙：一个在二战中杀最多犹太人的国家，最先立法废除死刑。道德赎罪体现在哪儿呢？

林：这里的赎罪意思是说，我们曾以某种政治正确的名义屠杀了很多人，但在我们知道杀人是多么不道德，如何违反上帝的意志，人类的有限是如何不能决定别人的命运时，我们是彻底忏悔了。

孙：可是在一般看法，赎罪就该是以死谢罪才对啊。

林：在这里赎罪第一个层次当然是我错了。第二个层次是人类都可能这样犯错。第三个是，因为我曾经这样犯错，所以我希望用我的力量来使别人不犯错。我们从外观察，成为德国人最终意志的废除死刑，还是有这些个民族心理背景的。也就是当他们越高举人道主义的时候，他们对过去纳粹的暴行越有赎罪的感觉。

但这还是因素之一。我前面说到党争，其实德国在当时废除死刑，也有它的现实考虑——要使二战中的人不再受到刑罚的处罚。而二战后，德国复兴，很快成为欧陆最重要的力量。也因此变成和很多利益方谈判的重要力量——用废除死刑、所谓的人道作为最高点要求别人。结成一个欧盟时，面对与他国的经济谈判，也把这个东西拿在前头。如果放置于历史，这里面除了一个人道主义之外，难免让人有早期欧洲殖民主义者那种优越感存在。

叁 废除死刑：理想主义还是道德优越感？

孙：因为要谈这个话题，我读了一些主张废除死刑的知识分子的文章，发现他们骨子里是理想主义者。说来还挺悲悯心的。尤其在我们这个法制还待健全，人治经常凌驾于法治之上的社会，他们真的担心，万一死刑用错了，就无法挽回，人死不能复生。

林：的确，在法制不上道的地方，冤狱就多，而死刑最直接给人的感觉就是无法挽回，因此在大陆，更慎重地看待死刑的判决，不要一句乱世用重刑打到底，是必须要有的警觉与反省。就这点，提废除死刑的人最少在这点让大家注意到了。但由于错判无法挽回，就要废除死刑，那就走远了。在死刑上，我们对死刑的慎重、对人类生命的尊重、保护被害人，本来就是要综合起来考虑的。我们也知道所有的法律都是有时而穷的。但不能因为有时而穷就认为这个法律没有存在的必要。更何况，大家都讲说这个死刑万一执行错了，是不能弥补的。你以为别的错犯了就是能弥补的？我举个例子，你如果误判了一个人，让他倾家荡产，你以为这事就能挽回？如果错判使一个人倾家荡产，而他一辈子要受折磨，你认为这个折磨能够被弥补的话，那你就不能说明，终身监禁比死刑更苦，因为它也是可被弥补的——我们不是也看到，许多废除死刑的一个理由是：让他终生受到谴责，其实是比死刑更严厉的惩罚。如果这样，你让一个人被错判而倾家荡产，一辈子爬不起来，比错杀他还更严厉。

所以说，这在逻辑上也蛮奇怪的。任何事情都有一个比例原则，人类可能在不得不的权衡中看到自己的无奈，但不是因为这无奈我们就极端地选择某一边。

孙：不过看那些著文论废死的文章能感觉出，作者们基本认为，废除死刑，更接近于人类某种理想的境界。

林：是人道主义，还是一种道德优越感？这里需要再做检省。许多时候，我不喜欢主张废除死刑的某些人，跟他们明显流露的道德优越感有关系。他们谈一个抽象义理，完全无视于眼前别的生命的痛苦与直接处境，这是生命最深的异化。严格讲，这就跟晋惠帝那个昏君问出"何不食肉糜？"是一个味道。

　　对死刑的态度，我们不是在这里谈得多畅快，多么有道德超越，而是我们在这里有多么的为难……

孙：您虽然一直强调知识分子的这种道德优越感，但我还是想从另一方面参一下，这里面有没有一种心理的位移。德国导演赫尔佐格最近拍了一部纪录片叫《凝望深渊》，与死囚有关，采访的对象是美国监狱的死囚犯。看他的相关访谈，他个人的基本态度是："作为德国人，你没资格告诉美国人怎么搞刑事审判。"但是，"很明显我认为，人不应该被你的国家处死，一个国家，无论在什么形势什么时间，都不能以任何原因杀死任何人。唯一的例外是战争状态。"有一个细节我注意到了，他拍到一个退役的行刑队队长，在执行了125例死刑之后突然崩溃，然后辞职不干。"那是一种挥之不去的强烈表达，无意识地反对死刑。"

　　客观地说，这部纪录片拍得不错，既拍到死刑犯一方，也拍到受害者家属。受害者家属观看了死刑的执行经过，她的感受是：突然有一个东西放下了。她认为有些人不配活在世上。而被执行死刑的犯人则奇怪地给人一种很释然的感觉，令人想到李沧东电影《密阳》中罪犯说上帝已经原谅了他那一幕。如果把受害者那一方去掉，估计观众也会觉得，这个死刑犯好像也罪不至死。这里我体会到一个心理转折：当罪犯行凶杀人时，他是强势，受害者是弱势，人人都对罪犯恨之入骨。但当他被处死刑或面临死刑之境时，他弱者的身份又被扩大。而这时，受害者的处境则被隐去不见。因为大家直接面对的就是即将走向行刑台的死囚，这时，人容易对死刑投否定票。

林：的确，台湾有位杀了几人的死刑犯，入狱后忏悔，还习画，画了许多关公，也有了信仰，走入行刑房时，还举臂高喊"中华民国万岁"。一个人道律师与他接触，后来成为废死的大将。个人经验总是影响着我们的观点，但矛盾的是，许多废死人士谈废死却都是从抽象的正义、抽象的原则谈起的，个人经验这最人性的部分反而极其隐晦。其实，那人道律师的选择我们可以体会，只谈抽象原则，生命反可能异化。台湾也有个作家在《联合报》"名人堂"专栏用感性的陈述表明自己的废死立场说：如果有一天我被杀了，我不会怨恨这个凶手，我的家人，我的朋友，我也要求他们能原谅他。

孙：这不就是他自己的选择吗？

林：也许他是站在信仰与抽象正义来谈的，但许多人读了总感觉：你可以去体会那个凶手的感觉，但却不去体会其他人的感觉。

孙：就是体会受害者亲属的感觉？

林：日本有一个律师本来是赞成废死的，几十年来一直大声疾呼。但有一次为别人打债权债务官司，对方不满意，要来杀他，他恰好那天不在，那人就杀了他太太。这样一个亲身经验，让他变成反废死的大将，极力赞成死刑。

也就是通过这件事，他才晓得对那些受害者来说，什么叫活在地狱里，这绝不是我们外人简单一句"原谅"、"走出仇恨"就可以让他解脱的。

我们为死者抱不平，一定程度上代表了我们对死者的责任。所以历史上虽然不是每一件复仇事件都歌颂，但是我们还是应该不只看到复仇的手段，还要看到复仇者所背负的情感与责任。是什么动力在让他复仇，实际上是心情的不得解。解是如此困难，所以才使得他说我必须做这件事，才能从阴影中走出来。这时候如果以外人一句"你怎么不能走出来"甩给他，那就属于风凉话了。坦白说，许多受害者家属就因我们只看到"人道"，反而给了他们最不人道的待遇，有些人一辈子因为这样而无法走出来，形同"终身监禁"，面对此，你怎么讲得出"你怎么不能走出来"的话呢？常常，在这种事上，我们更多地给了家属"二度伤害"。

孙：说来我也不同意赫尔佐格在采访中一些绝对的说法，如"一个国家不能因任何原因，任何事，判一个人死刑"。当然赫尔佐格这样说，可能跟他是德国人有关，因为"在纳粹时期我们有过太多的死刑，系统化地杀死了600万犹太人。我认识的同代德国人没有一个不反对死刑"。

林：关于国家机器没有权力夺去人的生命权利的说法，其实是一种信仰。不同的价值体系里，可以接纳也可以不接纳。而以为有这样的信仰才叫做文明，说到底也还是一个信仰而已。有一点，我在最近的杂志上提到，两岸在人文方面都有和国际潮流接轨的迷思。我所听到的关于废死最荒谬的理由是国际潮流。如果以这个来衡量，伊斯兰就是野蛮世界，佛家的因果、儒家的以直报怨，都属于前文明社会——这怎么可能呢？

事实上，国家是一个众人和合及托付的存在，当这国家与众人和合托付无关时，就如同独裁者警察国家般，它当然没有判人死刑的权力，不要说死刑，连判刑的权力都不该有。但如果它是众人和合及托付的存在，当一个人杀了另一个人，毁掉了某些人性或社会的连结，社会不得不给予制裁，而死刑是其中之一，谁又能用这社会的论理说一定不能存在？

死刑之事说来很复杂。现在的文明已经很进步了，你心神丧失，我们从法律上不能关你进监牢，可你必须接受治疗。但我们面对有些案还是很棘手，比如挪威这个连环杀人案的凶手。我们也知道强奸犯，绝大多数恋童癖是很难根治的，甚至现在也无法知道，恋童癖到底天生占多少，后天占多少。我们相信它那么难以根治一定有它先天的成分在，从某种角度他不需要负责。那我们是因为它先天的成分难以判定，就不需要惩罚他吗？所有的惩罚都是比例性的。它的前提，除了人道之外，是因为人过着群居的生活，某种程度必须有一个社会规范性，否则它会垮。当然，每一个社会怎么规范，会因时空的不同而不一样。所谓乱世用重典，是有乱世才能用重典，不是乱世，重典就要收起来。当所有人，杀一个人不问理由，是乱了。同样的，无论他怎样乱法，你都不能被死刑，也会乱。

孙：但我也注意到，国内知识分子著文主张废除死刑时，会举到西方历史上一个叫丹诺的律师。他也是一个著名的反对死刑的人。

林：就我了解，他也不是完全反对死刑的。他知道这个人必死无疑的时候，晓得这个案子会过，他持反对意见只是在提醒大家，所有的判案都会有疏漏，而我们人是有限的。本来，在面对所有判死刑的案子时，就该有这样的提醒在。欧阳修著文曾谈到他母亲与父亲一段对话，母问："生可求乎？"父曰："求其生而不得，则死者与我皆无恨。夫常求其生犹失之死，而世常求其死也。"所有死刑都是求其生而不可得，求其生是前提，为了求其生当然要为被告找理由，要对法官判决的有限性有观照。什么都找不到时，才能判他死刑。

孙：但是丹诺确实阻止了一次死刑。是两个小男孩把一个男孩绑架并劫杀了，他为这两个男孩做了辩护，并成功了，说他们当时心智有问题。把那个事情当游戏来玩的。他更重要的一个辩护理由是，许多人希望判他们死刑，暗含了一个心理：这两个孩子家庭很有钱。

林：我们这个社会本来就有一个法则，是防止我们滥用刑法的。比如所有的死刑都不及于少年犯。少年犯在许多国家，基本上是不用极刑的。本来就这些前提了，你为什么还要谈废除死刑？丹诺为两个小孩辩护，或许他们心智是有问题。但我们也不能推而广之说，有这个个案，后面的案都必须如此。我们也晓得说，人不能因为他天生的不能而为他的行为负责，但是谁来证明这是天生的？谁来证明天生的确是天生的？我们也晓得人的犯罪也有其社会因素，但是不是社会不完美，人就可犯罪了，这个线要画在哪里，这里有永远的问题在。在这些东西权衡之下，我们做了一些必要的规定。这必要的规定也可能因时空而改，我也认为废除死刑是一种选项，但你只要告诉我废除死刑道德就比较高，我就请你把优越感收起来。

肆

为了抽象正义而牺牲个人，这个正义或理想需要打个问号

孙：我注意到，主张废除死刑的人，最多谈论的是基督教的理由。原罪以及我们的处置永远无法绝对正确。另外他们会举二战后德国人的例子，说犹太复国主义的反弹跟纳粹迫害犹太人的关系。我在一本学者的书中看到如此明确的表述："如果我是个犯罪的受害者，我还是一样主张不能由受害者的感受

来决定犯罪者应该得到的惩罚。人类文明的发展会逐步将惩罚的权力——先是执行惩罚的权力，接着是决定惩罚的权力——步步从受害者、受害者家属手中取走，是有其基本道理的。因为满足受害者情绪，不只不切实际，而且会产生恐怖后效。"

林：法律的存在本就如此：将惩罚的权力交予社会。但这权力如果不顾及受害人及其家属，就等于以"整体"之社会、"抽象"之"正义"来强奸个人，真到极致，有时整个阶层都会成为法律的受害人，这时革命就来了。所以社会的概念作用于个人时也不能无限延伸，只谈个人感受可能会有恐怖后效，但只谈社会，就可能出现制度性的强奸。

何况，一般受害你如此讲是有你的观照，但受害如果是至亲生命的剥夺，尤其是无人性、受虐的生命剥夺，你说受害者及其家属的感受叫"情绪"，那就没有一点将心比心的能力了。日本推理小说家东野圭吾写了《彷徨之刃》，故事是说：一个女孩被三个吸毒青少年掳走，强迫她吃下毒品，迷昏后还集体奸杀。其中一位因不愿参与，在良知自责下，私下通报给与女孩相依为命的单亲爸爸。爸爸赶至现场，才发现过程还被录像了下来，在带子上他看到女儿面临死亡、惊恐无助的最后音容，整个人几乎崩溃。而他在失手杀了一个凶手后，警方也开始通缉他。这父亲也继续逃亡追凶，在一个偏僻的旅馆，老板给了他一支猎枪，告诉他如何猎物，其实正在支持他为女儿复仇。因大家都知道，凶手未成年是不会被判死刑的。最后在他把枪管抵着凶手喉咙时，警方的枪也对着他的心脏，他用枪逼问凶手，直到凶手面对死亡恐惧、无助、颤抖不已，此时警方开枪了；就在这父亲死在警方枪下时，警方却发现，他枪管中并无子弹，他留下的遗言却是："一定要让凶手面对死亡的恐惧，他才会知道受害者的痛苦，他才能改变……"谈受害者情绪，看到这，你敢如此一句云淡风轻就带过？最近台湾有一个人为了吃免费牢饭，就随机杀了一个十岁少年，因"反正杀一两人在台湾也不会死刑"。受害小孩死时的面容，惊惶的眼神震惊了社会。我一位文化人朋友，原来是赞成废死的，也实际参与抢救死刑犯的行动，但在一次大陆行中，我们两人交换了意见，我尤其谈到对受害者最后感受的将心比心，他因此与我提到了《彷徨之刃》，他在这次小孩事件中，在报上写了一篇很好的文章"彷徨之刃，死亡之惧"，我在这里把他的观照念给你听，文章最后他说道：

这一出推理剧……它逼问着最基本的命题：谁有权力剥夺别人的生命？如果不是面对死亡，加害者真的能了解被害人的恐惧与苦难？国家是不是要保障加害者的人权？如果国家权力不能保障正义的伸张，能不能个人去报复？然而，另一种命题是：难道杀人凶手就有权利伤害别人的生命？当他虐杀他人的时候，谁来保障另一个人的人权？

再其次，是惩罚的有效性的问题。废除死刑的理念认为：犯罪都有它的根源，是社会、文化、环境等诸因素所造成，除非改变犯罪的根源，消除犯罪的结构性因素，否则死刑只是用死亡把人永久隔离于社会之外。而监狱的职能，是为了教育，而不是为了惩罚报复。唯有教育才能改变人，而不是报复。

然而，更根本性的课题乃是：我们都假设人性是可以被改造、被教育的，人性的根源是善良的，是后天的原因造成犯罪，但果真如此吗？人性是如此正面、良善吗？人性会不会如《发条橘子》一般，充满暴力的冲动与本能的反叛，从而难以控制？社会改造永远不可能完美，人就有理由杀人吗？或者让他们自己面临死亡的恐惧，才能真正觉悟受害者的痛苦？

现在，一个只为了想长期吃牢饭，随机性地杀了一个十岁孩子的凶手，甚至他认为如果未成，以后还要继续，这要如何被原谅？而更重要的是：如果你是孩子的父亲，要如何原谅？

宗教上说，原谅他人即是原谅自己，说起来的确如此，但原谅是多么的困难啊！多少人带着永不原谅的痛苦在活着，他甚至不能原谅自己。

一个坐过死牢的朋友说过：在监狱里，再凶悍的连环杀手，在面对死亡的时候，都失了灵魂，他们都是颤抖着，被拖着，如破布一般上了刑场。人啊人，难道要到了这地步，才能真正地觉悟吗？

死刑，不一定能减少犯罪，但废除死刑，会让人没有死亡的敬畏，而更显现人性的恶质与卑怯，这一点却已经得到证明。

谈到废死与终身监禁对犯罪的吓阻，废死的人认为后者处罚更重，那是不解人性的说法。死亡，对生命消失的畏惧是天生的，生命是因如此才能延续下去，但终身监禁却往往是关进去，日久折磨才觉不如引刀一快的，所谓留得青山在，不怕没柴烧，人总有此侥幸心理，吓阻的作用就少。

的确，谈废死，有很多在天平上不平衡的倾斜，我们一方面认为社会该为凶手之成为凶手负起一定责任，我们又将这责任带来的承担要受害者及其家属几乎一肩挑起，我们能不能也同样地对他们有无比的歉意、有实质的补偿，否则直接谈废死，就只是拿别人的牺牲当我们道德优越的祭品。

赞成死刑的，你怎能说是好杀呢？他一样"哀矜勿喜"，一样有着对生命局限深深的观照。你怎么能要求个人，尤其是受害者，就那么直接地为这个社会的全体发展负责呢？你怎么能让一个领受现在痛苦的人还要想着使大家的未来更好呢？这个讲法就忘记了人是感情动物，人是有社会生活的。一个凶犯杀死一个人，其实不止杀了那个人，也让与他相关的人活在"地狱"里。你不能以一个很冷的话说，说是你自己觉得活在地狱里，他又没伤害到你。有些律师就是这样为废死辩护的，说家属的感受因人而异，不应该成为量刑参考。的确，社会不能只由受害者感受来谈惩罚，但无视受害者感受，那种正义才真是彻底的异化。

孙：主张废死的人士其实是希望被害者家属要有这样的承受度与自我解脱的能力。

林：任何东西当然不能只站在自我的立场，但因为抽象的正义或理想而牺牲个人，我觉得这个正义或理想就需要打个问号。为了未来怎样，我们就应该怎样怎样，那跟极端基本教义派区别在哪儿呢？当年我们反攻大陆，也是这样被教育的啊。因为要实现反攻目标，就要忍受威权与不公，你们不也一样，为了美好的未来，大家勒紧裤带，大炼钢铁不说，甚至还要交出思想！

　　我还注意到，支持免除死刑的人，很喜欢扯到社会犯罪率。说即使维护死刑，犯罪率也不会下降。其实，这里的问题有多复杂，对一件事情的交代与整个社会的犯罪率，两件事摆在一起，用统计数字对切身的感受，多无情啊！他认为我们不应该用整个社会来强奸那个死刑犯，但是，他却让我们强奸那个被害人。

伍

情理法，还是法理情？

孙：一般老百姓谈到这问题，会觉得杀人偿命、欠债还钱是天经地义，没有什么可说的。但是现实生活中也能看出，情与法即使在公民社会，也是会有冲突的。前段时间看一个法制节目，真是泪流。一个十九岁的女孩在北京西客站突然消失了。七年后她的尸体被从西客站附近大楼一个隐秘的地下空间里找到。警察从各种蛛丝马迹认证，强奸杀害她的是当时在这里施工的几个民工。而这几个被抓之后也认罪。但提交法院审理，最后还是被宣布无罪释放。因为只有口供而没有别的证据支持，就只有如此。

林：美国也有啊，那个辛普森杀妻案，可能全美国百分之七十的人都相信他太太是他杀的，但法庭判他无罪。现代的法制观念，是要求程序正义和实质正义都要得到彰显，并且认为程序正义是实质正义的前提。案子程序正义不完备，就无法判。

孙：可这个案子延至七年后，再在尸体上找证据，人都不成其为人，怎么找得到。如果我们认可这些事在法律上这样处理有它的道理，难道这里面没有一种牺牲？

林：为维持一个所谓常态，一个多数人可以接受的秩序性，是有这个不得不有的牺牲。但确实如你所感受到的，这不得不有的牺牲并不代表这件事的处理就带有某种先验的道德绝对性。也就是说，就算我们今天判不了他的罪，但不代表这样的决定是对的，也不代表他没有杀人。就单一个案件来讲，正义并没有得到伸张。但如果你认为在这件事上没伸张正义，而在整个社会正义得到了伸张，这也叫鬼话。

　　回到死刑这件事也一样。我们可以理解，那些主张废除死刑的人是考虑到误判，但这并不代表这种讲法本身，要有道德更高的优越性。

　　而担心死刑之后的复仇延伸会让社会不稳定，这种讲法里面，仍然有社会价值高于个体价值的考虑。先不说，不用死刑是不是就让社会稳定，也不说社会价值与个人价值之间的比重，悖论的是，台湾主张废除死刑的，还都以自由主义者居多。而他们，恰恰是主张彰显个人价值的。

孙：这边当然也是。而且我也觉得，一个佛教的修行者这样的说法，肯定会令他们觉得意外。

林：回到禅者的立场，一个习禅的人不应该是狭隘的，应该是懂得宽恕的。但是，为什么像我这样的人，对废除死刑的态度上并不像知识分子那样明显站在支持的立场上呢？我是想提醒知识分子在这方面可能的异化。

我们过去提到说，祖师语如家常饭，真正的生命道理都是人情之常，离开人情之常，没有大道理在。

孙：但即使讲人情之常，在具体事情上，你还是能感到不同的人有不同的人情之常。很多出了罪犯的家庭，你可以看到，众人都对这个罪犯行为不齿时，他的家人还是想办法维护他。很少有那种弃置不管随你处理的做法。

林：你有你的人情之常，别人也有别人的人情之常。当这两个人情之常起了冲突时，就要从更高的人情之常考虑，或者，就诉诸我们因为群居而不得不妥协定下的法律。法律首先是在人情之常里出现的，它不是先天存在的。

所以，情、理、法，还是有这个次序在。它表示，法律本来就是依情理产生的，是后来之物，而且法是有时而穷的。现在提倡公民社会，看起来变成了法、理、情。但它其实应该是，既然有既定的规则，我们先照着它做不乱，然后再想着怎么改。但是，论什么事情最根本还是情理法。也就是说，当你发觉这个法，有违情理的时候，我们当然首先是依法，然后是想着赶快修法。法的正当性，永远只存在于情理当中。

只是当我们谈人情之常时，就好像我们谈《赵氏孤儿》一样，那个时代有那个时代的人情之常，我们有我们的人情之常，谅解是从这里开始的。

陆

当下的知识分子思维，是否过度西方人文化？

孙：一下子谈了那么多死刑问题，好像我们俩都成了法学家或者公共知识分子。

林：主要是想这里面存在着人对自我的观照问题。知识分子长于抽象义理，而短于现前的感受，越来越愿意从义理求其逻辑完整或者做观点建构，却越来越少从真正的生命感受出发，所以就越来越缺乏同理心。

孙：不过把赞成废除死刑的学者的文章读完，我还是会尽力去理解他们。因为大概有些我算是认识，也不觉得他们多么酷悍或冷然。他们也许更想显示的是，作为知识分子的理性。

林：台湾中生代有个作家，形象蛮好，人也俊俊的，晚婚，很晚才要到小孩。他有一阵在《联合报》开专栏，都在写给女儿的情书。他就是赞成废除死刑的。有一次请我吃饭，我就直接问他，以你那样爱你女儿，如果你女儿有个怎样，你还能坦然说废除死刑吗？

他愣掉了。

我又问他，你告诉我，到底是讲废除死刑的人格高尚，还是为了自己的亲人千里擒凶，更高尚呢？他也愣住了。

孙：这个答案，很可能有知识分子会说，当然是前者高尚，因为前者更不容易做到。更……超越嘛！

林：可是我没感受到吔。你真去做，还真难说哪点更难呢！何况人人不同。有些知识学者，写他们对儿女的爱与痴时，那种父女情深，那种凡夫的执著，比我们这种人不知深多少。他们谈美好音乐、美食时多眷恋啊，一个街角的小摊就能让他感动得要死。这样连一杯香醇咖啡的诱惑都不能超越的人，我们却常看到，就在这里告诉我们，一个人要超越悲伤，超越仇恨。

　　而当他们没能看到这些所谓的超越，就怨这个社会不进步。事实上，这个社会只要回到常人的感觉，不失那个平常心，很多事情哪有他们想象的那么差。

　　坦白说，我们现在这样放在人情之常谈这些，还要背负道德不够高尚的包袱。

孙：这倒很有意思，从某个角度，您和一些知识分子都在谈超越。您所说的接纳人性并相信超越，而人文知识分子会觉得，人性就如此，超越不可能；但他们在主张废除死刑这事上的超越，您又不那么"超越"。反差越来越大。

林：概念上要超越，谈来太容易了。受害者或家属从这中间站起来才真超越，何况如果一切都照他们讲的话，那么整个伊斯兰就是野蛮的啦。佛教就是不文明的。怎么可能呢？

孙：在这一点上我大概要反省一下。一般来说，我做采访还少有被拒的。但是有一位作家看过我的采访提纲后还是不想回应。他是位伊斯兰宗教信仰的作家，我个人蛮尊敬他的，但只是觉得他对美国对西方的看法有点……也可能，我太想追究其中的普遍公理，而对他所谈的弱势一方的暴力反抗缺乏同情的理解。

林：的确，我们对伊斯兰世界了解太少，说到暴力反抗，记得60年代劫机案频传，原因多来自政治，而后来鉴于人人都可借此理由劫机，作为又会伤及第三者，大家就有了共识，在这地方有了不轻易逾越的底线，看看，从反抗者，从第三者，都是诸方考虑的结果，废不废死也应如此。

其实，只要我们如实，将心比心地看待这件事，就比较不会异化。废死者常让我想起当代艺术——当代艺术的使命是去感受到人类生命的幽微、生命的有限性，而艺术的伟大也就在此。看到有限性，自己就"超越"了。他们也是一样，因为无法判准死刑这件事会不会伤及无辜，所以我们就不要死刑，不要，就超越了。

孙："法治若是公正，世间就不会传颂水泊梁山。"这句话就出在那位作家书里。每次读到它，我个人仍然会有些动容。的确，很多字眼看着美好，但是强求于弱者，仍有不公。因为按法来论，那个让女孩陈尸七年的强奸杀人犯，就可以因证据不足逍遥法外。很多亲人被害的案件，受害者的家属唯一能告慰死者的，就是那个罪犯得到应有处罚。废死一立，估计离这个更远了。

林：很多主张废除死刑的，会强调这不是针对某个人，某种人，但没有对象的废除死刑，谈起来有什么意义呢？他们也许会说我们不谈个案，只谈抽象正义，所谓正义是不需要愤怒的。我也赞成。因为正义是抽象的义理，但不能因此抹杀那活生生的实存个案，那中间实在的感受，而异化成一个宰治别人的概念。

不谈个案，只谈抽象正义，从某种意义上这也是一种西方思维。它本身带有抽象比具体更超越之意。就好像艺术中觉得抽象画比写实、写意画，纯粹音乐比标题音乐更高级一样。我总想问，当代人文知识分子的思维，是否已过度西方人文化？

孙：也是从一本德国人所写的《何谓欧洲知识分子》一书中，我了解到西方知识分子精神发展的源流。也就是他们承认，"知识分子与社会脱离是获得某种超验性知识的必要条件和可能性。知识分子的观念不会受到某一特定阶层的观点的约束，而取决于一种客观精神和对完人的追求。"这也就是说，他们可以抽象地思考一些概念，一些事情。"每一个观点都有不依赖于社会，属于自己的生命力。"

但作者同时也指出，"这样的知识分子，失去了生活在社会中的权利。他们被边缘化，并且可以从他们的不得人心被认出。真正的知识分子是孤独的。"也就是说，在西方社会，认可这种纯粹在抽象意义上思考的知识分子思考的价值。但前提是，你注定是孤独的，是社会的边缘人。但显然，在这里他们还是社会主要的发声者。

我个人感觉，西方知识分子做各种边缘化论述，哪怕看不懂也觉得自然。但是如果身边的知识分子也这样，总常觉得缺了些什么，也可能是我们的文化系统里，不这么看问题。他们讲那么多理论，还不如一个人通透地讲世道人心，更让我信服。

林：真的是文化属性的不同。中国文化，人间性嘛！禅说离开具体的当下，都是戏论。西方是这样，人文主义之所以脱离神权主义，是因为承认人是有限的，它使得知识分子、人文主义者更谦卑，不敢以礼教、神权杀人。但从另一角度看，也因此放弃了超越的可能。走到极端时，就把所有事情变成概念性的共同承担。比如一个人犯罪，就说我们所有人都是共犯。请问你，为什么他犯罪我不犯罪，我们不也处在一个社会里？你又说彼此的环境还是不同，这极端化，讲不完的嘛！

柒

宽恕，有一种爱我们很陌生？

孙：哲学家赵汀阳写过一本书，《一个人的政治》。其中有一句话："平等是个太好听的概念，以至于人们通常不好意思反对它，也就不会去反思它的不良后果。"其实我们一直触及并在做观照的，说来都是些良善的观念。知识分子喜欢美好的事物，所以都爱在这些美好字眼上着力，有时自我生命就难免被困扰。您也知道我曾经有过一次被劫受伤的事，那个抢劫案后来在审判期间，律师与我有过一些沟通。我当然表示该怎样判就怎样判，但后来老觉得自己还是不够大仁大量。也许我该有更宽恕的姿态，但我没有。这成了我一个小小心结。

林：不需要如此。当然你若了解到他的背景中确实有不堪的地方，你选择原谅或以德报怨，都是对的。找不到这种东西时你就别多想。每个人都一定程度要为自己的行为负责，如果这个基点不见，那这个社会就不要讲了。

孙：但我还是对一篇讲宽恕的文章印象极深。是已故学者余虹就美国的校园杀人案写的，题目叫《有一种爱我们很陌生》。他注意到，一个华人学生开枪射杀了十三个学生，但是美国人后来点起十四根蜡烛，最后一根是为这杀人者而点的。他提醒我们，对这无明的杀人者的纪念，是我们文化里缺失的。这样提醒不可以吗？余虹在大陆人文界是受人尊敬的学者，他虽然离开人世几年，博客仍然有人去浏览并留言。他写的这篇文章，我个人认为是认真思

104

考过这件事的。

林：他的文章是一种提醒，尤其是在大陆动不动就正邪两分的局面下，他这样谈，有它的积极作用。因为，面对事情，我们确实很容易根据所谓的对错站在一个既定的立场，而忘了人本身最深的同情与生命最深的无助。在这角度，基督教的原罪观确有它的价值在。从它看来，我们都有作为人的局限，只是轻与重、显与隐之别。更深地返观这个共同的局限，自然就会去点十四盏灯。因为错是那原罪的显现，只是他更不幸地显现出来罢了。

这样的观照即便不从西方的原罪观出发，站在东方，这第十四盏灯体现的也是一种悲悯。悲就是怜悯众生之苦。他走到这一步，也一定有他的不得不吧，如果能让他重新选择，他不会愿意走这路的。悯，就是其实我们和他也差不多，根柢都是无奈无助的。众生都有无明，只是有些人因这个缘起无明炽盛，发了。我们可能好一点。但好，也可能只是各种因缘没碰在一起，并不代表我们就比他控制得好，没发出来也只是我们的幸运而已。所以，从这里出发，我们也会点第十四盏灯。

所以说，他的说法我并不反对。但我要强调的是，社会的正义，或者任何一种提醒，不能又变成另一个绝对的概念，为避免了一个错误，却又去犯了另一个错误。毕竟我们如果把对凶手的关爱强调到极致，往往也就直接加深了当事者的痛苦。

問禪・問佛

义
理
篇

壹

逃禅就是逃避现实吗？佛教与现实的真正联接

孙：认识您多年，我发现自己对一些和佛禅相关的字眼会格外敏感。比如读苏曼殊传记，说他四岁就爱戏仿奈良时期裹头法师装束。一次被过家门的相士撞见，看到他目宇清癯，默然孤索的样子，抚摸其头叹息道：是儿高抗，当逃禅，否则非寿征也。

当人们习惯把一个人的皈依佛门谓之逃禅，这里面的意味是什么？

林：传统上确有逃禅之说。这词有两种用法，一种是站在世间角度，即现实不如意，无所寄托，遁入空门，找个慰藉。另一种是，站在出世间角度，带有一个自我的……怎么说，也不是自我，比如人家问林谷芳这几年怎么样，我会说，"人生苦短，逃禅去也。"其实指的是一种肯定的安顿。

第一个逃，是肯定世间，认为进入禅，是逃避。后一个逃，是认为世间繁琐，逃禅是解脱。这个要根据上下文来理解。

孙：不过逃禅的第一个意思，的确代表了很多世间人对修行人的看法，而光从字面看，怎么想这个"逃"字，都很有意味。

林：把逃禅视为逃避，是把世间出世间对立来看，先肯定的是世间，毕竟你生活在世间，所以认为你这样是不食人间烟火的一种逃避。但其实不必如此对立，因为即使只谈世间面，人也还有社会与心灵两个层面，你不能说只有

110

那社会面才值得肯定。我们看到许多人把自己的生命安顿事，直接与社会改造、社会合理划成等号，不要说在现实面，完美的社会不可能存在，这里还牵涉到非常多你的期待与别人的落差，这样做根柢地还是背离了人可以自我观照与自我安顿的原点。

孙：从我个人的观察与阅读史书的感受，中国社会一到了激烈而敏感的变革阶段，若有谁入佛修行，就会被认为是第一种意思的逃禅。总是觉得，这么关键的历史时刻，你不去投入改造，而一味地强调个体的心灵安顿与自由，就有些不着痛痒，或者避实就虚。而清末民初一批知识分子，主张以那种佛教救世的理论去建立佛教与现实的联结，显然也没有起到功效。倒是能体会出，那些知识分子的苦心——他们希望自己所看重的佛教，在现实社会中显出能量。

林：知识分子喜欢引用范仲淹的《岳阳楼记》那一句："先天下之忧而忧，后天下之乐而乐。"这是明显的入世情怀。但此文更重要的还是："不以物喜，不以己悲。"只有宠辱不涉于身，你才有安顿，才能先天下之忧而忧，后天下之乐而乐。否则，你看到那些没有成就的人、比你差的人还在那乐，你气都气死了，还怎么能帮他们荷担呢？

孙：您的意思是，即使有心改造社会，自我的安顿仍然是第一位？

林：应该说是观照的原点。你有这个安顿的原点，你来改造社会，或者改造社会时，也能够回头观照这原点，生命就不致异化。

我们在前面部分，谈到很多知识分子的不足，并不是在否定这些人做事的意义，而是在提醒大家，这里会产生的问题。就此，还不只是个人异化，它真能解决多少问题，也必须重新观照。台湾这些年社会开放，很多东西摆荡来摆荡去，其实都长短互见。比如台湾是施行罪刑法定主义的，意思是，除了规定不能做的，其余都可以做。这当然有它的道理，法律因此就变成一个社会共有的基准，而不是权势者的工具。但法律在此，虽不是权势者的工具，却往往又变成玩法者的工具。因为坦率说，严格的罪刑法定主义，就是聪明人在欺负老实人，因为这些人最会钻法律漏洞。而这显然不符合正义。不观照于此，只把这个罪刑法定观念推到极致，就会出问题。

同样，我们谈人心安顿、人心觉醒，一样不该把它推到极端。"人人都成佛，世界就会太平"，这句话等于空话，因为不可能如此嘛。

孙：宗教人更强调安心，而世间的知识分子更在意立命，或者立命后才能安心。在此，有位当代日本宗教学者玄侑宗久的一本书《禅的生活》中说到一点：当须得以批评性的眼光观测未来，决定取舍选择时，禅几乎不予提供这样的基准。不过当选择完毕之后，对于所做的决断应取的觉悟，则不妨依照禅去做。他的意思是，比如是否应该发动战争这一类的选择判断，是禅所不适合去做的。因为不管战火纷飞也罢，在狂轰滥炸之下四处逃命也罢，抑或患病住院也罢，禅都要在那现状之中寻觅出一条活路来。

他这个看法，倒让人很能看清修禅习佛在世间的根本作用。

林：安心，是最根柢的立命。你自己不清楚了，还谈什么救度世人。世间事无尽因缘，禅不在这里提一个所谓客观的答案，但在禅，你澄澈，选择就不容易错，即便诸般因缘超越了我们拥有的世间智慧，你这澄澈，也让你能直下承担。禅的活路不指那客观的活路，是你生命自身的活路。这活路是内外交参而得的，有时因为你做社会面的事，反过来会对自我观照有帮助。但自我的观照毕竟是原点，所有的安顿离开这个东西，都会成为一个妄念，或者纯粹的概念——假设我们有一个社会叫理想社会，你想那不就是人人安顿的社会？但是哪有一个制度能让人人安顿？所有的群居生活都是一种妥协。它其实就像我们在谈民主谈现代社会常讲的，是虽不满意但可以接受，但接受也难免勉强，这就是制度。而自我安顿的意思是，你有你的活，我有我的活，外在的世界并无所谓客观标准可以放在个人安顿之上。一个人一定要年均所得多少才能安顿？有人亿万还不安顿，有人能温饱就可安顿，有人甚至可以摩顶放踵而安顿，说来最后的安顿还是自身安顿，心的安顿。

当我们谈合理社会是人人安顿的社会时，你怎么能离开人心的安顿而只谈制度呢？制度设计当然重要，有它可以使我们更趋向于达成一个更好的社会环境，但安顿的主体还在个人。所以当代人，不需要在这个地方，做一个世间与出世间的对立，反而更应从制度和心灵，或者回到群体跟个人这一双重角度来看待社会的改进，以及一些问题的解决。

孙：但是不得不说，中国的儒家思想几千年深入人心。家国天下，在很多人那里是扯不开的。所以会有"修身，齐家，治国，平天下"。好像前面所做的都是为后面做递进。

林：可是别忘了，修身、齐家、治国、平天下前面是什么？是正心诚意，没这，后面也不行。

孙：偏偏这四个字倒不为人们常提。说到家国天下，今年4月在杭州万松书院，听您一次演讲，有一层意思我多少有些明白，在佛教入中国以前，中国人用儒、道两家来平衡生命，所谓"穷则独善其身，达则兼济天下"，但说白了，人的生命还在进退中打转，也因此还没有彻底的自由。

林：对，如果没有道家自然的、谦冲的，佛家空无的、超越的哲学，中国这个社会就会因儒家而只做加法，人就会变得越来越躁动不安。所以我一直讲，中国人应该是在儒释道三家中得到生命的平衡。但在此，儒道比较是互补的，钟鼎山林，虽有世间与超越，多数时候，却还在进退之间，到了佛家，这超越才真正得到彰显。

　　家国天下思想，确实是儒家思想一直占中国文化的主流的原因与结果。而近代中国的情势又如此严峻，知识分子救亡图强的使命因此很重，当然普遍会觉得，现世困境不解决，你却要解决心灵这样虚无缥缈的事，这怎么行呢？但这其实是用实用的观点来看待生命的安顿。我们常笑清末民初的知识分子，一想到向西方学习就想到船坚炮利，但是难道你不觉得，现在我们一谈社会改造，不也是在继续谈另一种意味的船坚炮利呢？我们设想一种制度叫船坚，另一种社会结构叫炮利，有此一切就解决了。其实对人的幸福而言，它也许是可能的条件，但绝非充分的条件。

孙：那么抛开社会制度再谈个人安顿之道，我许多做艺术的朋友还是笃信，蔡元培当年提到的"以美育代替宗教"就足够。人在艺术与美中找到一方天地，不也可以安顿吗？何必再做修行？

林：这种代替，就好像我们讲说有一个心灵慰藉。但慰藉只是慰藉，并不代表解决。

孙：这个话怎么说？

林：我的意思是，当我们进入一个美感的直观直觉，当下我们的确是放下的，是安顿的，但请问离开后呢？美育说来常只是一种进出的用途，而不是像我们修行所说的，因为对死生的根柢观照，任何事物都可因这基点而有所领悟与安顿。举个例子，你是个谈美感的教授，别人骂你骂得狗血喷头，你还能会以美感欣赏他吗？固然许多事你可以做到用美感处理，但一想到某个朋友对你不好你就生气，那还不是终极解脱嘛。

孙：可是，佛教不是也说，一花一世界，一叶一如来吗？也许微小的事物中就有道，浸淫其中，自会悟道。许多人会这么认为。

林：如果是道，就有一点，道不可须臾离也。美感不是，多数人谈美创造美，是在享受美感，而不是拿它做参一切问题的基点。

这就说到根本，为什么我们活在世间，只谈世间法不够，还需要出世间法。是因为生命事物都是及身而没的，它涉及个人生命存在的基点。如：你如何而来？如何而去？死是不是就等于幻灭及死生的不自由等。你在这问题上没有得到解决，就没有终极安顿。

孙：也许是我们对人的了解不够，我们不也可以看到，有些人摩顶放踵也能安顿？

林：那他背后肯定有类似无尽因缘的生命观，所以会觉得我的解脱与众生解脱连在一起。否则这边赏你一个巴掌，那边脸递过去，在相对的世界，人是不可能如此的。

美育代替宗教，这种安顿坦白讲基本是一个寄托型的，而不是彻底解决透脱型的。

孙：西方六七十年代，倒是有一批人，并非是想美育代替宗教。他们很深地切入了东方佛禅，并想从中获得解脱之道，比如披头士、垮掉的一代那批诗人，还包括离世不久的乔布斯。我最近在翻一本书，是中国人研究西方垮掉的那批诗人的，发现这批诗人虽然投入，但他们生命呈现的最终样貌，还不是解脱后的样貌。

林：那个世代有那个世代的茫然。反叛与茫然。他们是想要解决，但最终并没有得到安顿。

孙：是啊，那么投入地求佛问道，最后怎么把东方佛禅和迷幻药搞在一起了？

林：这就是我为什么常说，一个东西你必须理路通透。举个例子，那个时代强烈想要安顿自己，有时就会寻找便捷手段。很多人打坐吃迷幻药，为求得一个定境，其实它只不过让你暂时得到放松而已。这种修行法，已不是从佛家观照根本的苦，由此超越，或者像基督教观照到原罪，透过忏悔解脱般。不是的。

孙：或许是他们没有机缘找到正道。没接触到精要？

林：主要是没有整体通透，或者更多是把它当一种方法，而不是像宗教，在一整套修行系统里修行。举例说，道家也炼外丹，他们有一套理论，怎么去实践，要多少年，可披头士一代，却直接想拿迷幻药达到那个无我境界，他们多依赖外物！我读书时，许多学者因为不习禅，还特别研究，迷幻药如何达到禅定境界，我只能笑。这就是学者会犯的错，完全是支解性的理解，跟头痛医头、脚痛医脚没什么两样。

贰

历史佛与终极佛：佛教的时空观与宇宙观

孙：看来即使我们想在佛教中寻找生命的启迪，也得对它有一个整体通透的理解，否则就容易偏听偏取，让生命陷入误区。谈佛教离不开佛陀这个人，说来佛教中关于他的种种说法有时还会让人犯晕。比如说佛陀创立了佛教，他也自取名为佛，意即觉悟者。那为什么佛教中又存在一个过去佛呢？

林：大乘佛教宇宙观中有一个基本说法，就是一佛一世界，每一个世界都是佛愿力与众生业力的结合。它又有一个劫的观念，一个成住坏空的观念，是说任一个世界都会有它的生灭，这一个生灭就叫一劫。在劫里都会出现一些佛来救度众生，但不一定用我们现在这样的称呼。也就是说，佛这个称呼也只是一种随缘，上个佛叫什么佛的说辞是释尊对我们世界的随缘称呼，和那个佛的实在是两个层次的事。

　　佛家是无限的宇宙观，无穷的宇宙，无量的佛。

孙：虽然一佛一世界，但就所有的佛的终极来说，是不是一个佛？

林：应该这样说，在究竟意义上，佛与佛是无别的，而佛本身也可以化身千万，所以佛法有三身之说。法身，指的是宇宙的法性。报身，自受用身，就像我们人活着总要有一个形体，佛也有它自己的体相。再有一种叫化身、应身，就像观世音，为化度众生可以化出各种形貌来。

　　在这个世间，以我们众生的心量看到的佛陀都是化身佛，但不是所有化身佛都是同一尊佛化身而来。也有阿弥陀佛、药师佛、释迦牟尼佛的不同。

孙：那释迦牟尼佛是？

林：他是化身佛，应缘到这个世界被我们看到的佛。

孙：这么说感觉这个人不太像真实的人，实际上他和孔子一样，是历史上存在过的。

林：应该说，觉者在这世界"真实"的相反而都是化身，因为他在另一层次还有他的自受用身，只有相应你才能见到他。

孙：越南的一行禅师提到一个概念：历史中的佛和终极的佛。

林：历史中的佛指的就是能被我们看到生在哪个时代的佛。比如释迦牟尼。

孙：那终极佛就是法身？

林：法报身的佛，法报一体，只是体相的区别。

孙：也就是说，理解佛陀，会有两个层面，一个是应缘来到这个世界，像印顺法师所说"有人间的确实性"的那个佛陀。一个是如经上说："见缘起见法，见法即见佛"那个佛，即佛的法身。

林：法报一体，直接讲法身还不够，还得及于报身。相应于历史中的佛，那以愿力和合世界的报身佛更像众生心中终极的佛。

叄

共鸣于他的痛苦不安，而没能如他寻求解脱之路，
对佛陀的这个"看"，本身也有问题

孙：关于那个有人间的确实性的佛陀，我买过一本一行禅师写的《故道白

云》，对他的一生算是有了全面的了解。但也觉得，以前之所以不清晰，是因为人们讲佛陀故事时，聚焦点多在他艰难曲折的成佛之路，而他得道之后的故事说者寥寥。

林：佛陀解脱后的故事，记载其实也不少，他二十九岁离开王宫，三十五岁得道，历史上对他后面的记述，散见于不同经典里，比如他阻止某个王杀戮，但他也没办法阻止释迦族的灭亡。无论如何，从经典记载中可看到他的如法。

他也一直在精进地弘法，但因缘有异，唯一不变的是他的安定。

孙：会不会因为我们是人，很多人即使穷尽一生去实践，仍然会觉得解脱之路很遥远。所以共鸣与有感触的多是他得道前的不安、痛苦以及解脱过程。

林：应该这样看，佛陀前面那段故事的意义的确是在：他也是人，但他却能求得解脱。不过，众生从他身上来看出、看到生命的不安、痛苦却没能同他一样寻解脱之道，这"看"本身也还是有限的。

佛陀后期，弟子记述他的都是经典的，而且是究竟的抉择，的确离普通人远了一点。但解脱者的生命样貌，我们依然可以在历代的大修行者身上看到。禅宗和尚或大修行人留下那么多故事，其中许多更都是开悟后的，而于死生风光尤多，有些禅者萎然顺化，有些游戏来去，有人从容就戮，有人具现大美。

孙：一行禅师写佛陀一生，文字里有一种温润之美。不过，读铃木大拙《禅与生活》，说到"佛灭度不转法轮"，还是稍微有些吃惊与不解。

林：佛灭度法轮怎可能不转呢？一般不会这样讲的。万寿辩在他老师云巢岩辞世时写了这首诗："人道师死已多时，我独踌躇未决疑；既是巢空人又散，春深犹有子规啼。""春深犹有子规啼"就是要告诉你,总有人在传道,总有人在悟道嘛!当然,如果这句话是放在佛圆寂时弟子的感受上,是可以理解的。毕竟世上有这个伟大的导师,总的来说更方便嘛,这是情感上的体会。但一些外道术士讲佛灭度,法轮不转,或者说后来又传给了佛教之外的谁,这都是虚构的。

从佛理来讲,是依法不依人。法是常在的,佛只是把他体会的法说出来。佛灭度,法灯还长明嘛。问题是,你有没有看到、悟到"春深犹有子规啼"里的深意。

孙:但是"佛灭度不转法轮"这句话,从中文版的《禅与生活》论述中,的确它出自一个佛教经典。

林:这要看经典是对谁讲的。关于法难传或传不传法,我所知的就是梵天祈请这个故事。

孙:好像是杂阿含经里引出来的。在那部属于阿含类佛教文学称为《过去现在因果经》的经中,有这样的话:"我最初的誓言实现了,我所得到的法(道)太深奥了,不易了解。只有佛才可以了解另一佛心里所想的东西。在五浊时期,一切有情都陷入贪、嗔、痴、假、傲和诳之中;他们没有福乐,愚痴,没有悟力以体会我所得到的法。即使我转法轮,他们也一定迷妄而不能接受。相反,他们可能恣意毁谤因而堕入恶道,遭受种种痛苦。我最好还是保持缄默而入灭。"

林:这句话是释尊得道时的心情,所以才会引来梵天祈请的公案。是说他当时在菩提树下悟道后,并不起意转法,梵天乃请佛陀大慈大悲传法。这件事后来也变成了禅门公案,它说明了两点,一是法是自性自悟难以言传。二是任何传法，它都是有对象有针对性的。所以，每一部佛经都有它的当机主。《金刚经》以须菩提为当机主。《心经》以舍利弗为当机主。《华严经》以善财童子为当机主。这意味着，如果没有对象，就不必言说，否则所有的言说都是戏论。

肆

唯我、自我、无我：佛教如何看"我"

孙：肯·威尔伯在他的《一味》的书，谈到宗教的几种作用。说大部分世人看重的都是它的转译功能，即它所提供的某种意义与解释，可以让人对自己的生活有所安顿；但他说，宗教更重要的作用其实是转化，就是从小我到大我。或者说进入无我，那种宇宙的实相。您怎么看他这个看法？

林：可以这样说，从某种角度看，修行人本身就是天下最自私的人，他对于自身处境最敏感，也最如实。所以他不会夸夸去说要以天下为己任，要慈悲度世。他的观照是，我自己的苦恼要解决。每个人都会遇到生死，但别人的生死对自己还是个概念，到自己身上则是活脱脱的生死。对这问题如实地领略，使他有了道心。

但为什么会从这个"我"再到那个大我，契入无我？就像释尊一样，他是亲眼体会了生老病死的无常才去修道的，可是修后渐渐领略，原来这些问题的解决，不是从小我的执著来解决的，对我的执著，反而是生死烦恼之本。不要讲最根柢的生死，即便世间的烦恼，最终结果都是因"我"而来，因我执才会不该拿的拿，不该做的做，不该想的想，于是就从这对"我"最真切的观照中入手，契于无我。

孙：我是烦恼之本，因我所以才有一念三千，一念八万四千烦恼。这两个词听来都让人觉得，人真是烦恼多多。

林：但有八万四千烦恼也可以八万四千好事，这两个词都是在说，一念之间，你有无尽因缘。可以到佛法界，也可到地狱界。

孙：这两个词怎么会是一回事？

林：一念三千的表达只不过更中性一些，一念八万四千烦恼是劝你要修行。这两个词都在告诉你所有因缘是不可思议的，念看起来小小的，却可以牵动大千世界，就像蝴蝶效应一样。

孙：这提醒我们修行也是从一念中返观自身。不过，修行本来为了安顿小我，最终却契入无我，宗教这件事本身想来就挺玄妙的。

林：宗教基本都是这样的。它要解决自我问题，而最终你若没能发觉这自我本身才是真正的问题，那就是魔了，就很容易发展拿别人当祭品、用外在的东西来满足自己欲望与贪婪的邪道。

孙：但困惑的又是，我们看佛书，有时很强调我，有时候又强调无我。谈禅，我也经常听到您说，我们谈论每件事，都需要一个主词，谁结婚对不对，谁离婚对不对。这个主词，其实也是一个“我”。

林：佛教同时举唯我跟无我。禅宗有一个公案指释尊出生时，行了七步，一手指天一手指地，说"天上天下，唯我独尊"。他要你从这"宇宙的唯一"谈起。我们谈禅任何时候都要一个主词时，是说没有两件事是一样的，任何一件事物都是宇宙的唯一。

而谈"无我"，就像谈佛性一样，表明你有那个通性。契入无我时，可以和所有的"我"产生了关联，能够无隔地契入他们，在这里，你这唯一的我也才能观照现前时空的唯一，于是有了唯一的因缘对应。

我最近在写《画禅二》，谈禅艺术的特征时，说到其中有一个特征就是独在。你会发现禅画写任何东西，不会铺衍太多，以此，来具显那个朗然独在、独坐大雄的特质。可是我也告诉大家，所有禅画又是无作意，就是无心的。因无心，乃不被"我"所障碍。

回到以前我常跟学生提到的白马入芦花这禅语来看，从白上两者是同，从马、芦花上两者是别。从以事显理角度，一定是从别中显同，没有别，就没有应对诸事的能力。但没有那个理在后面，你就没有跟别人连接的地方。

孙：也就是唯我与无我，是一体两面？不过有时修行人听到别人说，你这人很自我，就会感觉有批评之意？

林：自我，在禅，也是否定的。它表示你陷在一个小我里面，以此不能契于无我。佛法谈破执，我执要去掉，法执也要去掉。只是无我以后，你若仍守在那个"无"，禅又要呵斥你了，因为那还不是真正接连于无心，真无心是契入法性，与物无隔，它是最能起作用的。所以，有一个禅师在结夏时告诉学人不能犯五种病，第一是，不得向万里无寸草处去，第二是不得孤峰独宿，第三是不得张弓架箭，第四是不得物外安身，第五是不得滞于生杀，这些都在指明真正的行者要有应缘的能力，要你不能离于众生，否则就没有应缘的能力。应当下之缘，此时就是宇宙的唯一。

孙：不过同样的语词，也有禅师语是说，直须向万里无寸草处去。

林：禅就是这样，你不得滞于生杀，你不懂得生杀不对，以为绝对要生杀也不对，说万里无寸草，是无我，无我才能应缘，那当下之缘是唯一，又是唯我，所以禅一方面讲孤峰顶上，一方面讲十字路口。

孙：这两个概念永远要并举？

林：对，就像佛家的真空与妙有，禅的定慧不二。它们都是一体两面的东西。真空就是无我，妙有就是唯我。而佛性就在真空妙有中。正如讲光，你不能单讲波，也不能单讲粒子，单取一点都不是它。

孙：我理解，这里面也有一个小我与无我的关系在。这里，小我是个起点。不过说来现在翻译书看多了，会发现里面有无数词汇：自我、大我、小我、真我。

林：首先，佛很少讲大我，因为无论大、小，我执总是所有烦恼的根本。但把我去掉以后，也不直接说无我。我执去掉，破邪即显正。它就回到本心。契于本心，是契于无分别之境，比无我一词更直接。无我一般是对众生假名立说。而佛也不讲真我，没有这个词句。毕竟真就对假，大就对小，一般的无我又会对一个有我。其实，谈佛法直接译音有时最好，谈咒，玄奘不是有五不当物吗？也可用在其他方面。现在修行的翻译书，有些借鉴的是心理学名词，跟禅没什么关联，不必在这名相里费工夫。

伍

善人尚可得救，何况恶人乎？——救度的观照

孙：佛门观点，不同宗派各有侧重点。有段时间看日本电影《入殓师》原作者青木新门所写的《纳棺夫手记》。他非常推崇日本净土真宗的开山祖师亲鸾上人。这位祖师因为主张只要念佛，无论善恶都能得救，甚至不需要长期的苦修，在日本佛教界饱受争议。不过这个观点在一般人看来，也确实极致了些。

林：任何宗教修行，只要修到极致，总有相应。祈祷，有的人一辈子就祈祷，将它做到极致。从这一点讲，亲鸾上人就把净土意义推到最极致，包含"善人尚可得救，何况恶人乎"这样的观点，这说法在差别世界里自然会引起矛盾。或者说感觉存在着一种独断性。和"信上帝得永生"一样，会有人质疑：好人若不信上帝，是否会下地狱？坏人信上帝是否也得永生？

孙：是否任何宗教都要面对这种说辞上的矛盾？因为它为了推崇自己的理念，一定会把某些东西推至极致。

林：一个极致性的修行法只要不排他，仍可以有它一定的积极意义，可以接应某种特殊的人。所以亲鸾才会讲说，你问我念佛能否往生佛国，我也不知，但即使为法然上人所骗，于我如此愚痴之人，也只能接受！还是要继续念佛，念佛念到极致，不要任何条件。

很多……像约翰·卡尔文那样的基督新教，不是讲到上帝的意旨是不可测度的吗？所以不能径说信上帝得永生。如果真信上帝就得永生，就变成你可以测度上帝之意，上帝也就不叫上帝，上帝也就不是造物主了。

他们基本属于同一个类型的人格特质。

孙：我读《纳棺夫日记》，感觉他之所以认可亲鸾，是从他自己看死者面容来体认这一点的。亲鸾说善人恶人都能在最后得救，纳棺夫说，我看了那么多遗容，也的确有黑社会大头目，死的时候很安详。

林：这是实证。

孙：另外我看亲鸾上人的生死观，他没有密宗所说的中阴那个阶段。

林：应该这样讲，即使密宗里，大恶也是瞬间转化成另一生命形态，不会有中阴。就像我们这个样子的人，善也善不到哪里，恶也恶不到哪里去，这时起心动念，中阴才会产生影响。大善大恶，他的业力牵动很大，一下就过去了。

孙：那他说的和密宗的说法不矛盾？

林：不矛盾。你如果好好念佛，就没有中阴可言。

六祖识不识字——禅宗公案有没有演绎成分

孙：对于领会佛理，悟公案是一个重要手段。禅门公案的确动人，且神奇。但现代人看典籍中的禅的故事，难免会想，这是真的吗？有没有演绎的部分。比如铃木大拙就对慧能没文化这件事提出质疑，认为这里有弟子演绎的成分，有着强化六祖禅特性的用意。其根据是，其《法宝坛经》中有很多从《涅槃经》、《金刚经》、《楞伽经》、《法华经》、《维摩经》、《菩萨戒经》中引来的经文。

林：文字是在语言之后的，这些经文对六祖可能也就是语言。

孙：我的意思是故事是真实还是演绎？

林：我的意思是悟道跟文化修养其实无关。文化的东西都是后天的人文教化，悟道却必须回到那不受污染的本心。在第一义，后天的人文教化即便是好的，也算是污染。

孙：但这个疑问可不可以存在？

林：这个疑问当然可以存在，但从这疑问谈悟者，表示你不太懂得禅，对禅拈提的本心还有疑。直接讲铃木好了，看他与胡适的对谈，是有境界的人，但铃木也不是绝对通透。和西方人讲禅，他算是贡献卓著的一位。当然，西方人喜欢谈理性，谈知识，他随缘而说也很可能。

不过，真从禅来讲，这个问题不存在。

孙：但对其他经文做引用，又怎么解释？

林：即便有此引用，亦不足以证明最初六祖识字。当然我们可以想象后来的六祖应该是识字的。我母亲不识字，但历史典故、古今格言说来头头是道。铃木的说法是知识分子的说法。至于六祖弟子举扬六祖，以显与神秀之不同处，也的确存在，但与六祖识不识字是两件事。

孙：那是否意味着铃木就是错？

林：铃木如果是为强调慧能禅法的殊胜而提此解释有此讲，我认为也多此一举。依几本禅书记载，达磨来华已活了一百五十多岁。因此有人就认为历史上达磨有两个人，要不怎么能活到一百五十岁？

学者之见嘛！你若问修行人能不能活到一百五十岁，他不仅会告诉你有可能，而且大有人在。

总之，你要用一般的寻常之见谈慧能，就与禅相隔。

对一个宗派开创者或一个圣者，我们当然也可看出后人不希望他像个常人，增添附会难免。但，这是两码子事。

孙：怎么讲呢？

林：慧能是不是识字，这点疑问跟你习禅无关，慧能识不识字与他开悟无关。在这里，慧能究竟开悟时识不识字与可以不识字而在禅里开悟，是两回事。

禅门公案中，一堆婆子不识字也开悟，有的是。

如果没有直接证据证明慧能其实原来是识字的，那这个疑问与讲法就没什么意义。

就比如谈后现代，你不会相信我没有读过一本所谓的后现代的书吧？

孙：哈，私下里怀疑过。

林：山河大地，跟人聊天，都是书籍，你怎么就相信一定要读有形的书呢？以前很多人谈我，说，他一定是偷偷在家读书。（笑）我还那么累啊，这疑问在禅蛮无聊的。

孙：那您对铃木大拙有什么看法呢？我记得第一本铃木大拙的书，还是您以前送我的。

林：有些东西一定要上下文合看，也要从铃木说这话的具体情境来看。他是要把这东方产生的东西，用有形的词句翻给西方，这中间是很难很大的工程，铃木在这方面做了前人未有的贡献。但在翻译中间，一定有些东西是他没法翻译的，佛法来华，最初也有格义佛教的阶段，只能利用知识分子所熟悉的道家词语来谈佛经，你现在读这些经典，有时就像读某些道家经典一样。同样的，当他用西方术语来谈禅宗时，因对应而有的改变也是不可避免的。比如对不起信的人，对于整天钻在文字里的人，你只能对他说，不要被文字所限不要读死书，不能直接告诉他说不读书照样能悟道。

铃木在禅方面有他的见地，在某些问答中直接可以看出。但也有他不到的地方。因为"真理大海，悟者唯见一滴"，悟到底是悟到什么程度，也还有我们对他认识的迷思。

孙：那您觉得他不到的地方主要在哪儿？

林：不直接举特别的公案来对应就很难说，但就铃木禅，可能是因为他自己所修的方向不一样，有过多临济禅的味道，而太少曹洞禅味道。本来临济就临济，大破大立，开阖大度，有气魄，能究竟，但一不小心，禅机也会玩死自己。公案一入文字解，难免就会给人某种印象，以为禅是用来说的。很多人读了他的书，也就不会去打坐，不会去实修。不过，在某些书中也可看出，他其实对曹洞禅是熟悉的。

柒

禅者无愿，为什么还要"打得凡心死"？

孙：您这几年在杭州待的时间多一些。偶尔在网上看到您在杭州参加的茶禅乐的视频，我注意到您对采访您的记者说了一句话：禅者无愿。我们知道，习禅最终还是跟求道有关。习禅中有句话听来很励志，叫"打得凡心死，许得法身活"，这不是很大的愿吗？这听来有些矛盾。

林：无愿的意思是活在当下。生命在什么层次，自然该做什么事情，你随缘而为，从众生的角度看来，就觉得你愿力或法喜充满。

对愿的理解，我们一般会理解成世俗的愿，一个明确的目标，然后往这个目标积极地迈进。或者希望这个目标离我们更近。但这样明确的愿，对一个禅者就是一种无明。

孙：可是"打得凡心死"里就是有这样明确的目标啊。

林：禅者在最初习禅时当然也会无明，希望变成一个通透的禅者。

孙：也就是说，发下这愿的禅者，依旧是无明的禅者？

林：这是凡心的最后一关。无愿的意思就是自己有天要把这一点都破掉。

孙：这就有些明白。否则单念这一句，觉得禅者怎么可能无愿？这个愿力比谁都大呢！

林：因为你有烦恼，才有解脱。当最终你将烦恼与解脱打成一片时，也就无所谓我他了，举个例子说，打坐，你不是为了成佛而打坐，你打坐就是打坐，因为这样，才有一句话叫只管打坐。不是打坐后身体会好，打坐后会有特异功能，会成佛，而是生活就是当下，该打坐了就打坐。打坐能不能成佛，管他呢！禅者无愿，你要从这里契入。

捌

示现奇迹，水知道答案？

孙：似乎，我们可以把无愿的态度带到这个问题上来。这些年有一本书，日本人写的，叫《水知道答案》，很多修行人会举它做例子，说明一种能量场的存在。但另外一些人会因为对方举这个例子而心生反感，因为他们对这个实验的可信度或者结论本就存疑，从而进一步对这个修行人存了疑。是否，我们对水的态度，也应该无愿一些更好？

林：到底水分子有没有因你对它友好或者不友好就样态改变，我不晓得。因为水分子的改变是完全客观科学的，如果真这样改变，我认为是世界大事，所以，显然，这在科学上有一些疑虑在。台湾很多人在提到能量信息时也愿意举这个例子，而我的态度是，你对水友好不友好，如果有这个情形出现，那更好；如果没这个事情，也没什么不好。

　　从禅的角度，水对你的反应有所反应，那么重要吗？

孙：如果你对它友好，它示现美的图案，有些人会理解成，这是一种神秘的能量交换。它对你友好的响应毕竟可以给人信心，示现奇迹总是会加速人们相信一件事。

林：你对着水表示友好，它分子变了；你对着天空友好，它就不打雷了？

孙：嗯，这里还是有回报的期望值在里面。也或者说是回应吧。许多人心里想的其实是，我们对水的态度好，它都能这样；如果对人友好，岂不能改变我的人际关系吗？

林：真能这样，那很好啊！但这样你的因果仍就是一个单从自身出发的观念，缘起也是一个单从自身出发的观念。你希望所有事物因为你的信息而变得非常美好，成为一种良性循环，有一个期待值时，其实已离开了禅，离开了生命的如实。

　　何况你所能掌控的也就是你周遭那点事，如果只在此起心动念，你不能控制的事来了怎么办？这都不是一个真正行者的态度。行者叫什么，过去我们讲"八风吹不动"，俗话叫"宠辱不惊"，你每天想的是事事对我宠，那天上打个雷，不宠你怎么办？

即便我们谈因缘的时候，人都知道有善念，也会有善报，但是如果你对这个报这么在乎的话，达磨那个"无功德"的公案就白讲了，因为你还在功德里转嘛。讲个笑话，梁武帝人家还修庙，你只是对水友好，真还不算是真正的行善。

孙： 却要它变出美好的形状。

林： 那你还不如喝茶的人对水讲究，找个好泉水品茗更直接。这就像练了老半天，有了神通两只手弹一弹就弹出火花来点烟，但练这个干嘛，不如干脆几块钱买个打火机就好了。谈这些东西或现象，对错姑且不论，真假姑且不说，就几个字：好累啊！头上安头的累。

孙： 那么我是否可以说，一个人做这样的水研究没什么不好，但是修行人将此作为某种修行的佐证大可不必？

林： 它当然不是什么坏事，我也觉得是好事，由此而对超越起信，对众生也有帮助，但僵在此就不行，你对信息产生信心，时时发善念，好事，一有闪失心就发毛，坏事，这起落就与解脱远了。

念这个东西，恶念可以套牢你，善念也可以，我们讲水清无鱼就是这样。善套牢你以后，你就发现善之外全部是恶，而且容不得一丝恶。

孙： 嗯，一千多年前的古罗马皇帝马可·奥勒留也曾做过这样的提醒："如果有人把诸如明智、节制、正义、坚定这样一些事情视做真正好的，他在首先抱有这种认识之后就不耐烦听任何与真正好的东西相抵牾的事情。"他认为，健全的眼睛应当看所有可见的事物，而不是只希望看绿色的东西。健全的理智应该是为所有发生的事情准备的。我理解，所有的事情中也包括那也许是恶的事情。但我这里的疑问是，我们在上本书的谈论里，不是并没有否认并且还十分坚信有能量场的存在吗？那与这个水的能量交换，真不说明什么问题吗？

林：禅大体上对一个词语或一个未定的东西持开放态度。我当然不否认有所谓生命能量场的存在，虽然在一般实证科学中目前不会承认，但它几乎已变成只要不站在唯科学立场及量化科学立场者的惯用语。你经常会听人说，这个场子气很足，某种身体特别敏感的修行人，进到一些特殊空间，要么脸发白，要么神经紧张，一出来又好了，也就是他的确感觉到了场的影响。而这类情形，在小孩子身上可能表现得更直接一些。当他说数字5是黄色的，也不一定是错，就有心理学实验发觉有些小孩子这两种感觉是连在一块的，他们把计算机字的5和2放在一起，用5排成一个图案，在计算机字里2与5恰好是颠倒的两面，所以常人一看就是乱码一堆，但有些小孩一眼就认出图案，因5、2不同颜色嘛。一些特殊感应实证科学也是承认的，只不过原因还在探究中。上述的例子有些接近修行人讲的六根互通，就是人神识还没有分化成五种感官前，所有的感官是一体的。

　　但问题是，这种东西因为缘于个人感受与体质，不能代换。如人饮水，冷暖自知。你有体验不代表我一定有体验，就容易成为一种糊弄人的说辞。所以，江湖术士最喜欢讲能量场，本来家住得好好的，被他说得这也不对那也不对，听得你心里发毛。

孙：谈来谈去，您是不希望，无论是有能量场还是无能量场，无论是我们能改变它，或者不能改变它，我们都不该被这种观念束缚住，让它决定我们的生命选择与真正感受。

林：是。对它在意，就会障碍你生命的自由与解脱。

孙：那抛开水知道答案这个例子不论，我们知道，所有的宗教都会不同程度地示现奇迹，我们都要持这个态度吗？

林：从超越的角度看，奇迹显示的正是一种超越，因此宗教总须谈到此，像在台湾，许多道场直接谈人间佛教，全人间了，那你还要宗教干嘛；又有些人，整天冀求奇迹，这都与禅无关。在此，禅宗与其他宗派最大的不同，是刚才我所说的态度。它永远观照那解脱的原点，而解脱又跟生命的减法有关，绝对不会自己头上安头，自寻烦恼。

另外，它对事物所持的开放态度，其实是连接于它时时的勘验。比如禅者不会相信，世上真有一个有形有相的事物，可以解决世上所有问题，而不用去领略世间真正因缘的复杂。

一是不头上安头，自寻烦恼，另一是时时勘验，这两个原点守住的话，很多事情跟你的关系就清楚了。它跟你、跟其他人的关系都是对应的关系，即使是普遍性道理，它也要在一朝风月中映现万古长空。

孙：但往往是，示现奇迹或者推举这种奇迹的人，他们会向世人表明，这些奇迹就是他们勘验的结果。某人念了什么咒，天上就打了雷。某人说了什么，你的病就好了之类。

林：勘验有很多层次。首先是"真"，好，即便这个招数真起了作用，那么示现奇迹的人有没有比你更安然。勘验的最终，还不在于那个小神通是真是假，或者说被勘验的对方是不是骗子，而是这个法跟生命之间的关系。就好像许多算命师都在铁口直断说别人，然后教别人用什么法子改运。但想没想过，算命师为什么不教自己改改运呢。他可能说我已命定是个算命的。这什么话嘛！别人的命都可以改，就自己的命不能改，那表示你这个法门与自己的解脱无关，你理他干嘛！

玖

佛门出与入，对法与教的看法

孙：这些年也接触了些佛教徒，以及各类对佛教感兴趣的人，我发现在"皈依"这件事上，许多人会有出入。有些人曾经皈依过，但是后来放弃。这中间不同的人有不同的理由。

林：受戒、受居士戒、菩萨戒，或者曾经皈依哪个僧门，现在走出来了，是不是这意思？如果是这样，也挺好的。因为很多现在的道场，也并不尽如人意。台湾很多道场，为了让你与它结缘，就说学佛不能不皈依某个师父。我自来也没有皈依什么师父。以前佛光山一位信众，企业家，他对我入庙只问讯大表不满，认为是贡高我慢，到好多年后他才得以了解我的心情。台湾道场多倡导人间佛教，因为太讲世间，不讲超越，谈平常心是道，生活就是禅，结果竟日反而就搅在俗世里，与信众间应对的也只是一些表层的慰藉。面对这样的道场，选择离开，也是另一种意义上的把形式放掉。

　　生命的问题都是自己体会的，你会有怎样的问题，采取怎样的角度，最后就成就怎样的人生。问题不是别人给你，解脱也不是别人给你。所有的提醒都只是参考，皈不皈依也应如此看。

孙：但放弃皈依，还是不是佛教徒呢？

林：当然还是，他不是某个道场的信众，但依然是个佛子，依正信而行，即便僧众，佛制也可以有几度进出。

孙：但有一种说法是，法和佛教是两回事。你悟大道，但不一定是佛教徒。

林：世上的确有以不同法证道的人，禅宗同样承认有散圣的存在。也就是那个人从来没有听闻过佛法，但也悟道了。

我总提醒行者，一个人可以谈自己的东西是大道，但轻率地认为别人的就一定是邪道就不好。尤其是对历史中存在的宗教，你可以不去处理它，但不要轻易地评价它不够好，或者不如你的好。通常谈法和佛教是两回事的，许多是新兴宗教的人，他们一般会举个很"实在"的境界，而按他们讲法，用佛的方法要入那个境界很难，我这个法才是大道，也只有我的方法才能练就。可是我还想问他，那个境界真有那么重要吗？我们不是见到，许多人有了那个境界却因自己的法没被广泛接受，甚至为大家排斥而恼，那这境界不要也罢。修行人不只须坚定自己，还得对各种法谤不心境起伏，能做到如此，无论是哪个法都好，就径自去吧。如果以为自己有个境界又觉得自己为全世界所不容，所以众生愚痴，乃至像台湾某些人，到处去攻击别人，那要这个境界干嘛？

孙：再有一个问题，禅特别讲求明心性，不像其他宗派那么明确说我皈依谁——您自己也说，您皈依自性。那么艺术家也通常爱说皈依自性。和您的说法有不同吗？

林：禅讲的自性指的是佛心。皈依自性是说你在还没有证道时，就对佛性是人人本具有信心，所以发愿要发掘出那个佛性来。但这个自性不是自我，它是宇宙众生所共具。艺术家容易把顺着自己的惯性习气，或把皈依艺术的道理当成皈依自性，两者完全兜不在一起。

孙：但总的来说，禅的皈依自性让人觉得可以接受。而听到说皈依某个具体的宗教门派，并唱"你是我的救世主"之类，可能许多知识分子都会心理排斥。

林：知识分子确实多如此，一是生命情性不同，因为没有走进宗教信仰的缘故，所以不太能接受这些字眼。其实，换个角度看，反而有很多信徒是能接受皈依一个神却不能接受皈依自性，因为自性很容易变成你自己想象或界定的东西，但是神，他们反而能感到它客观地存在。所以说，不同人格感受就不同。

孙：那么还有一种说法，当你真正悟道，你就不是一个佛教徒了，这个理解对吗？

林：说悟道者不是佛教徒，这句话说出来已经悖反了，因为悟道之人根本不会想这件事。当然也可以这样理解：因为要超圣回凡嘛，一切的执著都要打破，就连你是不是佛教徒这个执也要破。

孙：不知为什么，有时看一个并没有明确宗教标签的人谈一些事情的态度，会觉得他比一些宗教人士更能入我心。有一段时间我经常翻看一本古罗马皇帝马可·奥勒留所写的《沉思录》，他也被认为是那个时候的帝王哲学家。很奇怪他有些东西也接近禅理。另外一些用词则让人觉得他别有深意。比如他讲："生命虽短暂，这一尘世的生命只有一个果实：一个虔诚的精神和友善的行为。做任何事情都要像安东尼的信徒一样。记住他在符合理性的每一行为中的坚定一贯，他在所有事情上表现出的胸怀坦荡，他的虔诚。他面容的宁静，他的温柔，他对虚荣的鄙视，他对理解事物的努力……他如何容忍反对他意见的人的言论自由，当有人向他展示较好的事情时他获得的快乐，他的不掺杂任何迷信的宗教气质……"

这里有一句和宗教相关，就是"不掺杂任何迷信的宗教气质"，您怎么理解这句话?

林：如果用禅的看法，一个行者，就不要学得那么神叨叨的。

一个艺术家，如果让人觉得他完全没有艺术家专业的样子，就表明他化开了，你学宗教，如果让人有面对宗教家的压力，就是二流的。一个法，如果让人有法的压力，同样也是二流的。很多台湾有形有相的功法及传布，你不想理它都不行，因为他们要"救"你。台湾有个禅修团体，把几乎能为人知晓的道场都批了个遍，他的信徒还特别写信到我的研究所，对我说，林所长，虽然你谈禅都非常浮浅以及不如法，但好在你没有开班授徒，还有可救。

这种人、事我看多了，信也当成奇文共赏。难得他信中还有一句：还好，林教授虽然不如法，为恶不多啦。

孙：哈哈，原来宗教兴盛的地方会有这样的困扰。如果我看到这样的人，我会逃的。认识您可以十年去来，乃至二十年去来中都没有心理障碍，就因您从来没有教训过我应该怎样怎样，您自己修行，但从不会就以此标准逼人修行。

拾

一个佛教徒对另一种宗教的态度

孙：作为东方文化的体践者，并且"四十岁后方觉自己是无可救药的禅子"。我很想知道，一个佛子，如何看待其他的宗教。我经常发觉自己最不能忍受的是，一个宗教人士为倡扬自己的宗教，就把别人批得一无是处。

林：禅不会。你知道基督教于我的生命不太契合，但我不须如此而说。

除非对应特殊的因缘，否则，不须从佛教的缘起性空角度径直地来看一神论。从究竟而说，佛教认为基督教是有它的局限，但这毕竟是就究竟来讲，一般的生命层次不会触及此究竟。对一般人，关键是他信了基督教后，是否因虔诚就有了安定，不自我封闭也不排他，不觉得上帝的选民就一定高别人一等。如果他还能保持这种可能性，那对信基督，你还要多说什么呢？

所以说，重要的不是你学什么法，而是法益在你境界现前时如何，有没有你自己当下的安定以及让你能去对应环境，能应对因缘。很多佛教徒，我们见他也受不了，因为你可以看到，他一个人学佛，变得谁都看不顺眼，看全家都不顺眼似的。

孙：前段时间在网上看到印顺法师谈基督教的一篇文章，我很诧异他那种谈法。您对他了解吗？

林：他是太虚大师的学生，也是慈济证严的老师，九十多岁过世，一个典型的学问僧，著作等身，也许因为太学问了，修行上的说法……

孙：修行上的说法？

林：你可以看到，他那个法门几乎不谈超越世界，可以说把太虚的世间佛教发挥到极致，坦白说，从宗教讲，简直已不是宗教了。这问题慈济也有，他从来不跟你谈佛国，永远在谈人间，但慈济信众对证严还是有宗教信仰的，总之，总体上印顺比较像一个佛教学者。

孙：做佛教研究也是必须，但是听他谈基督教，那种谈法我不喜欢。当然我并不是说作为佛教徒一定要对别的宗教摆出你好我好的假意谦恭，但是他从上帝爱世人这个角度来得出，上帝所喜悦的人是盲目无知识的人，分散无组织的人，上帝和世人是主奴关系这样的结论，还认为这样说是"泄露天机，干犯天怒"，这种说法我不能接受。

林：我想这里有个背景需要体贴他。印顺前几年过世，九十多岁。他所生活的主要时代，佛教都被误解，因为那是洋教的天下，所以他会以对抗基督教为己任。即便这几年我接触大陆的僧人，坦白讲他们对西方宗教在中国传播的广泛，也有除开民族主义之外宗教的忧心。

孙：这么说倒是能理解。或者叫有一些理解的同情。百年中国近代史，基督教在其中扮演的角色，也并非全是正面的、单纯的宗教徒的角色。

林：对。在他那个时代，民国知识分子也多以信基督为上，信佛教为下。不过，我在《两刃相交》中就提到，他站在华严角度认为禅宗是片面的，是偏智的教法，我直说他是自己没有宗门经验才这样说的。

禅谈无别，慧能讲定慧不二，佛性就智悲一体，也就是在悟时的大智里其实具显大悲。他不这样看，他比较像现在的研究者——例如研究石涛的《画论》，说这里面出现了几十个道字，只出现几个如"心性"的字眼，就得出石涛受老子影响远大于佛教的结论。但石涛虽然引用老庄，最深的影响还在禅，很多道理老庄、禅宗互通，石涛这样引用也是自然的。

作为学者，印顺多少也受限于文献的，因为禅典籍从来不谈慈悲，所以就认为，禅宗的悟道只是智慧的悟道。

孙：从一个非佛教徒也非基督徒的立场，我只是认为，你即使觉得自己持守的是道，也不该这样轻率地谈人家文化中的宗教体系。尤其是不能以自己的理解去谈。

林：所以是做学问嘛！我们谈宗教不是超越吗？但他比较把宗教当哲学，虽然谈的是生命超越的理论，但不直接解决超越之问题，这样就永远在解决华严哲学的圆融性，哪个逻辑出了问题，哪个地方还未到位，还在这里转。台湾也有宗教团体，一提起密教，就直斥为邪，我就提醒：一个几百万人口的民族，实践了一个修行法千多年，你说是邪，那西藏都是邪道了，怎么可能？还是那一句老话："真理大海，悟者惟见一滴"，有个谦卑、有个柔软心，就比较不会异化。

孙：的确由此可以让我们对自己做个反思，一个人是否对自己文化系统之外的东西的理解存在盲点。尤其是不同文化里的神话与宗教。

林：神话，它本来就是对一切现象缘起或终极性的一种解释。我们看基督教，尽管不一定要信，但还是要看到，它对人类处境，尤其是原罪的观察。就是不管你怎样，人天性中就有恶的种子在里面，为了解释这种恶的种子，因此有了这个神话。神话总会溯到本源，所以就溯到了上帝，这也是让世人在认知自己的局限之后，对造物主有一个谦卑。

这是基督教神话的逻辑。而印顺的逻辑是，先假设上帝完全是设计者的角色，他有意造出一个原罪观念或者巴别塔来分化人类。由他来推理上帝的诸种作为，上帝在此就完全变成人的对立面了。他忽略了，神话的源头总来自人，神话是人先体会，再回溯到它的诠释。

另外，说上帝和人是主奴关系，这也是一种世间的逻辑。世间的学者总是用世间的逻辑谈一些事，当然印顺不是不知宗教，他信仰，但另一面，他还是有浓厚的学者味道。

从世间逻辑，他们觉得这其中有一个主奴关系，我是主人，支配你或者操纵你。可宗教逻辑不见得是如此。从基督教角度，基督徒也觉得，人不能僭越到神的位置，他们体认在神面前，就是仆人。但这并不是说，基督徒就甘愿被神摆布，这不是一回事。基督徒只是在体认到原罪以及人的有限后，将某些事的诠释权以及问题的终极解决，都交给了上帝。这才是一种宗教的论说。

我们大陆控诉西藏的农奴制度，也犯这样的错误。不错，西藏的农奴制度必须改变，但不能将它想成地主要有个农奴，就造出一套宗教理论来骗农奴。西藏的宗教不是这个，所有宗教的起源都不是为这个。宗教的起源是一种对生命终极自由的追求，也是一种对生命意义的诠释。透过它们，我们才能观照到生命中某些最根柢的困境，如基督教观察到的原罪，佛教观察到的无常。

当然，对这些根柢处境诠释不当，也难免会有副作用，一神教就会出现印顺所提的那种副作用，而提到佛教的苦，有心人也可能将它拿来支撑农奴制度。

孙：我大概有些明白，这是用世间逻辑来诠释宗教所出现的问题。现在网络发达，一搜印顺，也搜到一些对他不满的基督徒的帖子，不过那是另一个话题，也能见出某些基督徒自己的褊狭。

林：谈到对不同宗教的理解，我们以前曾提到心理学家弗洛姆的说法，他说基督教是价值的宗教，是谈生命价值的宗教；而佛教是谈生命本质的宗教。通常价值都是外赋的，所以你有原罪，跟你承不承认无关，是上帝赋予生命这个价值。佛家谈本质是说，法尔本然，法就是如此，你要去体会，不体会苦空无常，就起了不了道心。两者的差异是：佛教提醒你要去体会这个苦空无常，而基督教要你接受上帝赋予生命的价值。

两个宗教分野在这个地方。弗洛姆认为，佛教比较宽容、温和，也比较民主；而基督教比较有它的权威性，集体性。西方人这样的比较与讲法，还是能被接受的。

拾壹

整合——所有的宗教都可以一味吗？

孙：之前我一直在谈西方学者肯·威尔伯。应该说他的文字很有感染力，讲和妻子崔雅共同面对生死的那本《超越死亡——恩宠与勇气》也很让人感动与感佩。他做了一件事情，估计是当年荣格所做的工作的继续，就是把东西方的宗教以及心理学的东西做一个整合。一个通俗说法是：让佛陀与弗洛伊德对话。主要观点可以在他的《一味》中读到。他认为所有终极的东西是一体的。他同时认为，现代人只用一种东西去应对世界，是不全面的。我发现他的书之所以受欢迎，也是因为它很符合当代要把各门学科，以及各宗教之长融合起来的愿望与趋势。

林：新兴宗教愿意在原来宗教上做论述的，大概分成两类：一类是在原有教法里面转换、派生；另一类是想要整合所有或者主要传统宗教。先不管创教人或者学者过去的修行及生命情性，大概他们的基点就是，道本一味，不是一味的就不能叫道。既然宗教是对生命作终极关怀、终极皈依的领略与探索，当然要一味。就这一点，强调道的一味性，所谓道可道，非常道，可以道，就不是道，也因它的一味。

孙：听来做这样的主张也是有道理的。

林：道本一味，原来在各种宗教里都拈提到。从逻辑上看，从实际的亲证上，我们都晓得，必然是有所谓的本原，透在所有东西之上，但在这里，牵扯到一个问题，这一味，到底是怎样的一味？在此，每家的领略也都不一样。

孙：他想的就是集众家之精华。

林：但他这一味，即便强调，其实已变成世间的一味了，这里就会出一些问题。龙树菩萨谈佛法，提到两种法门，一种是极相违法门，一种是极相顺法门。极相顺是就事物之同而言，在佛理，集大成者就是华严宗，谈事事无碍法界观。天台宗则属于极相违法门，标举不同处，所以有草木成佛说。

　　禅虽说只破不立，连圣都要破，但其实是随缘立法。它有极相顺的地方，也就是虽非一个佛教徒，有禅心就合乎法；也不是一个基督徒，因不信佛教，就违法。但话虽如此，宗门更强调的还是禅的不共。即禅与其他不同的地方在哪里。因为即便契入道海，也得以事显理。所以禅门问答里有一段话：一个法号慧超的行者问师，什么是道？师说：汝是慧超。你就是慧超，是道，就是没有离开当下独特性之外的永恒性存在。任何一个禅的问答，只要涉及抽象道理，禅家都用具体的行为来回答。比如捏一下你的鼻子，或者当头棒喝。他不会像哲学家那样用逻辑来说服你，论证出一个平等一如的道理。它首先是要打破你对事物事先的框架，与物之间的分别。但绝不会告诉你，那一个整体是什么，否则你就容易又陷入另一种迷障里去。

理是一个抽象的、共同的，但禅却都是透过不共来契入那个共。而其实，即便你谈共，这种观念性的谈法，面对其他的不共，你也还是不共。事物，不能只看到一味的那一面，也要看到不共的一面。不能只看到体，还得看到用。

所以说只谈极相顺反而会产生一种流弊，就是世界因森罗万象的不同——风是风，雨是雨，花是花，草是草——而具现出的大千作用，你因只看到它的同，反而就看不出它当下的美与作用。

孙：也可能有这些问题。但是肯·威尔伯《一味》中的整合，会在不同点上让不同人相应，甚至看重科学实证的人，突然看到他以自己的脑电波做证明，也会契入到书里中来。这会不会是另一种方便多门？再说，大家求个解脱，也可能不那么真在乎，是哪一个具体法门呢？

林：如果一味是让大家打破不必要的偏见，是好事。但一味只取事物的同，则你还得注意事物在一朝风月里那别的作用。《参同契》有句话，就提到同与异之别。我的《画禅》也谈到它的两句："银盌盛雪，明月藏鹭，类之弗齐，混则知处"，禅常以"白马入芦花"为喻，意即如果从白立言，白马入芦花，都是白。从这来讲，它们是同。但从物类来看，还是不一样。一个是马，一个是芦花，所以不能只从白来看这个世界。银碗盛雪，明月藏鹭，都是白，但碗还是碗，雪还是雪，月仍是月，鹭仍是鹭。

肯·威尔伯这样的学者一直在强调一味，你会发觉，所有宗教的差别固然在这里泯绝，但所有宗教存在的意义也就在此消弭。就没碗，又没雪了。

孙：也确实会有这样的感觉。所以他文字特别好，有些话也很到位，但你看这个人一会儿去修密宗，一会儿又在说心理学，一会儿又做瑜伽训练，心里还是觉得这人挺忙叨的。

林：明清非常流行三教合一，儒释道三教合一，到清末民初甚至发展成五教合一，都已出现这些问题。像天德教、红卍字会等，要把耶、回也放一起来整合，他不晓得这世界上宗教派别还更多呢！你总不能百教合一。

　　什么东西都沾上一点，从内行人来看，就只是沾了点边。当然，你也可以因此说内行人本来就锁在里边，也会有所知障，但没入，出也就没什么能量。正如看一出剧作，舞美不到位，演员不到位，编剧不到位，导演不到位，你告诉我，它什么都有，但就不是艺术。

　　艺术的特质就在于它的有机，有机的意思就不是统包。一个生命也是这样，关键不在他什么都有，而在他的生命风光是以怎样的整体样态存在着。

孙：不过从他现在越来越大的声名，包括中国知识分子对他的认可与喜欢——他的书在国内出版，作序的都是重量级学者——来看，很多人还是觉得，这种整合所包含的某些理想性的东西，为当代人所喜欢。另外，和对荣格的感受一样，当一个西方人，对东方文化表现出如此的理解与探索时，东方人还是会心生亲切感。就是一个西方人，他用他的方式为这件事情做了他的贡献。

林：我想这里还有个原因。西方的一神教，原来是比较排他的，所以当他对这个东西有反省时，往融合、汇通的方向走，当然有它较正面的意义，尤其对西方。

但东方原来的融通性就很大，所以若再强调融通时，就容易变成和稀泥。

孙：所以要允许人家这样做。

林：法都在应机，所以也都有它观照的特质与原点，就像艺术，有一个主体，你以水墨为主体，往别的倾斜一下，原有的风光仍在。但你不能说，主体没有，这儿有一点，那儿有一点，就像电子琴，什么声音都能发时，往往就成了最没特色的声音。

我们一直说，修行牵涉到不同生命的情性问题。比如你要我谈禅跟别人的同，但行者就明明要看到它与别人的不共，你才能由此悟道嘛。

为什么佛法讲"广学多闻，一门深入"，你只在广学多闻时，每一门对你的意义都不会太大。就像我们常常看到很多人喜欢谈世界音乐。

孙：喜多郎那种？

林：说是世界音乐，最后还是成为音乐中的一类。你不能说我这里什么都有了，有印度的、有西欧的、有非洲的，就能代替哪一个，因为你用东西都很难极致到位，而自己也难成为一个极致到位的系统。你要融合，你就要是更大的系统，讲白一点，你的位阶要比这些系统还大。但你若只能从两个系统中你所能了解的部分来融合，往往就比它们的位阶低，因为你首先要把它原有的有机性破坏掉，才能生发出新的。

孙：那么这个融合的理想，是不是宗教人一直有的呢？甚至融合的理想，有时被看做宗教人一种最高的理想？

林：理想当然是理想，道嘛。你可以朝这个方向努力。

的确，有所宗谓之教，就难免会有它的封闭与独断。封闭与独断就使它的生命力降低。禅即便可以说是所有宗教中最活泼的，但唐五代后，气象也衰，遇到这时如果有新的东西注入，当然不是坏事。可是也要知道，注入一个东西，也不一定就会恢复生命力，而有了生命力，这里是否以紫夺朱也值得观照。

从大家的原点出发互通，是好事，失掉了各自，将大家都合在一起，就有它的副作用。

举个例子，过去联合国希望做出一种世界语，让世人彼此沟通没有语言障碍，但这种努力还是失败了。因为世界语的意思，是所有语言的特质与美，你都无法顾到。我记得上次去杭州出席城市发展与生活品质研讨会，浙大一个学者谈到我，不是评论我说的道理，而是说，林先生是智者，他的语言充满汉语特有的魅力，正因这魅力，使他们有领受，洞察。在世界语中，这样的东西是看不见的。

另外，世界语是否真代表沟通无碍？沟通无碍，如果很多很深刻的东西都没法在这里出现，怎么能叫沟通无碍呢？那还不如透过翻译，还可勉强解释。

孙：其实翻译也会有这方面问题。民国的学者译书，经常会把英文单词译成很美的汉字。当代译者译外国作品，也这样做时，会被一些较真的汉学家指为汉族沙文主义，就是你看了半天翻译作品，还是没能从中学到人家作品中独有的特质。不过在宗教里求大同，也是这个世界寻求大同的表现之一。美国记者弗里德曼说：世界是平的。你会发现，世界在各个领域都寻求大同。某种全球统一的商业原则，在艺术领域得到广泛张扬。所以你对着一个中国的商业大片谈自己的不满意，人家会说，我们是按着商业原则来的。我们不是为小众存在，拒绝所谓的知识分子的深刻。然后你就发现，对所有事物，你要找不共，就显得你拧巴。

林：大陆有句常用话我很不喜欢，就叫规律性。谁规定人必须照着这些人所谓的规律性过活的。一句规律性，常就把人的可能性，以及世界的丰富性抹杀了。

孙：因为规律很可能就是一种普世的存在，许多人是这样看的。

林：普世性，在南美洲，也有所谓普世神学，就是用神学强调普世性，所以社会要朝一定的方向改变，包含革命，和教会。西方人当年殖民时，也是有普世性的想法，因为进化必须要走到我们这个阶段，所以我们要去殖你们那个民，让你们提早进化。许多传教士传上帝的福音，就是这样的态度。

孙：所以西方流传着这样一个笑话：有个土人酋长说，起初白人来到时，我们有土地，白人有《圣经》。现在白人有土地，我们有《圣经》。

林：对啊，这种普世披着文明的外衣，人家会反抗，会警觉。现在普世，披着启蒙的、理性的外衣，就渗透了，知识分子首先在此缴械。

孙：您属于对一些词天然有警觉的。

林：因为普世性容易把那个事忽略掉，只谈理。但事物是区别于你我的活生生的存在。回到禅者的基点，不要告诉我普世的恋爱是怎样的，普世的男女关系是怎样的。恋爱，个人的事嘛。

公案：仓央嘉措，

参真相？ 参情诗？

壹

"真相"能否还原一个人？

孙： 这么多年，到底仓央嘉措诗是情歌还是道歌，一直争执不下。而时下的多数人，将他的诗在手机上转来转去，也是当情诗来转。但这两年听到不同的声音，而且还都来自一些认真的人。他们根据藏文原文去理解他的诗，然后得出结论，那些既不叫情歌，也不叫道歌，而是圣歌。另外还从藏族语言本身与历史文献数据中寻找到一些佐证。上本书中，您是希望大家把仓央嘉措当公案参。但是这里想问一句，不追究到真相，真的可以参到位吗？

林： 说道人的真相，首先我想回到我们以前提到的，在印度，释迦牟尼佛到底什么时候出生，说法可以差上五百年。这对于中国人来讲，很难想象，但对印度人来讲，差五百年，在他的宇宙观里，就只弹指一瞬。

这也就是说，所谓历史的真相是不是真相，在一个真若假时假亦真，不把所谓真与假截然二分的文化与修行里，并不是太重要。但对中国人为什么重要？因为中国从来就是一个从历史的观照来思索人生如何安顿的文化，所以中国人对历史的真相非常强调，不仅是真相，还包含道统、法统，历史的正统的确立等等。但对许多民族，坦白讲，他们并没有如此强烈的观念，我们觉得天经地义的，他们反倒觉得很奇怪。

所以做历史真相的探究，也是某些文化的特质使然。但即使做，也要看到，历史中，有很多语句或行为，它其实很难考证是哪个人说出或做出，可对于行者，对看的人，它就直接产生了意义。这个意义是超越文献真假的。

就禅来讲，为什么那么多语录里面，都只有禅者和学人的问答或机锋，而不涉及其他，这个原因首先是，不使学人死于句下。文字都有它的有限性，文献在描绘一个活生生的人时，就有它根本的局限性。第二则是说，禅讲当下的应缘，你如果不能契入那个因缘，所有想象则都是你的想象而已，包含你以为的真相也是想象。

这也就是为什么在禅里面，总谈如实，不做其他依附、想象，就是怕衍生更多问题，免得你一路追逐下去，心外求法。

再从某种角度，或者更根柢来说，真相这两个字，常也就是我们的迷妄而已。

孙：就像我上本书所追的纯粹？总是想到这个傻问题。

林：对。我们其实是通过我们从因果联接起来的事理，来让自己有所观照有所安顿的。所以除非有非常丰富的数据佐证在，仓央嘉措本来就可以有此一说，彼一说。即便是得自一个更丰富的第一手资料，也不代表那就一定是事实，就好像我们连自己做一件事的行为动机自己也常不太理解一样，何况他人？

孙：但这个说法会让一些人认为是一种历史的虚妄主义？

林：有一些明确事实被考证出来，我们的解释当然不能昧于这个事实。但当材料有很多漏洞，执著于某一方，就是你的执著。

其实持哪一种观点都是自己的参，重要的是，这一方给你生命参照的意义在哪里。

我年轻时读书，曾看到纽约一位社会学家直接谈什么叫历史，讲到历史当然会牵扯到史观、史料等种种问题，他只讲，历史就是一种认同。

也就是说，我们从文献知道的所谓事实，不要说是歪曲，但永远是真实的千百分之一。

从这个角度切入，通过文献来达到一个人的理解、艺术作品的解读，都有一定程度的局限性。

关于事实的追求，大陆还有个词叫"科学唯物主义"。你会发觉即使你不赞成这样的词语，你也可能已受到它的影响，而这也就是你们会把人文、宗教放在社科院的原因。

孙：现在可能不提科学人文主义，但会谈另一个词：格物致知。

林：格物致知，从可触可及的对象入手，就不空疏，但还看那物本质如何，看你如何格、如何致。我曾经在网络上看到一个人点评我的作品，说了一句：林谷芳谈禅很到位，可惜他也犯了其他人谈禅一样的错误，把历史与传说混在一起谈。但我想说，这一句一出来，就离开禅了。

孙：这话怎么讲？

林：你以为历史就是历史，传说就是传说？禅本来就是打破这种二分法的，你自己反陷在里面，可是听来多振振有词啊。

所以说，仓央嘉措就是一个公案，你怎么看它，映现的是你自己的心，公案没有标准答案。

贰

为什么藏族人拍宗教题材电影，会比汉人拍得自然松弛？

孙：但我发现，较真不是情诗的，反而是对仓央嘉措非常热爱与尊敬的知识分子，他们可能不想让这个西藏宗教的代表人物的诗，被大家按世俗的想法来乱理解。我周围许多朋友都有西藏情结，他们对于西藏宗教的虔诚与尊敬，有时让人觉得很紧，也就是庄严得不能碰。但反而，近几年有几个藏族导演拍这类题材，令我特别喜欢。一个是万马才旦，一个是松太加，他们拍的都是青海安多的藏区故事，但越来越没有一般人想象藏区的那些符号。万马才旦《静静的玛尼石》，就是写小喇嘛回家过年，整个故事就像生活本身一样自然。松太加的《太阳总在左边》讲一个孩子开车，不慎轧死自己母亲之后的自我救赎。放映后与观众互动，许多汉族观众不解这个孩子为求救赎，一路拜到拉萨，却没有解脱，怎么是回青海的路上得到救赎？所以有人坚持认为，这里面没有看到救赎。而我自己的观影经验是，他在路边喝到那杯热茶时，就可能已经心有所感了。电影中还提到一位陪他走过一段路的藏族老人，给这个解不开心里阴影的年轻人讲一个故事：有一个年轻人想得道，但是走到得道的洞前，却听到一个声音，劝他回家看望妻子，看来是劝他在急于悟道与生活之间选择后者。但这个故事即使汉族人听说过，也不太敢用到这个题材上，甚至会为这个讲法迷惑。

林：首先我要说，就藏人这边，藏人对他们的宗教有他绝对的庄严性在，所以到如今都还相信莲花生大士还没有死，就活在乌金国土上，也认为活佛上

155

师是佛菩萨的示现。就这一庄严来讲，他们的确比我们庄严。但他们的宗教和生活又是合在一起的，庄严与日常也不二分。就此，藏人把仓央嘉措诗当情诗时，其实并无碍于他作为活佛的庄严性。

另外，在汉人这里，也可能距离产生美感。在大陆宗教一度断层的中间，对这块土地就有着某种向往与亏欠的心理，看它，想它，就一片庄严。

叁

若当情诗来看，我们怎么看修行与情爱的关系？

孙：那就您的看法，您认为那些诗就是情诗？

林：禅者的角度是这样：第一，如果这首诗你不知道这是六世达赖的诗，别人拿给你看，你会不会认为是修行诗？

如果你不晓得它是由谁所写，读了感觉是情诗，它就是情诗。是修行诗，就是修行诗，就那么简单。

判断它，一定要回到这种最本然、最平常的角度来看。而不是先了解这位诗人的身份之后再去想诗中所指是少女还是观世音。

孙：但是资料看得深入了，是会修正自己的看法的啊。

林：的确，对作品背景的了解，尤其是艺术家的了解，可以帮我们更准地切入作品，但作品与人的关系多复杂啊！有文如其人的，有文恰是人相反面的，有三七开的、有四六开的。其次，我还想提醒，如果它是修行诗，干嘛写得那么隐晦？密宗在谈大手印、大圆满时也非常简单，越深的东西你要越讲得明白。

孙：但是历史上的修行诗，我说的是广义的修行诗，的确有写得隐晦的，您也常举到宋代禅师圆悟克勤的悟道诗："少年一段风流事，只许佳人独自知。"

林：修行诗的隐晦有三种，一种是因为言语道断，如禅；另一种是我讲清楚了有它的副作用；第三种是，因为密法不能外传，这个东西万一有人盗法怎么办？后者在秘密宗教特别如此，许多新兴宗教也以此增强内聚力，抬高自己。

　　只有后两个东西是必须隐晦的，道家修行两个都考虑，而这也是中国的道教修行后来没落的原因。那些隐晦的形容词，搞得自家修行人也都说法不一。圆悟克勤的诗是心境的抒发描写，就是"不可说"。用艳诗表示，是因为悟道的因缘是听艳诗启动的，所以也以艳诗答。

孙：那我们就从这一点再切入。如果这是情诗，就涉及到修行与情爱的关系。多年前我读过您为一行禅师《与生命相约》作的序，说的是一行那段初恋公案。但坦白说，一行那个公案跟这个不一样。他们两个都是出家众，而且只是彼此有情愫，后来又相遇了，这里，是活佛和凡人之间的情感牵连。不过相同的地方是，都很动人。

林：说修行人的情，总要观照到两方面，一个是他爱的纯真不纯真，一个是被他爱的对方，有没有因他的爱而更加无明或受伤。如果仓央嘉措的诗里没有透出另一面的时候，当然大家可以用爱的纯真来看待他。

　　不过，爱不是一个巴掌能拍得响的，何况，两个巴掌还是会有大有小呢！这边的纯真，那边的无明，也有可能啊！从作品来看待就只呈现了作者的情感，比较看不出因缘的对应。

当然，只就道人而说，道人在此是可以直接领略当下的，只要这件事本身，对他生命是不另起颠倒的。这里面还有许多宗派间不一样的看法。

小学二年级时，我就发现，有位女生只要她到学校我就很高兴。我可能在生命阶段上是极度早熟的人，我就想，到底是她长得好看，还是衣服穿得整洁，还是她的笑我喜欢看，后来发觉，单一的原因都不能解释。

这是我人生第一次感觉到什么叫无明，它也可看成是我生命在六岁有感于死生之后的第二个公案。你面对情爱，也可以是这样参禅的看法。比如说，你可以是赞叹的，你喜欢对方，你发出赞叹：一个人怎么会那么完美，让我不得不喜欢，就像我们对美好事物的纯然喜欢般，而你也可能就是爱到又非得到不可，在这里，同样可起道心，同样可以在这里参为什么会如此无明，这里有非常多可以观照的层次。

所以说回到禅者的立场，如果他也就那一点数据，将这点数据再加上那些诗，你有什么感觉其实都是你的映照，不须太着意去把它衍生。就好像我对你说我见到一个女孩，赞叹一声：哇！好美！而你就想林谷芳说了好美之后晚上会不会辗转反侧未得成眠，好美是不是意味这个道者，在这里面欲望还很盛？这都是你自己的想法。

孙：现在大家对他的看法就是两极。要不就是圣人，要不就是情僧。后者就一定离经叛道，怎么看都不全面。

林：两极就是将对错分立，其实这里可能有几百种样态，每一个人都能找到他呼应的样态。

孙：不过倒是有许多人，因为仓央嘉措的情歌，反而拉近了跟他的距离。

林：这里还是有人的不同。你是道人的层次，你是艺术家的层次，一般人的层次，学者的层次，对他都会有不同的感觉。举个例子，我有个编舞家的学生前阵子就以仓央嘉措诗入舞，取名《桃花缘》，在此她想在里面呈现"如果可以认清它的原貌，就能好好经历它的变化"，其中引到一首诗"曾虑多情损梵行，入山又恐别倾城，世间安得双合法，不负如来不负卿"。有学生问我，我说这里还有个负与不负，还是世间的对应，有这对应，不从这对应超越，或至少观照，想"好好经历它的变化"就不可能，这是道人的参。还记得在上本书提到台湾一位女作家情色自慰的细腻描写，我不是说当时真能观照到如此细腻，就不会陷在其中，真陷在其中，也就无法观照到如此细腻？坦白说，都是事后或局外的想象。

所以说，重要的是，你能否把它当公案参，而不是只在资料中追根究底，对你，就不致僵在里面，或迷于假相。当然也可能有另一数据出现，会纠正你先前对他诗的看法。但想要借此找到真相，由这个真相把他圣者化或者世俗化，先有这个念头的本身，这个公案就跑远了。

孙：我们这个社会现在老在提真相。微博上经常有人写几句：我要知道这件事的真相。每个人都觉得自己有权利知道真相。媒体不提供，网友就人肉搜索去发现真相。

林：结果往往提供很多假相对不对？其实还有一点，情爱的本身，不代表破戒。是行为的本身，才是破戒。情爱的本身如果也代表破戒的话，我们任何人都在破戒。所以有无明不代表你破戒，起这念后你又做了什么事，才叫破戒。烦恼即菩提，无明，常是观照的根本。

孙：但按一般人对仓央嘉措的理解，他肯定不只是写了几首情诗，肯定还是做了些情爱事的。

林：如果做了，你就对做这件事去参，也不一定要做胜义解。

孙：但正如您在前面说，宗教间对性爱理解不同。禅宗语录中有这样的问答——问：白衣有妻子，淫欲不除，凭何得成佛。答：只言见性，不言淫欲。在日本佛教，僧人是可以结婚的。而有些国家则不允许。具体到藏传佛教的密宗，人们经常会想到它的男女双修。如果有人把仓央嘉措的情爱，也朝这方面理解，您怎么认为？

林：我不是有本小书《一个禅者眼中的男女》，台湾版的名称就叫《性是生命的一大公案》。性的存在就是存在，看你怎么处理它，就这，跟情没啥两样，离开它是个做法，但真离了吗？也还得观照。相反地，你在其中修，是由此观照无明冲动，还是直接体会它的存在，或者发展出所谓的双修，也都不同。但无论是离是受，"烦恼即菩提"的观照总要在，否则就一径烦恼了。对行者在这方面的事，不要只作胜义解，否则就予神棍可乘之机，何况即使是真修行人，也有隔阴之迷。

孙：隔阴？

林：就是转为中阴身再转世之后，生命会被迷再次覆盖。一个人前一世修行得好，他可能迷惑少一点，在这一世再开发，也会开发得快一些，但不是说他不会迷。许多的仁波切，是到了十几岁才经过各种仪式认证的，今世的习性，早已经在里面了，所以虽然叫仁波切，但也是凡夫一个。

修行篇

壹

修行，不同宗教的行法

孙：说食不饱，是佛教人士劝世人修行最爱说的一句话。但具体到修行，对于像我这样修行尚浅并愿意从理路探起的人来说，说来还是疑问多多。不同的宗教有不同的修行法，比如基督教徒做礼拜，有的行苦修；伊斯兰教徒诵经；印度瑜伽士打坐冥想。佛教徒有的打坐并念经。从外在的形式上看，不同宗教的修行，有时也有外表上的相似。如何能够在此区分它们内里的不同？

林：宗教的共同原点是观照死生，由此谈生命的超越与皈依，一句"宗教都是劝人为善的""宗教是心灵的寄托"其实是把它说浅了。为了要达到死生的超越，不同宗教就有不同的行法，我过去曾将它们归纳为四种，一种是将此问题皈依于神祇来解决的，它主要的行法是祈祷，如基督教、伊斯兰、净土宗等；一种是以小我汇入大我而脱离小我之生死的，主要行法是冥想，像婆罗门；再有一种是直接就现世之身心转化为超越之生命的，主要行法是炼气或观想，如道家或密宗；最后则是透过死生无别而超越死生的，行法主要在破执，那就是禅。从这角度看，佛教修行在这四种修行法上涵盖比较广，有些宗教则限于或专弘一门，会如此，则与它们的观照或教义有关，而在这前提下，即便是外表相似的行法，也会有它本质的不同，例如基督的祈祷直接汇归于信徒心中唯一也是最终的真神上帝，净土宗的念佛虽也属广义的祈祷，但到净土也只是更上一层到佛菩萨境界的先修班而已。

孙：为什么会造就这样的不同？

林：佛法谈修行，常分为理入与行入来谈，理是你的认识，更确切地说是你将整个心态置于何处，是以为因果丝毫不爽，还是认为人无以自救，唯赖真神，这理入其实是种信仰，不纯由也很难由思辨而生；行入，就是在这认识下，你要去实践，我不是一直在谈"修行是化抽象的哲理为具体的证悟"吗？即便哲理已成信仰，要真能改变你生命，就得去实践，这两者环环相扣，但有些宗教、理行之间较单一贯穿，所以基督徒的核心就祈祷，但佛法谈"归元不二、方便多门"，理有从空入或从有入，行有究竟或不究竟，方式就多。

孙：我们容易把基督徒的祈祷、穆斯林的礼拜看成一种仪式，而不是那种很攻坚意味的修行。那么在他们，这或许就是一体的？

林：的确，许多修行法是不必有一定仪式的。仪式是透过特殊的行为让生命进入某种样态、层次、境界，这些外表可征之行为有它一定的象征或相应意义，而禅坐、念佛、炼气、观想则并非如此，一般来说，仪式都是信众在一起举行的，就此，祈祷法门比较常见到仪式，想透过它从大生命得到一定的能量或慰抚。修行与仪式有一定程度的重叠，当然，如密宗的修法从外表来看也像在做仪式，但一般以仪轨称之，以强调它那"即身成佛"的基点，因为在此，仪轨的每一部分都有它身、语、意的相应，在此并非要与大生命产生对接关系。当然，佛家的教下诸宗也有仪式，如慈悲三昧水忏、梁皇宝忏等，密宗另也有所谓相应于世法的仪式，分别就息（息灾）、增（增益）、怀（怀爱）、诛（诛敌）的功能来修法，但都属于增益修行的"资粮"而非修行的本体。

孙：是否在几大宗教中，只有佛教的修行，是这样方便多门呢？"至道无难，唯嫌拣择"，这是否是一个佛教修行者才有的难题？

林：面对不同法门，你如何选择首先当然是你信仰的理为何；其次，尤其是谈佛法，那就与你的情性、因缘有关。情性是生命的倾向，谈禅，他诗人情性，禅却一击必杀，他就不相应，像我是剑客性格，安稳的法门如念佛反而就不契机，这是情性。因缘是因众生之缘起，其中的关系太复杂，有时真是看来没来由地就让你碰上了某些事，"以因缘入，以因缘成"，佛度有缘人，这里还有些不可思议的体会在。

孙：佛教的修行，如果说和其他宗教的修行理念有根本性区别，区别在什么地方？许多人一说到修行，或者佛教的修行，会想到禅定这两个字眼，甚至认为禅定就是最大的目标。

林：最根柢的差别在因缘观，佛法认为差别世间的诸相皆以因缘而有、因缘而灭，因此才引出"诸行无常、诸法无我、涅槃寂静"的三法印，要你不执于常，毋执于我，你就不为烦恼所苦。

　　但这不执于常，毋执于我，并不是虚无断灭，所以佛法谈"真空妙有""随缘作主"，因空有一体，所以学佛可以从有入，如密宗、净土，也可从空入，如禅。佛法法门多也与此有关，但法门再多，若不观照到那无常、无我的空，佛教就无以成立。就这点，禅在佛法有它根柢的位置。

　　要能观照，要能将"概念化为实在"，就必须在禅定中进行，所以禅的旧译叫"思惟修"，因为在摄心一处时，你的观照才能坚定，也就是这样，禅定乃成为诸宗乃至印度诸道的共法。但禅定时的观照内容、如何看待禅定就有诸家的不共。所以认为禅定是最大目标是错的，但以为不须禅定你也就不必谈修行了。至于将禅定成为究竟，那是六祖的定慧不二，而到了默照禅，更直接拈提了"坐禅即是坐佛"。这时禅定的意义已不同于一般，举的是默照的不共。

贰 | 印度禅与中国禅

孙：中国的佛教是从印度传来，那么要说修行，我还想从历史上的修行源流探起。禅是从印度来的，二十七代以后才到了中国。这之前印度禅也有自己的修行理念。再到中国，两边有什么差别？

林：印度的禅法很多，但基本上，定是大家的共法，诸家的分别在慧解，也就是对人生、对宇宙观照的差别。印度教对宇宙、人生的诠释与观照，跟佛法不一样，落实到修行也不一样。

相对于一般的印度禅法，佛教有宗门所谓的大乘禅，在此有佛家的慧解，而后才出现了祖师禅。这禅，与印度就更不同了。你看到印度修行人，都是由出世间决定世间的。但在中国，这些都被打破了。

大体而言，大乘禅与印度禅法的不同，是透过禅法来生起及强固佛法的慧解，在这里，大乘禅还是戒定慧之学次第的标举，由戒生定，由定生慧，但到了祖师禅就大为不同，这里主要有两个大的差别。首先是到了六祖，它举定慧不二。本来，在之前的禅法，包含佛教，戒定慧还是依次来的，到了六祖，直举定慧是本心映现的两种形貌。即定之时慧在定，即慧之时定在慧。定慧不二就不会把定当做只是坐的、阶段性的，它必须是随时的起心观照。而既然随时可做，也就出现了另一个大的差别，出现了所谓的日常功用。这使得禅接引、修行的方法变得非常不拘形式，开启了南禅的大兴。

孙：具体情况是怎样的？

林：在宋之前，禅的各家虽有宗风的差别，但都随破随立，随立随破，要学人的修行与生活打成一片。宋之后，禅出现了两个更具体的行法，但虽说具体，也还是出自这不二。如默照禅要学人打坐时，全体即是，默而照，照而默，也就是定慧一体，坐禅即坐佛。看话禅要学人咬住一话头，任何念头一升起，就回到这话头，如此咬至思虑心不生，是有无俱遣，在动中修，直接把你的无名扫荡掉，直接把你逼到绝处，中间不允许有出入。两者一从肯定，一从否定，但都在不二修。

孙：但和定慧不二还有个类似说法，是天台宗创始人智颉大师提出来的。铃木大拙认为他在《摩诃止观》等著作里提到理智和精神活动，不偏于定慧任何一边。如果这个意思和六祖的定慧不二意思接近，那是否可以说，他才是使中国禅区别于印度禅的始祖？

林：天台宗谈的不是定慧不二，而是定慧等持。不二和等持是两件事。

等持是说定和慧不能够偏废，没有定的慧是狂慧，没有慧的定是顽空。所以他说，定和慧如车之双轮、鸟之双翼。定慧等持在印度也有，因为印度诸法也有他们的慧解，天台宗在此是特别强调不能偏废，因为虽说一般是由戒生定，由定生慧，但也有人是从慧解入，或长于慧解的，有人在定就死守顽空了，所以天台有此标举，但这只是比重性的强调，到定慧不二，就是另一层次的东西了。

定慧不二就好像讲光是波又是粒子一样，你不能单讲它是波，也不能单讲它是粒子。

孙：但这两个说法从字面上很容易被认为是一回事。

林：非常多僧众也在定慧不二与定慧等持之间混淆。

孙：顺带问一下，瑜伽的源头是不是印度禅?

林：这问题问得有点颠倒。瑜伽是印度古有的名称，与印度的修行直接相关，瑜伽是相应的意思，由此与宇宙大道合一，"我梵合一"是印度教的宗旨，禅定则是指向这宗旨的共法。严格讲，定只是精神统一，它是大家共同的基本功，禅法则是在这里又有了禅观，印度不同教派就有不同的禅观，许多也以瑜伽为名。

孙：所以可以直接把印度修行想成瑜伽?

林：我们对印度理解太少，词语的用法也有不同，瑜伽在印度还有多重的意义，但法门太多了，是否能完全包含，还得探究。当然就是瑜伽一词，我们观念中也显狭隘，多数人只想到体姿，顶多加点呼吸，其实那更深、更广的部分还更重要。同样在这里也提醒一下，禅在单用一字时，其实就是祖师禅，谈其他与坐禅、观想有关的法门，即使要有个禅字，也得用两字以上的词语，如坐禅、大乘禅等。

动禅与静禅

孙：具体到南禅，涉及到禅坐，有时看典籍，也会很乱心。有禅师说：坐禅即是坐佛。有禅师说坐禅岂能成佛，因为同样有一句禅语在前："磨砖何以成镜?"

林：我在《禅·两刃相交》中用了较其他行法更多的篇幅谈坐，一来是因为我弘默照，只管打坐的法门，另一也因谈禅，对坐的误解太大了。总的来说，仅以行法来看，坐禅就两种，一种是把坐禅当定法。定在这里是慧之前的立基，是手段，让你身心能够安然统一。这样的定法有很多方式，比如数息、随息，念佛号，看个光啊，这些东西都可能会相应。而在精神统一的基础上，又有透过这打坐形式，再做一些内在功夫的。这里有道家的导引吐纳，让气怎么运行全身，也有密宗的观想。在这之外，另一种方法就是只管打坐——这是默照禅的方法。坐禅即坐佛，它是手段、目的，修与证一体的。在前个方法中，定是让你达到慧的手段，而只管打坐的默照禅，是你要认定打坐本身就是佛在行自受用三昧。你是在佛完满世界里的一个状态，打坐就要直接契入那状态。就好像我们谈佛性，它不是永远被我们蒙在里面，有时生命会冒出一种直观，显示这佛性的作用，而你要直接契入这个作用，到此坐禅就是坐佛，坐着的禅就是坐着的佛。

所以，在这两种不同的坐禅，其实可以出现三种的生命状态，一个是坐禅就是身心统一；另外就在这打坐形式上再做一些功夫——气功功夫或观想功夫，这两者坐禅都是手段。另一种就是默照禅的打坐方式，只管打坐。

打坐是佛门的基本功。也是禅子的基本功。不打坐的禅很少。绝对的看话禅咬住一个话头，那有无俱遣，不只随立随破，甚至就直让妄念不起，那是在动中修，比打坐更累，它和一般公案、机锋中显现的趣味是完全的两回事。

孙：您说看话禅是在动中修，这让我想到西藏宗教的辩经。这两个从本质上有什么不同？

林：不一样。辩经是义学的，也就是义理的。它不一定是直观的东西。它是通过辩经，把义理弄得非常通透，一问问题马上就能答得出来。但看话禅是截断所有思虑的，而一旦有天，打破桶底成为悟者，禅者应机的回答则是完全直心而出的，它与辩经这反复透析不同。当然辩经的答案也可自直心出来，但也可能只是练熟了。

看话禅就是咬住一个话头，这个话头有义无义皆可，但一咬住，它一般意义就失了，比如咬住"我是谁？"或者咬住一个"无"，你就必须让无在你的修行当中无时无刻不浮现。举个例子来讲，你看到一件事情，哇，好美，你马上要回到这个"无"，因你咬住的这个话头，就把所有可能产生的思虑作用打掉。逼到绝处后，佛性、本心就显露出来。修这个法的人，会有一阵子看起来人呆呆的，如愚如鲁，因为心思都在那个话头上。整个人跟那个话头打成一片，最后才豁然得悟。

还要说一下，这种修行要克期取证的话，还得专门有人护关。

孙：不护关会出什么问题？

林：因为你整个人都在里面，搞不好车子要撞你了都未察觉。当然外表呆并不是一般人认为的就傻了、呆了，他只是没有一般的机巧，他跟那个话头是合一的。随时，只要有触动，他就又能回到那话头，所以本身其实还是有随时的觉醒，而非直就浑浑噩噩或心底浮起个好美的念头你就下去了。觉要起来。跟那个打成一片时，你对外面是浑然不知，但内在是守住的。会有这个阶段。

我们或者可以说，只管打坐那叫静禅，这个叫动禅。坦白说，动禅比静禅要严厉峻烈。此外，这里说的动禅跟大家通常讲的动禅也不同，像有些八段锦、密教的"六事体功法"，这些都是体功法，以动来辅助，也与证悟无直接关联。

孙：我想对一般人来说，大概还是静禅来得更能具体掌握些。但是为什么又会出现禅僧讥讽的那一句：磨砖不能成镜，坐禅岂能成佛？

林：你不能徒坐啊！人问香林澄远何谓"西来的的意"，的的是精微真确意，这问的是达磨为何西来，也就是禅的宗旨，他说"坐久成劳"，坐要能起觉性，所以他如此棒喝。但不坐呢？这人再问："便回转时如何？"香林答："堕落深坑"，只有更糟。除了默照禅外，禅林一般不常拈提打坐，一来是怕坐久成劳，二来也因为它是基本功，行者天天在做，就像武侠小说里不会写吃饭睡觉一样，天天做的事不会着意写，反而有时会告诉你不要睡太多、坐太多。

孙：打坐如果有这么多不同，我们要修行，是否也要跟定和自己心性接近的一种？

林：这也有阶段性的不同，看你的目的是想干什么。想健身，想要奇特的功能，或有一天成仙，那你就学前面提过的那一些类型的打坐，做气功，做观想。如果不是，你就想制心一处，求精神统一，那就数息随息。如果认为这种东西毕竟都还有依附，你想直了生死，解脱烦恼，那就从只管打坐入手。

看你的目的，也可以交互应用。

但对那类直捣黄龙的人，他如果于只管打坐上受益，就不可能再回去做像气功的那种功夫，因为这两者观念上或性格上有一定的悖反。

肆
打坐是共法，但要知道其中的不共

孙：很多想要修行的人在练打坐的初期，都会有种种身体不适。然后就转一个词：久坐成劳。坐久必定成劳，但坐又是很多修行的共法。为什么主张修行的各宗各派都共同看重这个坐？

林：佛教不是讲行住坐卧吗？行就是走路，住就是站立，卧就是睡着，坐就是坐着，这叫四威仪。你要有个样态，四威仪中以坐为胜，为什么？因为走，心是散乱的。住，也不堪久站，容易累的。卧则昏沉。所以坐最为殊胜。坐禅的功夫就由此发展出来了。

当然密教中也发展出睡的修行，看话禅也不一定要坐，但看话禅二六时中拈提那个话头，反而更严峻。

坐因为殊胜，古印度就有很多坐法。基本上所有的坐法都有一个共同的坐姿，佛法上叫七支坐禅法。就是你坐禅一定要合乎七点，你的身体才能得到安宁。

比如腿要盘正，手要结印，颈要直，两肩要松，呼吸要匀，舌抵上腭，类似这些。

而在这基本的坐姿上，又会发展出各种行法。比如练呼吸，用呼吸来安定自己。数息啊，随息啊。甚至道家就直接做气的导引。也有人在这里念咒啊，念佛号啊，观想啊，而默照禅就只管打坐。当然一开始它会告诉你，要注意呼吸中的进气，呼气让它自然出现，但总是希望你在坐的时候全然放下，只有那一点能观存在。这个初入当然难掌握，一般可以用呼吸先稍加安顿，但不能像数息那样一直罩在呼吸上，而是让你回到能看到呼吸的这个本体。

为什么你会坐累呢？第一是我们不惯久坐，第二是我们习惯了动。让你真要坐下来不想什么，你就发现比想还累，因为它不是人的习惯，不是顺流而行。修行一定有逆的成分在，要顺着，你就做一般烦恼的生命就好了，所以道家喜欢讲"顺者成人，逆者成仙"，这里有个逆的观照与作用力在。

孙：那么说坐久成劳是必定的，不可避免？

林：不，就看你坐到怎样的状态，即便只讲体姿，有人也持不倒单，整晚坐着不睡觉，或睡觉坐着睡。说来说去，肢体还是会有习惯的。举个例子，侧面睡很舒服的人，正面睡也会觉得成劳。坐要变成你肢体的习惯，变成一种记忆。

实际上坐久成劳除了累之外，它更指的一个框框。

孙：什么样的框框？这是否还包括一定要坐多久之类？

林：不坐一天会死啊，每天有没有进步啊，这些也都是框框。

伍 修行，从理入，从行入？

孙：您刚谈到理入、行入，人对修行的理解与接受真是不同。我有一个朋友，最初和他交往的时候，他还在精进地做书商，好像和佛教没什么关系。但是几年不见，突然就不怎么做书了。后来再有电话联系，他已开始修行，而且直接就进入打坐、念佛号。他也知我对佛教感兴趣，便问我这方面的进展。我说打坐还有些困难。而且我不太喜欢念佛号，我喜欢看禅书，弄通义理。他委婉地批评我，光看不行，佛教是不能用逻辑来推理的，你一定要念佛号。我知道这是净土的实践法，但我还是觉得自己的心性跟禅亲近。而且，一个义理想不清楚时，真投入也难。我大概属于您说的那种不可救药的对一个需要实践的东西既信又怀疑的知识分子。

林：龙树菩萨的《大智度论》有一句话说："信为能入，智为能度"，知识分子常讲没有弄清我怎能信呢？但什么叫弄清，有些事物是从理性逻辑永远弄不清的，弄清前你早走了，我们不是几次都提到那"十四边问"的事吗？宗教事，你信了，你实践了，有些东西自然就清楚了。但如此说，不代表没反思，不观照，我们不是也斥"盲修瞎炼"吗！所以这里还得"智为能度"，两者要互参，要彼此进出，有天就会打成一片。当然，佛教讲"归元不二、方便多门"，意思是，即便要到达同一目的地，每个人走的路也可以不一样，毕竟各自的因缘不同。

因为路不同，所以有些法门会以智入，有些法门以悲起。有些法门会特

173

别谈到末法时代，有些会特别强调当下。有人会梳理义理再实践，有人就直接在修行中贯穿义理。因缘不同，情性互异，但其实是不相违背的。问题往往在我们以一己之法妄非他法，把别人视为异端，你就违逆了佛法因缘的根本观照。

但不管情性如何不同，也还得再强调在修行中的出出入入。你这朋友提醒你的是，你不能想完所有问题再去修行。人生苦短，无常迅速嘛！但不管义理，闷着头修也不行，许多人入魔都因此而来，所以禅说"但贵子眼正，不贵子行履"（灯录原文是这样，后来常直接说成"但贵子见正，不贵子行履"），有些人修行了，变慈悲了，但不小心陷在里面过深，就叫悲魔。你在修行外围转，于己无益，但你那个修行的朋友如果心太急切，情绪不出来也会有危险。

过去我常讲修行跟学艺术一样。学艺术不能光说不练，也不能闷头苦练，无论你用的是哪种方法——是先了解了一些理来练，还是以练了来通那理，你都不能只探讨理或我只管练。它一定是出出入入，只有如此，才能冲破瓶颈或高原期。

而即便达磨予人面壁九年的印象，但在传说他标举的二入四行的修行法中，也将修行分成从理入与从行入，只是这里我要再次强调，许多宗教的理是要有行的基础才真能得解的，宗教毕竟是修行嘛！而禅的知见，其开悟领略都离乎概念思维，正是一种实践的结果。

陆

团体修还是个人修？

孙：禅特别讲个人之悟，本质上是个人修。但现在各处都有禅修中心，各式各样的团体修也很多。禅修当然也可以一起修，但从您个人态度来讲，禅修是不是最终要回到个体修这个原点？

林：应该说，修行本来就永远是自性自悟的，禅只是特别强调这点。离开自体的实践修行，也就是个形容词而已，并没有实际生命超越的意义。当然，除了个体、自悟以外，佛教还讲缘起，你跟所有外缘也是有关联的。所以在丛林里大家一起修，因为有同参、有善知识，有规范，而且不必为稻粱谋，就有诸种方便。

但团体有时也常形成迷障。从禅的角度来看，在团体内就有保护层，你就无法两刃相交，所以有利有弊。所以还须回到那自性自悟的原点。只是，自性自悟与缘起观照并不相悖。在这缘起里每一个生命都还有他自己的主体，而每一个主体之间又彼此有无尽的因缘在。

孙：但是会不会存在哪种形式更好，或者更容易精进呢？有一天，几位对修行感兴趣的朋友在一起闲聊，有一位说，在印度修行的历史上，丛林修比茅蓬修更容易精进。

林：这也是一种知见。我们讲茅蓬修是指一种状态，是说你一个人闭关苦修。

所谓的丛林修，并不是说你在修行中可依赖团体，还是自家事自家了。

孙：说来我在家里坐过，也参加过那种几天的集中禅修。但不同的情况，会有不同的心理现象需要克服。首先，在家打坐，我特别容易睡过去。而集体禅修，一般坐的时间相对长，有时会坚持不下去。

林：初打坐的人，身体会紧张，四大不调时会昏沉，精神旺盛时会散乱，当然难。坚持练，就会让你的身心到达安顿的地步。

集体的禅修就类似集训，好处是有时你就尝到滋味了，有时就跳到一个从未有的阶段，跳过一个门坎，你以前坐不久，没想到可以打一小时，类似如此，但它不是一个常态。所以禅七禅三，我常常跟大家讲，出来可能又是凡夫一个，因为它是一个特殊时空下的行为嘛。正如当年两岸严峻对峙的时代我们在军中当兵，日子很苦像打仗一样，心里就想着说，好，我退伍以后就以这种刻苦精神做事，没有不成的。结果一退伍就想，这两年当兵这么累，睡个大觉先。

孙：（笑）我就是。有时禅修完，我睡几天才能缓过来。

林：克期取证或者密集集训，还必须有平时的基础，比如你天天打坐，有一个身心安顿的初阶，那么你就去加强一下。

孙：不过有同参，我发现人和人还是不同，有人双盘，一下子盘起了，有些人只能单盘，还像是在克服难关。是身体上的差异？

林：有些人的身体机能，是不适合坐的。比如曾经哪里受过伤之类。举个例子，一年多以前，我在花园楼梯摔了一跤，右脚脚踝扭到，一直没完全好，双盘很痛，所以好一阵子也不双盘，到最近才回复。

但无论双不双盘，基本上，下盘一定要稳。盘腿使得你的整个身子变成三角形、金字塔，它平稳、不偏不倚，就好安顿。所以打坐为什么后面要有坐垫，因为不垫身体会往后仰，就不稳了。

孙：是否打坐，以双盘为上？

林：双盘不只是稳，还因为你所有的重心、注意力会在下面，就不容易散乱。比如你把手举起来，拳一握时，你的注意力就在拳那个地方，心思就不会跑。同样，两只腿盘起来时，双盘因为违逆自然，所以精神就容易集中在那里。当然有些人的腿会有些受不了，因此过去在禅也有所谓散盘，就是坐在椅子上，双腿自然下垂，只把上身坐正，但它的坏处是下面是散的，"心一净性"较难。坦白说，采取这个姿势，反而要在心境上下更大的工夫。

孙：禅修打坐是为了摄心一念，但如果打坐还需做意志与身体的对抗，这到底会不会偏离原点呢？

林：一定要走过这个阶段，只是，超越原有的惯性不只在体姿，还有心理，而且，这阶段也因人而异，多数不会特别艰难，坐到后来就蛮自然的。而其实，能否双盘也不是关键，你整天僵在这里，心怎能定下来？

孙：这意志与身体的对抗会给身体留下后遗症吗？

林：会，如果过度，尤其经年累月，有的出家众膝盖会有些僵，像我的胯骨肌肉硬，就是长期打坐的结果。过去会有些体功法，散散这个气。我有时就懒，禅宗人格就懒得理会这些细枝末节，当然也就有副作用。

孙：不过参加团体修，身体熬不下去时，也会努力撑下去。因为不好打扰到别人，而最终熬下来之后，也还会有小小的成就感。

林：团体修的好处就有这个外在的约束力，坐不下去也能往下坐。另外一个，团体修从一个神秘的讲法是说，团体有团体的能量，或者说能量这个词不准确，团体修有团体修的庄严。所有人在那儿打坐，就有一种庄严。

孙：记得最初参加时碰到一位禅修老师。第一次打坐结束后我曾对他说自己身体的困难，他说你把时间混过去也是你的胜利。

林：对呀。老参都不会告诉你一定要怎么样怎样。有时候第一次过了，后面就自然顺遂多了。

孙：一起打坐的同修也让我获益良多。我问其中一位，你看起来身体不那么苦。她说，虽然不苦，但容易打妄想。

林：讲得很好啊。身体很顺，反而会胡思乱想。

孙：有一点我不知感觉对不对。有段时间我工作生活一起纠结，和朋友说时，她说你什么都别想，坐坐看。那几天我就在家打坐，结果发现我还坐得比平常好，不仅能坐久，而且也不像平常那样就昏沉下去。这是不是一种求解决的愿力在起作用呢？

林：难说。冲破难关的原因有许多，但持之以恒，许多关卡还是会过。

柒

修行的异象与实相

孙：有一个东西说起来很让人气馁，就是当学佛的朋友问你：你在念什么经。我说我没念，我只是在读，或者说阅读。又问说读《地藏菩萨本愿经》有没有看到异象。也就是一片旷野之类。我说，没有。这么回答时，一下子就觉得自己好像白读白坐了。

林：谈经读经还是解，诵经直接就是一种行，没行就不能叫修行，但读经也有不同层次，你可以只读经，这是义解，也可以在经中解义理，行法用的则是其他方法，彼此相应交参，这时候解就不只是解。至于读诵时看到什么，的确有些人气感比较强。例如：我有回到扬州高旻寺，一个不募款、不做法会、直意打禅的寺院，虚云老和尚就在那里悟道的。他们不接待一般客人，因为有中人介绍，知客僧带我们去虚云和尚开悟之地的法堂坐了十分钟左右。我的感受是那个地方的确殊胜，这种感受以前只在五台山某间寺院里有。我带去一学生，一闭眼，一堆相就来了，接连两天都如此，还不是所谓的幻觉。他问我，我说你可不要执著于它，看了就看了，不要在这里起善恶分别之念。或"我要看"、"我不要看"之类的念头，这对你都形成困扰，你就把它当成自然现象好了。

孙：也就是说，看了也没什么，没有看到也不代表修行不行？

林： 我也没看到什么，但他还是来请教我怎么办，道理就是这样。

这跟读经的情形一样，有人只解经，有人则写经、抄经或诵经，然后就在这端安顿。可还有人是，一读一诵各种反应就来了。虽然说他跟这个经典好似有特殊的因缘，但还是直心看它就好。

孙： 我可能属于前两者。但绝对不是第三种。

林： 知识分子，分别念强，一般较不易有反应。不过也看到不少人平时善于析理，一接触某一法门，各种反应都来了，但是否得益，则不尽然。有些人吃辣，有些人不能吃辣，吃了反而拉肚子。

孙： 但第三种人会因此骄傲起来，觉得自己是直接领悟的。

林： 也没什么可骄傲的。什么东西都药毒同性，越快进入越快殊胜就越快入魔，永远如此。一只鸭子，饲料一直灌，肉长起来就不好吃。

我不是养锦鲤吗？日本养锦鲤是中国传去的，现在又倒传回台湾，她目前是锦鲤的母地，但锦鲤种类不如台湾的多。台湾的锦鲤可不得了，可以做出各种日本都养不出的鱼种，不过，日本种在台湾却很贵，因为质地好。你细看它的鳞片、颜色都比较耐看。后来有内行人告诉我，一个是因为我们处在亚热带地区，鱼长得比较快，质地就不密。另外更重要的是，台湾人和日本人做事方式不同。日本人是久久把一件事情做好，台湾人有汉人那个习性，活泼、应变性强，任何法都能来，所以把它灌得很快。日本十年才能长成大鲤，台湾三四年就成了，但鱼就不耐看了，任何事都如此。

孙： 可还是忍不住会心里暗羡。您修行这么多年，一直就没有看到过异象吗？

林：年轻时看到过，越来越少。这样的坏处是说起什么来总不像人家感动得那样，好处是，让我入魔也难，突然相信一个大师也难。无论是江湖术士还是真有异能，只要知见不正，再怎么动我都不可能。世间事既然是福祸相倚，各有利弊，你就要晓得用你的利弥补你的不足。比如说你喜欢禅，那你就要没事打打坐，境界现前时也比别人多能观照一点，基本功总是要做的，免得它落于空疏，变成一种口头或文字的游戏。

对喜欢念佛的人来说，虽然这是你的安定法门，但也要知道很多东西不只在这里面。我的朋友，你见过的食养山房主人炳辉是念佛的，他跟我接触后，好多禅宗公案就通起来了，反过来自己的念佛也更加得益，也愈加领会什么是触类旁通，什么叫六根互通。

| 捌 |

身心受益，也可能有盲点

孙：修行的人喜欢谈身心受益，如果这一个法门不让他身心受益，他就会选择另一个。我们当然知道禅门是讲实践的功夫。那么，身心受益，是不是可以视为实践自己适不适于此法的唯一验证呢？

林：谈身心受益，有正面的意义，也是修行的原点，连你自己的身心都没能改变了，你还修什么？所以问题不在身心受益，而是要问受益的本质应该是什么，看见异象是受益，因为别人不能，但搞不好还是魔呢！即便不谈这就谈禅门，我们知道它的关键在"悟"，它是全然契入直观世界的一种生命状态。这样一个悟，一般人也许可以用一种生命境况的豁然开朗做理解或揣摩，但是悟之后你是了知，你是不迷，你是真的不迷了吗？禅宗在此处又显出了和其他宗派非常大的不同，它总会在这里打一个大的问号。

禅修行特别讲求勘验。你自以为的身心受益，这受益本身，到底有没有偏执、局限，到底是不是活在主观的世界里，比如，很多人吃了迷幻药，初期阶段他也觉得身心受益，为什么？因为他的身体得到松弛，原来一直是绷紧的、焦躁的，吃了之后变得宁静。但我们为什么觉得它不对呢？因为我们看到后面的效应，我们以前提到的临界点，过了这个临界点，它的好处越来越少，坏处越来越大。而这又可以从两方面来看，第一是你能非常直接地看到，吃药者自处时的身心状态确实越来越差，又重回了焦躁不安；另一方面是应对外界的能力也越来越差。禅讲两刃相交，讲剑锋相拄，讲境界现前时如何，其实都是在说，一个人不能活在自己的世界中。你若没有应对客观世界人、事、物的能力，你说自己是个悟者，或你说你是在道上有所体证的人，那都是魔境。

《楞严经》为什么要谈五十阴魔，因为你五蕴炽盛，这五蕴就会幻化成各种阴魔。台湾许多所谓的大师，许多新兴宗教谈功法的都可以在此找到对应。

孙：也就是说，即使自己所认为的身心受益，修行者也还要几方面来返观。

林：对，悟看来是一个主观的，如人饮水、冷暖自知的境界，但回到根本，它仍是可以被客观勘验的。也就是说，我们可以看到，一些禅者透过一定修行方法，达到某种共同的生命经验，而不是像某些超人所说的，他的经验我们完全无法达到。悟，你也可以证得，这是第一个认识。

第二，这些证得也会分别显示出某些外在的特质来，例如，这个证得的人非常安然，随缘做主，他应对事物，就像日本禅僧泽庵宗彭在《不动智神妙录》所讲的那样，因不动的智慧，乃能以镜触物，如实地面对世间，不颠倒梦想，无入而不自得。

孙：真正身心受益当然是修行人的福报，但听到一些修行人将之描述为一种类似奇迹般的感受，看到了什么，或者感应到了什么，这让我们这些人，会觉得，自己好像很缺这方面的灵慧似的。

林：学佛的人都知道一个词叫因缘殊胜。很多人自认为身心受益，或者有些奇妙的感受，就觉得自己是因缘殊胜，是上帝的选民，命运的宠儿。如果我个人习禅还有些得的话，那就是我没有这种心理，也很少谈到悟境中的玄妙，我最多让大家看到，禅的修行，对个人人生是有益的，让人看到我的一些行为上的外显特征，且这些是可以被勘验的。

　　在修行上，直接身心受益的人容易更全情投入，但这时你在法上也会有一种排他心，认为别人做的选择不如你。万一你的选择又被别人误解，你会更加防卫，更加封闭，更加觉得为什么众人皆醉我独醒。

孙：是这样。在生活中我原以为大家看重修行，就可以谈到一块去。后来发现，在一种场合谈起这件事，只要你选择的修行方式和他不同，他要么明显地怀疑，或者避而不谈这件事，当然现在我更愿意理解为一种明智的沉默，因为少了彼此的说服与争议。但至少更加明白，修行这条路是各走各的。没有交集。总之，面对身份标识特别能确认的修行人，我变得很警惕，注意不谈一些事。当然，跟您不同，我可以对您说出我的许多不成熟的怀疑，而不会有负担。

林：不要把宗教修行当成一个非常特殊的事，你要把它当人生本质的一件事，同时也是跟生活打成一片的事。

　　若这样看待，就会生出一种平常心，平常心地看待人，所以也就平常心地看到人的有限，包含自己的有限，面对某些人所未能经验而起信的某些现象，我们会如实地看待它，但也不会将某些现象很快地神圣化，入魔的机会也就少。

孙：但我们是否应该相信一个事实，一个人如果确立自己真的身心受益，的确会增进他继续修行的信心。哪怕是对外人不说出来，他也会把它视为一种体证。我还是不能想象，一个人，如果从来没有这些微妙的体证，他的修行的信心会一直坚定不移。这个人的信，又是什么在支撑，会不会是更大的盲信？

林：其实任何形式的"信"，都会伴随着危机。那些也许真是身心受益的人，很可能把一时的"信"，照着自己主观感受，无谓地扩大。他得到的法益也许是一分，结果当成一百分，或者真就认为得了大道，这副作用可大。我们讲吃药防老年骨质疏松，吃三个月要停一个月，因为再吃，副作用就来了，同样的道理。

　　而那些看似并没说自己怎样怎样身心受益的人，他的坚持修行，那种信，一是他相信，在一定范围内，透过某些已有经验，我们可以合理地领略还未了知的世界，而不是我们用科学的方法证为实有才可去信。另外更来自生命本身的疑惑需要解决的动力。所以禅谈疑情，小疑小悟，大疑大悟，不疑不悟，这个疑，它不完全是我们现在通常讲的疑惑，它一定和你的生命有一定程度的合一，是你亟待解决的问题。疑情不是焦躁不安，它也许是一个终极问题的不能解决，也许是现实处境中困顿的难以理解，让你有了疑情，由此才有那个能量，以及那些精进的行为，照见自己思想上的幽微，以求突破。也因此，应对了，就深信了。还有一种，是这法门的特质直等于他生命的情性，所以没什么特殊经验也信了，因为二而一嘛！在禅，我多少有这种特质。当然，有许多信，来自一种"如实的领略"，没有异象，但信念却愈来愈清楚、愈坚固。

但无论如何，任何形式的信，都离不开观照。龙树菩萨因此讲，"佛法大海，信为能入，智为能度"。智指什么，是说在信里我们即便有领受，但也要随时返观自己。

玖

师徒相看，如何在封闭中保持开放性？

孙：我们这个时代有个现象，一是整个社会都在感叹大师不再。另外，你身边会有人突然神神秘秘地说，哪天又见了哪个法师，哪个大师。当然我知道，许多虔诚的修行者会有一个上师。佛教中也是把佛法僧视为三宝，有个老师是必要的。但我看到有些人谈起自己老师那种神秘的样子，就本能地抗拒。老师是老师，都尊为大师，我觉得有问题。

林：物欲走到一定范围，或社会压力到了一定程度，一般人最好的追寻与解压就是找大师，这也是一种抓浮木的心理。在台湾，连重要的政坛大事，记者都会问星象家。但想想，你依附于金钱，你依附于一个权势，这些实际可触摸的东西如果还不可靠，请问，那虚无缥缈、每个人都说法不一的风水就可靠？也真荒谬。

孙：即使那些正常修行中的师徒关系中，修行者和老师之间也很容易形成封闭性，各有师承时，你能看到学生因为老师不同而产生的高下比较。如何在封闭中保持开放性，是有师承的修行人碰到的大问题。

林：我在《两刃相交》中为什么会谈到师徒相勘，首先是要知道，修行是会退转的，行者是有限的，这个事实对修行者有多重要！如此，一来你不会随意将人胜义解地视为上师，另一方面即便你看到你的老师哪里不如法，你也不会一下子就彻底地否定，不会因为这个而把所有否定掉，因为大家都是有限的生命。

在密法中，上师是三宝的综合，所以特别会在此崇拜，但很多人退转或者放弃，也都是后来看到上师的不如法所致。上师的不如法分两类，一类是，他本来就无法而招摇的。另一种是，他不一定刻意隐瞒，只因为和徒弟的师承关系，所以彼此胜义解，很多被美化了。但当真实呈现时，信众的信心也就退转了。行者本身是有限的，大家都在修行，这一点你必须先确立起来，不是找到一个教主他就是万能。我为什么在各本禅书里都讲到佛有三不能，连佛都有三不能，何况我们，这样才能如实看待老师。在台湾，出家众上我的课压力不大，但也不会对我失掉信心，就因我把本色呈现在他们面前，当他看到，林老师困的时候也需要有人按摩，他不会觉得一个禅者怎么会累，他不会，毕竟整体的生命境界他还是看到的，所以仍可以来学习。

要知道修行是会退转的。修行上常讲入魔。我们在《归零》上提到，人到了五十岁后退转的可能性很大，因为你若不是很有彻见，你的生理开始萎缩，而你的心不能接纳这个事实，就开始造业了。艺术上这种例子就非常多，很多艺术家二三十岁的艺术境界还比五六十岁高。了解这个后，你就不会把所有老师都作胜义解，一旦老师有某些地方不如法，你也不会马上丧失信心，反而会更如实看待修行的不易。

孙：现在不是你在判断自己的老师，出去时大家都会问，你的老师是谁，会让你觉得，对方在判断你的老师。

林：那就随他判断嘛，重要的是你自己的观照。师徒、同参之间有缘则来，无缘则去，在禅就是这样。

拾

灾难可以说是天谴、报应吗？

孙：这几年自然界的灾难频仍。汶川地震后还有玉树地震。中国的地震后还有日本的3·11地震，还因此引发了海啸。同时我们身边的人，也不时有人有些大遭小灾，包括我自己。不知为什么，灾难一方面引人同情，但总会有人往天谴与业报上联，搞得承受灾难的人颇有精神压力。就说日本那个地震吧，因为中日关系一向微妙，我就听到天谴，或者说报应这些词。有人还认为这个地震的发生，跟他们捕杀鲸有关。网上有人晒了许多血淋淋的鲸尸照片。我则想到了奥斯卡获奖影片《海豚湾》。把它重看，确认那是在和歌山，而不是这次地震所在的地宫城县。但我也因此有一想，如果真的发生在和歌山一带，我们是否就认可这个说法，即因为这一带有人做了这样的捕杀鲸与海豚的事情，所以遭到了报应。我们该怎样理解所谓的天谴、所谓的报应，佛教是如何理解这件事的？

林：首先纠正一下，佛教不用天谴这个词。严格讲也不用报应，因为多少有报复之意。在因果上佛教更准确讲，是业报。业报有共业与别业，共业原是指共同做了同样的事，因此有同样的业报；别业是自己造的业，但因我们众生的智慧有限，看到大家在现象上都有了"一样"的果报，就以为过去同一原因的共业果报。其实不然，就像我们走不同的路，也许也会在某一个地方

187

交汇般，这个交汇从现在看起来是同一个现象，但不一定来自过去同一个因果。而业报不仅包含过去的因果不一样，也包含现在面对灾难每个人的领受不一样，在这看似共同的灾难中，每个人其实又有了自己的一个别业。

孙：只是大灾难现前，我们很少能意识到共业中的别业。

林：是的，对福岛这样的灾难，从大的角度肯定是先看到共相，其实里面有很多的别业在。同一家人的一对兄弟，哥哥死了弟弟没死，也可能从外表来说，哥哥还更善良些，这其实说明，在共性之外还有许多殊相。另外每个人都走到了这个地方，但走到这里所能领略积累的东西都不一样。你也可以看到，有些人面对这个灾难更加谦卑，有些人会觉得为什么我没做什么坏事却轮到我，有些人的领受则像刚才讲的，认为这是天谴。但如果是天谴的话，它必定要把善恶二分，因为它一定是要赋予明显的外在价值判准，就像有一个人格神在决定我们的命运般，有被天谴的人，就一定要有不被天谴的人。所以说天谴，你这里不得不处理一个矛盾：总不会住在福岛、宫城的人都坏，住在东京、大阪的都好吧！否则为何只东北一地的人遭殃呢？

孙：那么是否可以说，别业就是表明我们每个人都有自己的业，而共业本身要看如何对应，并不直就是褒贬之意？

林：若只就现前的共相谈，共业就是指我们共同经历了一件事，即就经历对生命的切身而言，个人也都有不同的领受，它是无法替代的，也就是生命与生命之间固然有无尽的牵连，但事情对一个体生命的意义，是及身而没，无法直接转嫁的。也因此，就业而言，自作因自受果，共业只是相同部分给的名称。从地震讲，宫城县的人有共业，这共业中又有小的共业，譬如每村不一样的遭遇。你会发觉你和甲有共业，和乙又有另种共业，也因此，说来说去，不能就用共业那表象的相，就直说这共业的人是好是坏。何况，业虽是在的，但问题是：你是被业转，还是能转业。转业，就来自你的作为与愿力。我们在上本书里不是提过业力与愿力吗？就生命能量而言，其实是同个东西，问题只是作用在哪方面，是被转还是转它，这是佛法修行的要旨。当然，在禅而言，更直接强调的是不染，因为不染，就从业解脱了，当下也就能随缘做主了。这随缘做主，谈福岛核灾，还得注意此层面，不是每个在此受灾的人，都只能接受这命运，许多人也因这境界现前而转了出来。

拾壹

在灾难中祈福与诵经：愿力的作用有多大？

孙：但这次灾难有一个不同的地方，就是当它变成核泄漏的时候，就不仅激起我们的同情与悲心，也同时包括对我们自身处境的不安。

约翰·多思说："没有人是座孤岛"，以前我们是从人类精神的层面领略这句诗的，今天我们则是从共同的切身处境上来领略。这时候会特别感到自身的无力。我们知道，在这时佛教徒会号召僧众或者信徒念经转力。只是这样的作为真的有用吗？

林：这和祈祷的意义是一样的！很自然的举动。你刚才讲这个灾难是人类深觉无力的，其实这样的认知，是建立在当下信息、网络发达的情况下的。这样的心理其实不只在当代，过去人们的视野不及全球，只及于自己所居的城市，那个城市发生大灾难，居民跟现在我们碰到核泄漏的心理感受其实一模一样——这个世界要完了。

当然，是到了现在我们才有这样的世界观，就是晓得只有一个地球。地球一角出现这种灾难，谁也无法幸免，这种普遍产生的无助感，或者因共同的灾难而产生的一体感，在地理发现的时代如14世纪至18世纪，较稀薄，因为觉得还有地方可躲嘛。但现在不同，只有地球，灾难又可以如此无远弗届，就使得大家觉得必须以共同的祈福、念经来转出这共同的业，这是很自然的想法。

孙：是很自然，但我还是要追问：真的像佛教徒所认为的那样有用吗？

林：就像以前提过的，如果从佛教角度解释世界，那么一个世界的形成，不只因于众生的业力，还因为佛陀本怀的愿力。大乘佛教谈世界的形成，是众生的业力和佛陀的愿力来合成的。如果众生的愿力和佛陀的愿力联结在一起，就有了力量，就可以转业。

孙：在我听来它还是一个精神的理解？

林：你作为世间的知识分子，是可以把它当精神力量来理解：遇到灾难了，且是世界性灾难，于是我们产生一体感，求助超自然，甚至认为用一种彼此相互扶持的心理来支撑，就如此。但从宗教层面来看则不止这些。佛教认为世界是众生业力与佛陀愿力的组成，要改变它，就必须转众生的业为愿，而众生如何转业为愿，则是众生自己的事，别人是无法代劳的。再说一次：当众生的愿力与佛陀的愿力合一时，这世界就转了。

孙：祈福有一定的仪式感，但胡因梦提醒这次那些为灾难祈福的人，在自家做就可，不必一定是个聚一起做仪式。

林：这是提醒大家发心不要论条件。条件是我们要找一个场所，一定要多少人才能有能量。而发心从来就应该是当下发心，随分而为。

孙：我也注意到，当有伴随着死亡的灾难发生时，佛教徒喜欢念《地藏菩萨本愿经》，灾难与经文一定是这样的对应关系吗？还是说，什么经都可以？

林：从佛心来看，佛与佛无有差别，就看你的爱心，心正，经都是一样的。但从应缘的角度来看，佛菩萨的愿力又有它重点的不同。佛度有缘人，每一个佛化度不同的世界，万古长空总要显现在一朝风月，《地藏菩萨本愿经》正好和幽冥界有关系，跟受苦受难有关系，所以选择它也很应缘。

孙：就是说我也可以念其他的经？

林：没问题。只是说，这里面除了佛菩萨的本愿外，还有那么多众生的相应，就像很多人喜欢念观世音菩萨一样，相应嘛。

孙：不管怎么说，祈福念经至少可以理解为一种积极的做法，至少能看出作为。但我们知道，还有一种僧人，他并不这样想这样做。日本电影《入殓师》的原著作者所写的《纳棺夫日记》中提及良宽，那个日本和尚，在文政二年的大地震中写的文字："要死我就想死也挺好的。这可是我逃避灾难的妙法。"我当然很佩服他生死之前的坦然与淡定，他的方法我也接受。和刚才谈到的有所作为比起来，哪个更胜一筹呢？

林：人问："如何是无寒暑处？"也就是如何不在这相对世界里颠倒。洞山良价的回答是"寒时寒杀阇梨，热时热杀阇梨"，这就是良宽的世界。能如此接受寒与热，就无别，灾难也就不是灾难，就当下解脱了，这是究竟者的世界。

但祈祷与当下领受两个在佛家并不矛盾。要提醒的是,解脱并不代表对别人没有悲心。我在谈禅时反复提到,大智与大悲是在悟时同时生起的,因为没有了自我的这种执著,直接领受所有事物,才能真实感受你与事物之间的关联。所以良宽不会也要求别人也这样做,他反而因这死生的坦然,无我地看到众生的无助,而救度众生。

良宽的态度是典型禅的切入,而诵经祈福,则是其他宗派的方法,后者常常还在一种有无上着力,但不代表它不契,因为当在诵经祈福中与众生一体时,它跟佛的愿力完全合一,也是无我的。无我和众生一体是同一件事,契入无我,契入众生一体,自然可以就此解脱。

拾贰　灾难中的心理调适:不同法门的观照

孙:不知为什么,日本地震对我的影响很大,好像周边学佛的朋友受震动也很大。有一天,我和一位学佛的朋友讨论这事,他说自己感觉很不好,类似2012年那种末世之感吧。他说打算离开生活的城市。我说如果灾难是普遍的,你又能躲到哪里去呢?他说有一个地方可以避难。我问他你走了父母怎么办,他说这东西是缘分,有人信有人不信,对不信的人,你说服他离开他也不肯的。我听他的意思是说,有些学佛的人会看见一些不好的东西,而大部分人看不见它。所以也就意识不到危险将至。我听了不知怎么,就觉得怪怪的。

林:就这事,我有个提醒,学佛不能离开因缘法的深刻观照。你朋友说众生有众生的因缘,他看到了危险别人没看到,所以无法兼顾到他,也对,也错。

从大乘佛法的究竟来看，并没有离开众生而得的解脱。你可以克期取证或者像释尊那样坐于菩提树下，如不得道就不起身，有那种悟道的决心，而后慈航倒驾，或者我自己心知肚明，目前能力不及于此，所以作此决定，但千万要返观，不能在自己的因缘与他人的因缘上完全做一刀切。

我们以前不是谈过宗教的惜福吗？"予何德何能，以至于斯！"你能看到这灾难的将至，还是蛮得天独厚的。可我对那些境遇不如我者，依然要"不忍"。这种不忍人之心，在学佛是必须存在的。所以说别人因缘不到意识不到危险，也许是个事实，但悲悯对方因缘不到，感叹对方因缘不到也是必然要存在的。当然，在禅，我还得提醒，你如何勘验你看到的不是幻象？即便是真实，你是不是就因此被锁住了，这才是关键。

孙：不知为什么，看禅宗公案会让人觉得生命有力量。而别人念佛号念出这种感觉，我好像体会不到。

林：念佛的究竟在出离，就不谈这，它也能得到安定，是在实践中得到安定，所以没什么动人的理论，它也不像禅者般直现当下的风光。前面提到在讲授修行的基本观照时，我曾将诸多的修行法归纳为五种。其中第一种就是皈依法门，是将你小生命的问题交给大生命来解决，它主要的行法就是祈祷。在这基点上，净土的人格与基督徒有相同之处，基督徒也一念哈利路亚、阿门就安定了，就因为有这种安定与直属，所以也有贴切上帝选民的感受，因此对未入者比较会经意或不经意透露出对方信仰或因缘未到，乃至仍在魔境之意，外人听起来就不舒服。

孙：他后来还问了一句：难道你不想去西方极乐世界吗？这句话真把我吓到了。也可能我心性近禅，更相信当下的解脱，经他突然这么一问，就有些糊涂。习禅，不就是要历练得把这个当下定下来，但是，对于追求西方极乐世界，就好像有了彼岸。这中间……

林：这两个并不矛盾。换个问法你也许就能接受：你不想解脱烦恼，离开这种无常或痛苦吗？这样问对你就贴切了。对他们，念佛，到西方极乐世界，跟离开痛苦颠倒，是划上等号的，你因为没划上等号所以觉得突兀。其实痛苦、烦恼是我们人类共同的处境，如果我问一个人，你不想解脱烦恼吗？他告诉我说，老师我都没烦恼，那我就拜他为师，因为他就是菩萨了。顶多我会提醒他，真没烦恼吗？她说我先生爱我，儿子很上进，一切都有，还烦恼什么。我说，那你先生如果有外遇，你会不会有烦恼？她说，我保证他不会有。我说，真的吗？她开始动摇了，这动摇其实是让她体会到生命的如实，有些感悟，于是佛法就契入了她的生命。

当然，这点禅、净的不同，的确在相对世界里是有情性及行法的差异乃至有时候呈现悖反的。为了调和这矛盾，历来就有禅净双修之说，此说最出名的是宋代永明延寿的"四料简"，"有禅无净土，十人九蹉路，阴境若现前，瞥尔随他去；无禅有净土，万修万人去，但见弥陀佛，何愁不开悟；有禅有净土，犹如戴角虎，现世为人师，来生作佛祖；无禅无净土，铁床并铜柱，万劫与千生，没个人依怙"，但从我这禅者来看，正因这调和论，过度强调彼此间的相融，太方便了，反而显不出法门应时应人的殊胜，而禅风之衰也与此调和论有一定相关。

孙：说到祈祷，我很喜欢马可·奥勒留《沉思录》中一句话：谁告诉你说神灵甚至在我们力量范围内的事情上也不帮助我们呢？那么，去为这样的事情祷告吧，正如你所见，当一个人那样祷告：我怎样才能与那个妇人同床共枕呢？而你却要这样祷告：我如何才能使自己不抱这种欲望呢？当别人那样祷告：我怎样才能从这解脱呢？你要这样祷告：我怎样才能没有这种欲望呢？当别人祷告说：我怎样才能不丧失我的幼子呢？而你如此祷告：我怎样才能做到不害怕失去他呢？

　　我认为这句话也是在修一颗心。它不是让你借祈祷改变外界的变化，而是让你懂得，如何以不动的心去应对外界之变。我今年读它，很奇怪经常能读到与禅书相应的句子。

林：我们这个对谈很有意思。它不只是学生与老师的叩问，不只是知识分子与禅者的应答，你还常以西方哲人所说为例，这让我有时还真以为是与西方人在谈呢！但既如此，那就从西方的某些人怎么看待东方说起吧！西方心理学家弗洛姆曾说，佛教是本质性的宗教，佛法讲生即是苦，这苦是要你去体会的，正如我教课时常谈到禅在此的态度，说生即是苦，这生命的本质，如果如实观照，所有的人结论都会是一样的，但这结论可是要你自己去体会的。

　　从体会切入，一切烦恼都来自你的心，因事物都无常，而你却在追求那个常，能从这追逐解脱，这不追逐就是放下，就是不动。因为观照动，接受动，自己反而不动了，佛法修行的本质在此，如果你不在这个追逐之中打转，就是解脱之人。

　　当然，任何人解脱之路不同。你的朋友把解脱与往生净土划等号，这是很自然之事。尽管你也可以说他在追逐净土，但许多人的确是在念佛的当下就安定了。

孙：只是他当时说的语气里给我一种要上路的感觉，所以才会被吓到。

林：每个人情性因缘的确不同。我年轻当兵退伍后（台湾都须服义务兵役），到台北善导寺念佛，当时也想，人生苦短，不如找一个法门先安定吧。结果去了一次就再不去了，因为触目所及那里人都七老八十，还一心求走的样子。对他们来讲，死生迫在眉睫，悟道遥不可及，其他锻炼也远水救不了近火，当然先抓一根浮木再说，搞不好这浮木就直通大道呢！但当时我二十三岁，怎么可能一下子就抓一根浮木一了百了呢?

所以说,不只每人情性因缘不同,连生命不同阶段也会有观照的不同,进入哪一法门都无可厚非,关键是要看对这个法门的相应,当然,其他法门也能了解最好,这样可以避免盲修瞎炼。

孙:也有人觉得,我选择一门契合我性情的,一门深入。为何我要管别的法门呢?

林:因为每一个法门摄受不一样的人,也就有它不一样的利基与陷阱,能趋利避开那个陷阱就不错。要观照到这利弊与陷阱,往往须经由对照,比如谈禅的人容易空疏,讲净土的人就不及其他,生命易于封闭。两者对照,有些事物就了然于心。

拾
叁

灾难中的做与不做——悲心的观照

孙:说来虽然社会都在说,一方有难,八方支援。这个时候也最能彰显世道人心。但是有一个问题是很困扰修行人的,也可看做好人的困扰。就是每有这样的事发生,无论离灾难近或远,不做什么的话,就会有一种内心的歉疚感,无法释怀。有的还非要到那个灾区去,事实上去了也未必有用。第一个问题,去还是不去?

林:这个东西跟我们以前谈遇到乞丐要不要捐钱的纠结一个道理,虽然看起来小事大事不相同，本质却一样。佛教在这里强调初心的一念，非思虑心的那个初心，一念初起那个初心，要给，就给；不给也不要事后后悔。因为在这么复杂的因缘里面，即便对方的数据提供给你，你也无法判准他所称的对或不对。你惟一能做的是，不要给了他一块钱后又在那儿想，也许他能得到很多的一块钱，搞不好他比我还富有。即便后来你恰好和他认识了，了解得更多，你可以行为上做调整，但那也都是后来的事。

我们对大灾难的态度也是这样。

孙：但说到初心，事实上我们已经离初心很远了，甚至什么是初心，很多人的了解与体悟都不同。

林：从禅来讲，初心就是契入直观之心。如果从一般宗教来讲，它指的是纯一净性，无污染的心。用一个一般人更好理解且接近的词汇是：第一念。你说得没错，初心因为不是向外求得的，所以对习惯外驰的现代人，也确实不是想回到初心就能回的。

即使开始一念初起，但接着又起心动念，最后念头到底是不是第一念，确实自己也搞不清楚。但所有的修行都是这个样子，都不可能一蹴而就，是一次再一次的返观而得。所以真正的道人说到初心，并不是指大事我才回到初心——而是我们在面对日常许多事物时，一起心动念，就要回到初心。所以有句话说，道，不可须臾离也，就是你在日常里的觉知，要变成你生命的一个禀性一种特质。之后像禅所说的，境界现前时，它才会起作用。

回到初心固然难，但禅不是说"但贵子眼正，不说子行履"吗？其实就像我们每个人都有灵感和直觉一样，佛教说人人都可成佛，正因为那纯净的本心不可能完全被覆盖，它永远会在你不经意时冒出来。

孙：不管初心多么难找回，仍然得肯定，在别人遭难时出手相帮，仍然是大部分人最朴素的冲动。但大家后来也渐渐发现另一个问题，就是我们在出手相帮时，很容易把对方想象成全然的弱势，而低估了对方可能比你还坚强，柔韧，或者有应对能力。所以有时真一窝蜂去了，发现不仅帮不到别人，有时表现出来的怜悯与同情还很廉价。

林：所谓初心，既是回到那本心，这本心既是生命共具，你就有将心比心的能力，你就能离开后天的经验，和其他人、其他事物共鸣，这时你的悲心既能够万物一体，也不会陷于入悲魔。所谓"无缘大慈，同体大悲"。这里的慈悲与大智是在悟时同时生起的。

孙：也就是你不是单纯地为它痛为它流泪？

林：只要是现象上的将心比心，都会有大的问题。第一，它常会让我们想把所有灾难、痛苦都放在自己身上，最后才发现其实自己不堪重负；第二是，你用你过去的经验去判别这个东西对方可以承受，那个东西他不能承受，这中间就有许多的起心动念，最终难以达到"以众生心为己心，却又不与众生同乱"的境界。西方人谈菩萨，说是永远救赎的人格。意思是，救赎就是他生命的本身，而不是觉得该去救赎才去救赎。如果一个菩萨天天想着这个该救那个该救，他多累啊，天柱崇慧说佛悲心无限却不能尽众生界，你可能就会因救不完而心生挫折。

孙：有的时候我们过分悲了，反而会失去行动的能力。或者为别人而悲了，就没有能力自我化开。有一次我得知一个朋友的家人得癌，一直没敢问。后来终于坐一起，便问起对方。他答已经过世。我本来想安慰他，结果先就哽咽不成调，反而是他安慰我，说早过了那段痛苦了，而且这一次的生死也让他领悟许多东西。

林：这也就是现在很多学问讲求量化，用到个体生命都无效的原因，因为你无法以自己的经验判准别人一件事，对那人来讲意味着什么。在此，智慧的观照永远重要。

这包括很多层次。比如说，对因缘的观照。有些事有它的因缘，我们不知它的缘起；有些东西是我们能力问题，不是我所能荷担。像这一类型的东西你若把它无限扩充的话，你就会陷在某种单一的情绪里，反而障碍了修行。这种悲魔会折磨一个人的心智，最后修行反而退转了。

为什么释尊在阿含经里面讲，修行必须如调弦一般，弦过紧会断，过松不成调，而释尊在苦行之后放弃苦行，说苦行非道。这并不是说苦行那种强烈炽热的向道心，不会让人受益，而是说苦行带来的副作用，反会使你的道心退转。常常，最快精进的人，也就是最快退转的人。

孙：不知在哪本书中看到，连佛陀都说：为了开悟，首先要照看好我们的色身。

林：对，所谓"资色身以养慧命"，人有他承受量的问题，或者说，平衡度的问题。不能让悲魔主宰自己。从事上看，要悲智双运，以理上参，悲智为本心所现，本为一体，没有离开智的悲，也没有离开悲的智。

一个灾难到了，你觉得这个灾难给你一个特别的生命意义，你该去就去了。去不成，不能把责任怪在自己身上，人不能荷担天下所有的事。

孙：虽说灾区有各种情况的限制，去不成不能全怪在自己身上。但是你眼看着你认识的某些人，开着大卡车，上面运着对灾民有用的物品，能够深入灾区，那时的不安或自责是，你怎么就没有这样的行动力呢？或者说平常不注意积累、锻炼这种能力呢？

林：检讨不如说观照。讲检讨好像自己一定是错的。观照就是去看自己处境的来去。你是可做而不做，还是你本来做起来就有些勉强。观照是修行之本，本来就应该观照，但不可以比照，一比照就出问题，你想许多人都开卡车去那还得了，人家也累死。

这里最主要观照的是你那悲心有没有丧失。

孙：其实灾难以后的另一观照是，我们以为一场灾难，直接承受者是灾区的人，但后来许多的信息也包括身边的例子，很多前往灾区的人自己的心理都出了问题。回来后更像是大病一场似的，这些人的内心之伤，反而会被大家忽视。他们也无以诉说。

林：是啊。我们为什么许多事情都要回归到修行的角度来看，就是任何一个事物，你都有自己的生命境界在。你可以选择去，也可以选择不去。不去之后你是怎样的做法，去之后又有什么缘分……

孙：我说的是选择去的那些人，有些东西超出他的意料。

林：就像任何修行，都有状况超出自己意料的，刚才讲松紧也是如此。修行为什么要找老师，为什么我们要做这样的对谈，都是在做一种提醒，搞不好你所要面对的东西，是超出你的意料之外的。

许多事从行者来谈，总是很单纯的。但这单纯却常就是事物该有的状态。一个禅者不会告诉你，去或不去，哪个是对的。去有去的境界现前，不去有不去的境界现前。问题是，这个境界现前有没有对你起一种生命观照的作用，如果没有起，你就是木人石心。如果有，这中间是祸是福，还牵涉来自个人的觉照。

孙：说来真要是木人石心，反倒没有如此的熬煎。

林：修行就是要活脱脱面临各种境况。不要讲说汶川地震这样的灾难，你们当记者的，不是有一类是战地记者吗？让生命真正得到逼视的就是战地记者，那么是不是每个人都应该去当战地记者呢？有些人去，生命变得不堪承受；有些人，还非得去到那里，生命才照得见真实，状况还是因人而异。

勘情感、论道艺

——苏曼殊、李叔同、胡兰成公案

弘一是道人，苏曼殊是艺术家

孙：就近代史，苏曼殊、李叔同与胡兰成，都是和佛教有关联的文化名人。
而且他们都还有风流才情与不被世人参透之面。很想在此，和您叩应一二。
先说苏曼殊（1884—1918）与李叔同（1880—1942）。他们两人是同一时
代的人，苏曼殊三进佛门又三出，李叔同1918年8月19日出家，再没回转。他
们是否都属于宗教人格，或者说是不一样的宗教人格？

林：直接讲，弘一就是道人，苏曼殊就是艺术家。道人始终观照生死出离，
而且若没有去实践，去修证，他就心不得安。这种修证是生命直接的体践，
所以一切就回到生命全体的投入。也因此道人即便呈现出艺术性，也是"生
命之全体即为艺术之自身"，是"道艺一体"的。

　　艺术家不一样，作品与人在此可以分开。所以即便有生死出离之心，也
不见得在生命中直接体践，而是借由作品抒发。这作品有时呈现一种他所理
解、向往的圆满生命境界，有时这种抒发本身，就是一种心里郁积或者欣羡
的表达，由此得到一种身心的平静或平衡。

　　苏属于后者。他诗作里充满人间情感。即便对于僧家生涯，他所有的肯
定或者眷恋，也跟世间的起落美感密切相关。因此与其说他是个僧人，不如
说，僧家这个身份在他，也是个作品。当然我们可以想象，以他身世的悲苦
催逼，他也想走入绝对究竟的解决。但毕竟还是艺术家的个性，不能全然投
入修行。于是僧家对他就是某种情怀、某种美感的身份。他的诗画都如此，

他的画就直接可以看成钦羡世界的投射，与现实形成一种互补。

而他的诗，则游于世出世间，无论是写道情还是世情，都格外动人。从艺术肯定苏曼殊在近代的古典诗写作，那绝对是数一数二的。但如果从诗的感动，直接来想象这样的人就是道心浓厚者，就不对了。

相反的，弘一明显是道人。他前期生涯那么精彩，这些可能促成他出家，所谓"繁华落尽子规啼"，但出家后，这些对他自身的解脱，就是完全无关的。这是道人与艺术家最大之别。道人不仅观照核心终极的死生，而且晓得自家事自家了，只有生命的直接体悟、生命的直接超越才是问题的解决，其他一切东西，即便是暂时的移情，都认为是丧失性命。这也就是弘一为什么出家后，放弃许多人欣羡的艺术的原因。

孙：也就是说，曼殊特别早就出家，而且几次出入佛门，但还不是真正的宗教人格？

林：对。他有进出的矛盾。进出当然不是不好，从佛法来讲，也允许七进七出，人生在出入之间，也有得益之处。但他显然不是自由出入，而是从来都是在这边得不到就去那边，在那边得不到又回这边，基本上是这味道。而弘一一入就不回返。

孙：但从后世资料来看，他们同时代的人对苏曼殊为何出家并三进三出，特别能理解，即使我们今人来看他的出入轨迹，也能解释出因由来。反而对弘一，却有诸多猜测，以致为何出家，成为一个公案。

林：对。对苏曼殊的出家，我们站在一个世情角度很可理解。但对弘一，纯粹站在世情角度是解释不了的。我记得弘一六十岁时，朋友为他庆寿，还有朋友写诗，意思是说：这么繁华，你为什么要放下，干嘛要跟自己过不去，走这条路呢。也就是说，弘一出家是公案，其实是到后世才成为公案的。在他同时代人中，多数人是把它当一件惋惜的事，或者以戏剧性的转变，来看待一个当世才子的进出。是到后来，我们离开那个时空氛围，离开"美育可以代替宗教"那种时代气息来体会这样的人出家，事情才显出生命公案的意义。同时，对弘一的评价，也越后来越高。

孙：很早我们在《十年去来》中谈到弘一为什么出家，这么多年后，您还持那个观点吗？

林：是。我觉得在谈弘一为什么出家上，我们文献主义的理解法，缺了核心这一块。如果我们只是站在世情角度去参，就必须解决一个问题：他为什么会选择与艺术家情性最为背离的律宗——艺术接近禅，禅接近艺术，但弘一却选择了离艺术最远的律宗。而且一个人如果是为世情出家，出家后就两种情形。一种是完全灰心灭志，消极到极点，因为出家不是为求大道，而是完全对世情的绝望。另一种是像苏曼殊那样，会有进出。但我们在弘一身上看到的是，他一路下去，心从未动摇。而且是一开始就如此，并不是越修越精进才不动摇。如果没有非常强的宗教心，只是世情的不得已，是没办法有这么强大的驱动力的。解弘一，就像许多人看八大山人的画作，用世情角度，什么国破家亡反而解释不清般，因为你在画作里同样看不到画家的灰心与焦灼，他的画是道人才有的气象。

社会性、个人性的佛教之用

孙：苏曼殊与他那时代许多重要人物都有交集。而且他几进几出的心情，也不仅是和情有关，也和革命有关。我尤其注意到他和友人伍仲文一番谈话，特别能体现当时人以佛教改造社会的想法。他称："世人事佛，佥重文字，究其实际，即心即佛，我辈读经，靳增知慧，若今读群经，不行佛心，是盲识，非正慧。愿静园居士于此加意焉。我佛本无相，如以相见如来，非是，色即是空，空亦无有，惟其能空，故无执著，能无执著而后心无所住，所谓无我相，入相、寿者相也，能人能空者，方可言革命。"他所有淡远的画作，其实都别有怀抱，与清末民初的革命有呼应。也就是说，他对佛教的理解，还是"用"的想法居多。

林：不只他啊，当时谭嗣同、梁启超、章太炎，都如此。从某种角度，太虚和尚也如此。太虚是通过契入世事来拯救佛教，其他人则是通过契入佛教来拯救世事。

孙：那是否由此看，我们在谈印顺对于基督教态度的时候，说到当时佛教末落，基督教为社会主流。实际上在印顺之前，中国有一段，还是有佛教之热的？社会进步人士都很看重佛教？

林：不尽然。清末，佛教已经很衰微，所以金陵刻经处，杨仁山这些人才有佛教复兴运动。与其说当时大家想以佛教救国，不如说那时恰好革命志士中有几个人信佛教，并不是普遍的革命党人对佛教有好感，也所以梁启超写佛学的文章，主要用力处是重新辨正佛教并不消极。

孙：我从史料上能看到，他们二人人生有交集，都在《太平洋报》共过事。那时李叔同任副刊主编以及广告部工作，大胆尝试把广告版做得如艺术作品一般。苏曼殊担任《太平洋报》主笔，他的一幅画作《汾湜吊梦图》还被总编视为瑰宝，交李叔同铸版印行。我一直好奇他们彼此有没有评价，但好像看不出。只是春柳社当年在日本演出，曼殊上人对此评价不太高。大概是从革命的角度指其幼稚吧，我想也并非是冲李叔同个人的。

林：从整个生涯看，苏曼殊都很有社会性。但我们可以看出，弘一的个人性，在前期就显露出来。

孙：不过有一点令人觉得很奇特，苏曼殊是1918年5月2日离世的，而就在那年夏天，李叔同出了家。

林：不必去想关联，除非有证据。禅，有就有，没有就没有。

孙：虽然在您眼里，苏曼殊还不算道人，但他同时代的人，都叫他曼殊上人，苏和尚。另外，许多他的朋友评价他，也是拿他和当时的僧众做对比。孙中山对苏曼殊的评价就特别有意思："太虚近伪，曼殊率真。内典功夫，固然曼殊为优；即出世与入世之法，太虚亦逊曼殊多多也。"能看出在曼殊与太虚之间，孙中山喜欢前者。

林：主要是孙中山本人也浪漫嘛。虽然从革命角度看，更容易看到太虚与孙中山的相近处，都救国救民。但从人本质来看，孙中山是在浪漫上与曼殊相契。

孙：所以在他看来可爱的是曼殊，而不是太虚。

林：太虚身负重任，因为那身份，大家对他有期待。谈曼殊与太虚，你看佛教史，太虚是个不能不提的人物，影响后来很深，曼殊则基本不入佛教史之林，所以孙中山还是个很个人或世情的看法。

孙：但戴季陶对苏曼殊评价就不一样："他的性情，也很有超绝一切的去处，但是他到底是一个个人主义的结晶。就超生活的一面看，他也是一个人类中的优秀，却是在生活里面，他倒是一个累世的人。这样的人，高而不崇，洁而不纯，于个人可称为良友，于社会绝不能说是赘疣。"

林：呵呵，这个就比较客观一点。这两个人，论人论世，尤其论人，还是能看出有个传统的底子。

孙：怎么讲？

林：以心映心，常常讲得很到位。

叁

以情求道、藉色悟空？

孙：我发现世人在解苏曼殊的情时，也好像面对仓央嘉措的情一样，态度在两极之间。爱他爱得极致了，便认为他这也是"以情求道，藉色悟空"。"守性不守戒"。您怎么看呢？

林：是世情很浓，未得解脱罢了。在情上浓时不郁愤，就是做人的根本，跟解脱有什么关系？如果苏曼殊是藉色悟空，他的诗就不会那么浓烈。你看他比一般诗人更浓烈，哪有空？世人太爱他了，所以才有这样的解释。

孙：您觉得是世人美化了他？

林：当然美化了。藉色悟空，就不会在世上转。他还是转嘛——我们历代文人多少在谈世事空，哪有谁是真正解脱的呢？文人艺术家所感到的那种空，并不是佛法如实领受的苦空无常，接纳它，并在其中无嗔无喜，立处皆真。他们那种空，真是空，无以掌握的空，怅然的空，说穿了，其实是映现生命的难以割舍。当然，悟到这层的空也是好事，假如你不晓得苦空无常，说不定还乐在其中呢。但是晓得空又舍不掉，这时感慨就深。所以有句老话是"人事益长，感慨遂深"。是感慨于生命的无可奈何。而道人怎会无可奈何，该舍就就舍了嘛。

孙：但他的画作里有这个空。所谓闲寂的味道。陈独秀评他的诗作与一般画家之别："苏曼殊作画，教人看了如咫尺千里，令人神往，不像庸俗画匠之浪费笔墨。"看他的诗与看他的画，给人的感觉的确不同。

林：画与人互补的例子太多了。画家的这点"寄情"这点"互补"特多。

孙：不过将苏曼殊一路情事看过来，还是会觉得他和仓央嘉措有些像，就是不让人烦。跟胡兰成说自己那段感情给人的感觉还是不同。

林：他真切。首先是真切，再一个在他作品中你能看到人的苦，所以就容易贴近。胡兰成那种看似超越、淡然，反而是唯我的解套。
　　所以说，在世情里面，有矛盾，有挣扎，有焦灼，艺术就有动人处。苏曼殊诗写得好，而又跟他生世之苦联在一起，格外动人。一个顺境人写人生感慨，就会让人不着痛痒。

孙：那还是有句话叫：情多累美人。

林：情多累美人？情多累自己！情多是文人的风流，多情，也是文人的托辞，说白了是自恋自己，还不只是累自己呢！

孙：有一点从文献资料看，挺不可思议的。很多记载都称，苏曼殊爱美人，却与美人身体不染。

林：两性之间，太复杂了。即使是从一个诗人的纯然之恋来看，有些是柏拉图式的，也有些可能是肉欲式的性爱。苏曼殊又有他出家人的身份，这里面想象的余地就大。

孙：但他最重要的几次婚恋，的确是到了最关键时候，就退步不前，好像前面恋得那么深，到那时才觉出，自己是个出家人。呵呵。

林：他矛盾嘛！要是一个人如实领受，还俗结婚也未尝不可。要不怎么还有恨不相逢未剃时这样的诗呢。曼殊是很典型的世间情感很丰富的矛盾，不仅体现在僧俗间，即使是作为俗世人看，他也属于感情多的人。

孙：那如何看待他所称"佛家精义灭不了一情字，撇不了一缘字。人生世间有一日知觉便有一日的情，有一日的情便免不了一日的缘。情缘未寂，你怎么禁止住我不想绝世美人呢"，也是一种为自己开脱之辞？

林：道人当然不能离乎情，变成木人石心，你不可能对美、对生命情性无感嘛。缘那就更不用说了，是佛法的根本，只是你如何对待它，我不是说道人看到美人一句"好美！"就一切了了吗，你还想，是葛藤缠身。

总之，说来说去，还是他的诗太迷人，同时代以及后人就难免帮他做善意解，而忘了他未得解脱的苦。

但我还有一句总结的话：生而不能如李叔同，也好做个苏曼殊。做个真实的人。

肆

苏曼殊人艺合一，李叔同道艺一体

孙：他们两个人都是公认的中国近代史美术改革的先驱。有艺术史专家认为苏曼殊画作值得重视的是：他领悟新颖事物所表现出超乎寻常的"艺术敏感力"，以及由此而产生出中西融通的艺术形式。其美术筑基中华本土，在取其虚灵神韵建构本体的同时，一扫地域与门户偏见，兼采并取了西方与东瀛，宗风与禅门等艺术之所长。由于天性敏慧，情采卓异，建构了具有现代审美意味而不失本土神韵的新异视觉构成——苏曼殊图式。而弘一主要是书法成就。如果从究竟层面，您如何评价他们的道艺之别？

林：还是那个看法，一个是世间，一个是出世间。弘一的书法是出世间的超越。苏曼殊无论谈道，还是言世情，其艺术，都有一种透过吐露、移情而使自己生命不一直胶着在一点上的作用。
　　所以苏曼殊是人艺一定程度的合一，却不能讲道艺一体。

孙：不过也确实，连苏曼殊说自己的画作，都表明"我本将心向明月，奈何明月照沟渠"。所以他的画作看似淡远幽渺，不涉人世，其实都涉人世，是伤心人别有怀抱。

林：对呀。这里也可以看出，苏曼殊永远在对人生的无奈做咏叹，可是我们看不出弘一出家后对他的任何前期身世有过感叹。没有。

孙：但这样的无心插柳柳成荫，是不是更印证了禅所说的似着意，似不着意呢？

林：你说谁较接近禅啊？弘一习律，生命的朗然倒有禅者风光。曼殊若像禅，倒真是文人谈禅。

孙：弘一圆寂之时写下"悲欣交集"四字，而苏曼殊临终，也留下"僧衣葬我"之遗言，并且一直念念不忘朋友帮他购一块碧玉，有人猜测他要带给他的阴间夫人。令人意外的是，朋友还是给他穿了一身马褂入土。一个"悲欣交集"，一个"僧衣葬我"，都有得可参。

林：弘一的悲，是从一个解脱者的角度看到众生还在浮沉的悲，不是因为我要离开尘世心生不舍的悲。"悲欣交集"不是两个矛盾心情的同时具现，它其实是，心已经安住于欣然不动之境，所以有法喜，但也因此更能照见众生浮沉，及自己与众生的一体，会有自然的慈悲心。悲欣在他是一件事。

　　而曼殊之言，也真是艺术家之言，人之将死其言也善。当然这也说明，当时的人对他出家缺乏同理心，他们或者把出家当成曼殊对世间的消极与失望，要不然，一个人如此对后事做了交待，怎敢不遵照他的意旨而行。

　　如果说太虚是佛教里的革命志士，那么苏曼殊就是革命志士到佛教里暂躲一下。

　　但无论弘一，还是苏曼殊，就道人而言，是要比胡兰成动人。

孙：怎么说呢？

林：在弘一、曼殊都看到他们生命的苦，从他们更看到众生的苦，而胡虽言

214

救国救民，其中却少了这点生命之苦的贴近。

伍

胡兰成：有没有一个民族集体的修行？

孙：这说法有趣，我们就来说说胡兰成吧。这是个近代史上有争议的人物，但偏偏喜欢谈禅，并且有著作《禅是一枝花》。后人根据他的身世，写他的不可计数，读来都在信与不信之间。这当然也包括他的文字。不知为什么，胡兰成的文章是我读的作家文字中最让我受吸引并同时能引起我警觉的。比如他在他的书里屡次用到"修行"这个字眼，《中国文学史话》里《天道人世》这篇，提到"朝廷是天子与臣民共同修行"；而说到西方文明不及东方文明的短处，则说"西方民族没有过这样的修行，要悟何谈容易"（《论建立中国的现代文学》第140页）。当然"修行"这个词，文人最喜欢活学活用。但因为我们这本书一直在谈最根柢的修行，所以我对这个词很敏感。

林：首先，还是你将修行这词怎么用的问题。语言当然是约定俗成的，但如果离开了原点，过度延展，就可能失去了它原先触动生命的能量。胡兰成是晚年才接触禅的，当然禅不一定要有禅者的身份才能契，本心人人皆具嘛。但一定有阶段的不同。所以我们也不能一味以禅的眼光来看胡兰成。一定要把未接触禅与接触禅之后的胡兰成分开看。未接触禅时的他，你要看的是他有哪些东西契合禅心。接触禅以后的胡，要看的是他对禅的知见到底正或不正，印证到底实或不实。

孙：那么回到最根本的疑问：在禅，有没有一个"民族的修行"这个说法呢？

林：修行当然永远是个人事。修行跟众生联结在一起的时候，它是一种悲心的联结。无缘大慈，同体大悲，无尽的缘起，联接在一起。这时你才可以说所谓以出世心做入世事。也就是从一个缘起的观点来看。如果只论就国家、民族，政治层面之事，从这个角度谈众生，不能说它里面没有悲心，但显然离开了佛法悲心的原点。

所谓慈悲心，在禅或佛法里，都是将心比心的结果，但这心却不是寻常的思虑心，是因自己也为众生，因此"无隔地"看到众生无明而起的慈悲心，所以这个无隔与如人饮水、冷暖自知的修行领受其实是同件事。因为自身的修行观照到生命这难于解脱的无明，于是与众生有了一体感。一体与个人在此是同件事，但感受还是个人的，每个人都有此感受，就形成一个佛国的氛围，但离开这具体一个个生命，只以一个国家、民族、文化的概念为基点，就会有很大的危险。正如同台湾的许多公民运动动不动就把"人民"挂在口头，说这是违反人民的，那也是违反人民的。我总是说，那就请把那人民找出来吧！其实你能找到的只是某个具体的人。所以说，概念固然有它思维及方法学上的作用，但你越大的全称，就越容易在生命的学问上异化。

而这也就是我上面说的，胡虽以救国救民为念，尤其竟日悬念的中华文明的回归与再造，但如果就将中华文明直视为一活生生的生命体，在禅，就以概念为实在了。当然，概念有概念的方便，只是，脱离活生生的生命一不小心就会"圣人不仁，以百姓为刍狗"了。许多人不谅解胡，除开所谓"民族大义"外，也因他的超越观照似乎不及于身边生命的未得解脱。

孙：您是说将修行接到民族、国家这样的名词上，就是一个虚妄的概念呢？

林：应该这样讲，每个文化都可以归纳出它的国民性，或文化性格，多数人也依循着一套价值观，去成就他的生命，也可能有一些人有一个生命的境地，你硬要把这个叫修行，那修行这个用词已经超越它原有的"解决生命根柢问题"的原意了。因为你如果这样看，是不是也该有印度民族的修行，日本民族的修行呢？每个民族都会有一套生命价值观，指涉生命的成就，也会有一套文化设计，使你达向那个成就。但我不认为这地方应该直接用修行这个名词。因为这会混淆一些基本的东西，过度强调一种集体的意识与意志，恰好是与觉悟观相悖的。

陆

是天道无亲，悟道解脱，还是悲心不够，率性而为？

孙：以前看《今生今世》，那种大难之中仍有的云淡风轻，有些不甚理解。后来看《山河岁月》，才发现这是他一贯笔调。辛亥革命的武昌起义，被他形容成"好像风日晴妍，波浪里涌出一朵莲花"。孙中山革命，也是"似着意，似不着意"就成了。无论是自己的生死，还是别人的生死，被他一写，就这么超然与闲在。坦率说，文词很美且有独创，但似乎让我无法共鸣。当然，喜欢胡的肯定会认为我对胡兰成生命的层次看得不够全面与通透。一般人觉得的无情，也许是作为道人的天地无亲。但是，毕竟有些历史情境我们虽非亲历，但可以想象艰难。如此轻描淡写地谈它，经此时代的人肯定也不接受。况且，事实也本不是那回事。

林：在这一点上，你可以云淡风轻，那是你的生命境界，但谈到别人，就得看别人是否真云淡风轻了。禅不是谈无隔吗，无隔是契于物，接于人，由此，悟者乃有真正的悲心。这悲心绝对是以人心为己心的，孙中山怎么可能"似着意，似不着意"就成了，这里有多少出生入死。你也许自己能在此出入，但不能以此就来看事物，否则悲心就会不见。不说大的，举他感情的例子来讲，胡的出边出沿是自在，但这自在如果"伤害"到女人，尽管你也可以说是对方自陷，但有此想，不小心就予自己生命可乘之机。而如果一次一次这样做，出边出沿也可能就是种生命的罩门。

孙：胡兰成在《山河岁月》中比较印度文明与中国文明时，能看出他对自身文明是绝对肯定的。"连释迦的明心见性亦是知仁未知义，达性未达命，这是文明在印度的未成就。"所以他们"虽然有个明澈的理性境界，爱说大圆镜，但那镜实还不及庾信镜赋得好"。"好的东西是要有了才晓得可以是这样的，无明的东西被因果律所缚，而文明则如爱娇的女子，有时简直不听话或故意不听话，因果律亦拿她无法。而孔子的言行亦每出其门人的意料之外，还有大英雄亦喜怒不测，是故释迦游戏神通，因明可用可不用。……"在他这里，有一处东西，因果律是拿她无法的。好像这才是中国文明优胜的地方。

林：老庄，尤其庄子，有智者的超越，却常在智者的高度看待世人之可悲，这悲心就少了。当然，你说他揭假破伪就是对众生的慈悲也可，但那是从功能来看的。这样的人你作为常人接触他，只能崇拜、瞻仰。他虽然幽默，但面对他，因为你自己的愚鲁，你压力恐怕会大得不得了，而对此，他还会告诉你，是你自己作茧自缚。胡，坦白说，那点黄老，还是大于禅的。

中国人不谈因缘才奇怪呢。佛法都谈因缘，因谈因缘，才有悲心。这一句也可印证，为什么看胡兰成不容易直看出他道人的慈悲。而全称的领受文明固无不可，但老实说，我们真了解印度多少？在这里，很有意思，印度人很少拿中国来比，中国人倒常拿印度来比，这当然有佛教自印度传入的因素，但也说明我们自己一直想在现世找出路，印度人却不如此。

如果说论列东西，即便只有一个纯粹的西方，也有它可敬的地方。举例讲，禅虽然讲无罪可忏，但我却也看到了西方写忏悔录的价值。因为既然上帝是不可能被隐瞒的，西方人写日记，就可靠许多。中国人写日记，都在想象后人如何看他，所以就作假。就凭这一点，西方人可爱多了。

虽然在禅，有忏悔就有对待，有对待，就不够究竟，但那究竟的人毕竟就那么几个嘛。

孙：禅为什么又讲无忏无悔，我从胡兰成的书写中有这层无忏无悔，所以有此疑问。他在《今生今世》中有："《维摩诘经》里有比丘悔罪，舍利弗告以补过，维摩诘言，'舍利弗，毋加重此比丘罪，当直除灭。'这用中国民间的讲法来说，即是'事情做也已经做了，错也已经错了，不要还放在心上难过。'这当下解脱，原不必经过大彻大悟，求道者的大彻大悟往往亦即是魔"。这样理解对吗？

林：摩诘是说不须头上安头，直下即是，这直下即是，可不只"不要还放在心上难过"，而是回到那不染的本性，因此也不再犯。禅举无罪可忏、无福可求，是说，谁缚你。没有什么东西能真正锁住你的。你的本心是圆满的，都是自己染的。因此你可以当下解脱。不过，法性一味，你的佛性与别人的佛性在法海是一味的，于是你就更无隔，就自然会生出无缘大慈、同体大悲的心来。印顺说禅宗是偏智的，这不是直接宗门的印证。宗门何只定慧不二，它还智悲不二，大智时俱生大悲，当你无罪可忏，无福可追时，回到你的本心，入于法海，反而就和众生同体。

慈悲是佛性的自身，而不是说，有一个外在的东西叫慈悲。这当前一机如果无慈悲，已经离禅远了。

我写《画禅二》，在谈禅和老庄，除了修行与哲思之别外，一个很大的不同，是在老庄的超越里面，不容易看到真实和众生感同身受那样的存在。

孙：而我从胡的无忏无悔中，感觉他随时都可以当下解脱。

林：我没真实接触胡，也不醉心胡，许多醉心于他的，除了他的才华，更在于他的"能入能出"，即便真有人能如此，行者也总得提醒从者：不小心，就是率性，就是狂禅，不小心全世界都让你玩了，你怎么晓得你这一机是对的？为什么禅家参悟那么久，这一机，还得去勘验。这个祖师说许，那个祖师说不许。

连香严，说自己"去年贫，不是贫，今年贫，始是贫"，人家说有什么不同，他说"去年贫，犹有立锥之地，今年贫，锥也无"，就这样彻底涤清了，曹山还不许呢！所以说你以为你契入那个直接，搞不好是魔，或者是惯性。我们做很多事情是不假思索，但不假思索不代表直观，搞不好是一种更深的无明惯性。

柒

禅是一枝花？

孙：胡兰成文字很动人，《中国文学界史话》中，他提到他是在那爬藤与木瓜的大叶下的窗下写成的《禅是一枝花》，而他又在序文中特别标举："禅是乱世志士的智慧修行"，其所谓"志士"，就是"欲使世界一"之革命者也。这么一部解禅公案之书，却有着如此大的雄心，倒是很有意思。

林：禅跟这些有什么关联？跟我们说到乔布斯，受禅影响，但一直还想改变世界的欲望，在禅，心就不直了，而胡又前了一步。

孙：（笑）那您怎么看胡这本书？

林：《禅是一枝花》我早就说过了，这书不是给真参禅者读的，它世情多于见地，当然有通达处，禅当然要能作用于世情，但《碧岩录》可不是为世情而说的。

孙：在《禅是一枝花》，在《中国文学史话》，胡兰成都喜欢谈一个中国文化里的"兴"。但我读他的文字，总能看出他任意兴的那部分。

林：这兴，可以看到汉民族的自在开阔。但散乱、穷斯滥矣也常由此而来，一体两面。两面齐观，就容易得其利去其弊。有些人，生命根柢是严肃认真但也深具情怀，接触胡，这一放，反而就开阔了，眼前就另一番风光。但如缺乏这严肃认真这深具情怀，学着一放，恐怕就完了。所以还是那句话：药毒同性，应病予药嘛！

孙：似乎写《天地之始——胡兰成传》的仁明，像前面那个类型。他也是您的学生，我和他接触，也没觉得他本人就那么率性的。他在台湾乡下居住，写文糊口，也是很有家庭责任的男人哈。

林：仁明受新儒家影响，原来生命很紧，见了胡，那樊笼葛藤就放下，对胡的景仰感恩自不在话下，契于胡，也能发别人所未有，只是这胡更多映现的恐怕是仁明本人的观照与情怀，所以我的序乃直接以"写人，就是印心"为题，一来固在说高者见高、低者见低，另一也在提醒大家那仁者心动的原点。

孙：那么，胡兰成也有自己的艺术成就，比如书法。他的道与艺您怎么评价？

林：举个例子，当你看到弘一的书法，你会觉得别人真的做不来，修行在他身上，马上可以看出来，拿他讲道艺一体，就有说服力嘛。再如《寒食帖》，艺比较在外面，道隐在里面，你会发现它非常耐看。而胡是别有风格，道有多少，不同观者在此还真不同评价。

孙：但胡迷说从中看到了"道"，这事怎么论呢？

林：这种事不是你想看到道就能看到道，我常讲艺术如果你认为可以那么主观，就表示你不懂艺术。你得把他放到历代的书法中，它总有它的脉络，即便出格，也总由此"出"来断它格的高低。总之，艺术在同一系统里是位阶历然的。

孙：那总的让您评价一下胡，怎样说？

林：胡兰成的语言文字，在当代独树一帜，是没话说的，有独特的魅力。书法也自有一家的风格。但禅，如实说，还有隔。这个人绝非普通人。你看他处于大难中即便是为自己找出路找理由，还能活成这样子，坦白讲，就不简单。

孙：我发现尽管我们这么冷静地谈胡，但真正进入他的文字，还很容易受影响。胡如此，张爱玲也如此。我曾在微博上谈到这个观点，一位好朋友接了一句：是啊，看张爱玲久了，看账单都是苍凉的。很难保持某种警觉，是他们文字魅力带给后来者的最大困扰。当然，联想到胡兰成的人生际遇，情况可能更为复杂。就此问一句：胡兰成可学吗？

林：先不谈可不可学，就我来看胡，行者的警觉首先会观照到他人跟文之间的关系。我们说不予自己以任何可乘之机，行者对自我的检点一定要来得比寻常人更为分明。你没有见过胡兰成，的确很难确定他人跟文的真实关系如何，但尽管如此，人与文之间的诸种可能性，行者还是要观照到。这么美丽的词藻，跟一般人对于他的认知落差如此之大，难免引出世间许多的解释与猜测，但行者要观照的是，胡兰成这种文跟生命之间究竟可以有怎样的关系。到底他是像有些人写东西，假设别人会读，想为自己留下一段风光般——许多人的日记就如此，还是这个文原是他心理的补偿，像有些艺术家活在灰暗的现实，色彩却运用得特别美。也或者这文更直就是生命中分割的另一面。比如有些人玩政治很狠，对家人又特别情性，生命的本身就很二分，而他只把后一面转化成优美的文字。总之，这里很复杂，做观照就不能执于一。

胡兰成的真实是怎样，恐怕很难厘清，坦白讲我也没有兴趣去厘清。但胡这样一种人与文的情形对修行者会产生怎样的误区，却是我可以借它来示法的。从这角度，胡兰成是个公案。你如果不从公案参它，要么就掉入全然的赞美，要么就一味地否定，或至少是站在自己主观的看待，都不容易观照到生命在此的可能性，不容易看到人与文之间会有多少误区在。

从这角度，胡不能学。他不像弘一，生命很清朗，你可以不喜欢他这样做那样做，但弘一一路过来的因缘轨迹，从宗教心切入，基本都很澄澈。你学他知道怎样学，学他要变成怎样的人也一清二楚。甚至能学到几分，大抵也会有个底。胡不同。你对他容易有太多错误的联结与想象，不好判准。这也就是为什么我在前面会说弘一、苏曼殊都比他可爱的原因。后两人的所作所为，无机心可用之处。胡不同，他也许是位智者，但也可能是大的欺世盗名者，只能观照不能学。

孙：我看许多文字的仿胡派，深感不能学的一点是：每个人其实是独一无二的，他的文字，都跟他自己的生命有关，甚至包括他自身的缺陷。看小说家毛姆对其写作生活做《总结》，会格外明白这一点。他从医的经历，他的个小、羞怯，甚至"口吃"之特性，都会暗中铸造成他看人论世的角度。

林：你所谈的，是文字上不能学的个人独特性；我谈的不能学，还是另一面相。有的人你学他，即使学不像，误区都不太大。胡不能学，首先当然是这中间有太多生命可能的自我欺瞒之机；此外，那么美的语言从起落跌宕的人而来，如果没有这般经历，你说云淡风轻，不仅对别人没有说服力，还会把自己对事物可能的观照给"云淡风轻"掉了。

图书在版编目（CIP）数据

观照／林谷芳，孙小宁著 . -- 北京：作家出版社，
2013.6（2020.3重印）

ISBN 978 - 7 - 5063 - 6644 - 1

Ⅰ . ①观… Ⅱ . ①林… ②孙… Ⅲ . ①散文集 –
中国 – 当代 Ⅳ . ①I267

中国版本图书馆 CIP 数据核字（2012）第 228952 号

观照——一个知识分子的禅问

作 者：林谷芳 孙小宁
责任编辑：李宏伟
装帧设计：合和工作室
责任印制：李卫东 李大庆
出版发行：作家出版社有限公司
社 址：北京农展馆南里 10 号 邮 编：100125
电话传真：86 – 10 – 65067186（发行中心及邮购部）
86 – 10 – 65004079（总编室）
E – mail: zuojia@zuojia. net. cn
http: // www.zuojiachubanshe.com
印 刷：玉田县嘉德印刷有限公司
成品尺寸：152 × 230
字 数：208 千
印 张：15.25
版 次：2013 年 6 月第 1 版
印 次：2020 年 3 月第 2 次印刷
ISBN 978 – 7 – 5063 – 6644 – 1
定 价：33.00 元

观照
【别册】

茅蓬七千

林谷芳

朝圣是宗教的大事，它不仅让人亲睹圣迹，过程更是一种修行，而在中国的佛子眼中，朝圣就等于朝山，因为"天下名山僧占多"。

名山何止僧占，菩萨更亲临道场，中国的四大名山直陈大乘佛法的"悲智行愿"：观世音的大悲在浙江普陀、文殊的大智在山西五台、普贤的大行在四川峨眉、地藏的大愿在安徽九华。对许多人来说，朝山根本就指朝这四大名山。

四大名山与菩萨连结，历代高僧朝之者亦众，但对禅子，这四大名山还不如嵩山少室来得亲切。

亲切，因为达磨。禅标举"不立文字，教外别传"，它称宗门之外的禅法叫如来禅，却自许为祖师禅，就缘于达磨。"祖师西来意"因此成为禅门最常见的问答，而达磨见梁武帝，帝问："朕即位以来，造寺写经度僧不可胜纪，有何功德？"他直接答以"并无功德"，也成为禅在中土的第一个公案。

达磨重要，不过，禅在中国的本土化关键其实更在六祖，但溯源既是人类的本能，少林就永远是禅子的祖庭，禅也因此被称为少室宗。

少室山具灵气，白石崖壁点缀些苍松古木，端的是修行的好地方。初祖庵还留下了一块达磨石，石上有相传达磨九年面壁印在其上的身影，禅子参拜石影，神思直追的是千年前人称"壁观婆罗门"的初祖，只此一事，朝山已足。

朝山，让少林来客络绎不绝，可当代的朝山客多数却不为禅而来。少林的历史地位缘于禅，这从中国发展出来的法门对中国乃至东亚文化的影响既深且巨，但坊间，少林让人津津乐道的犹不在禅，所谓「天下武功出少林」，许多武术以源自少林自诩，少林拳是北派武术的代表，易筋、洗髓还常成为武侠小说中各方人士竞逐的秘笈，许多人来少林，更为了武。

少林武术的地位何时奠定？史不可考，少林僧兵助唐太宗之事在史册中亦仅寥寥几语。但正因不可考，想象乃能无限驰骋，于是少林就成了武学圣地。

武学圣地靠的是想象,这想象原只是想象,若有一些实然,也只存在于练武者那当下的功夫展现而已。但谁又能料到,在与传统有一定断层的当代大陆,这想象却可以变成实然,历史、虚构、小说、商机,在少林忽然混为一体,于是登封一地可以出现几十所武术学校,少林也忽然以产武僧著名,但许多武僧却连《金刚经》也没诵过。

这是大陆文化的危机,表象的繁荣掩盖了中间的虚假与浅碟。但现象还不止于此,禅的招牌继续在嵩山被使用着,少林祖庭不仅加添了武术的神秘,还替许多炫技而非武学的江湖把式披上了一层文化、哲思与宗教的外衣。

尽管历史的书写牵涉到权力,俗民社会的一切常被掩盖,但少林之所以为少林,到少林之所是朝山,的确"在禅不在武"。不过,武所以能夺今人之视听,倒也不完全是炫技、是商业,因为自达磨后,少林实已徒具祖庭之名。《五灯会元》记唐、五代、宋约一千九百位禅师的行仪,达磨、慧可后在嵩山者仅占五位,而其中四位还为五祖所旁出。也就是说在六祖后,禅之所以称为南禅,不只因慧能为岭南人,更在禅之行布十九皆居于中国南方,禅子遥对祖庭,不只有时间的遥想当年,也包含了地理的遥对。

南禅,当然因为慧能,还有由慧能而出的那些杰出禅匠:南岳怀让、青原行思、马祖道一、石头希迁、黄檗希运、南泉普愿、百丈怀海等等,有这些人才使得禅史成为人类生命史上灿然独露的一章。

不过,禅之所以向南,并不始自慧能。禅入中土,以其不立文字、出入无碍之姿为严持律法的律僧所忌,为破"魔说"六次下毒于达磨,二祖慧可因此"韬光混迹、变易仪相。或入诸酒肆,或过于屠门,或习街谈,或随厮役",但即便如此,仍因说法得罪于法师,在高龄107岁时犹不免遇害,"怡然委顺"。好在,慧可预知有后周武帝的法难,要三祖僧璨往南避居,既续禅之命脉,也开南传之始。

僧璨的避居地是安徽司空山,司空山何许地也?连灯录的记载也无有着墨,只说三祖「往来于此,居无常处,积十余载,时人无能知者」,可这记载不详之地,却只待亲临。

到过少室山,再临司空山的第一感觉是:难怪三祖会选这块地方。地势耸拔,富于灵气,适合修行、避难不说,它那白石崖壁、苍松古木,还真的是少室的翻版。

宁波阿育王寺一景（林佳颖 摄）

4

找个自己生命原先相契的地方，连道人也不例外。

然而，外形虽相似，历史的际遇与内涵却大有不同。少室，本是适合隐修之地，所以达磨好在此壁观，但位近中原，又成祖庭，既为诸方朝圣之处，却也因此徒享千年虚名，迨至晚近，少林寺竟成了少林市，达磨的壁观、慧可的断臂就只能在杂沓的人潮中消失。

司空山地处边界，是湖北、安徽、江西治事难及之地，远离尘世，当然不载史册，却是修行的好地方。它地势险陡，上至山顶，须连登一千四百余陡阶，住在山上，补给只能从山下一步步挑来，但正因如此，却吸引了不与万法为侣的道人在此修行，据说最盛时，山上有"茅蓬七千"。

有七千修行人，放在今天也仍是个大道场，但是难得的是这些人都"茅蓬修"，各自闭关，而非同处一寺，真的是回到了那"如人饮水，冷暖自知"的修行原点。

各自闭关，看来简单，却直接挑战人的习气，修行虽云出世间，却有与世间法相连之处，许多人在此同样濡以沫，结朋壮胆。但也因此，道场愈大，就愈不容易照见行者内心的幽微，因为环境将你包裹得太紧，而山林独处，却才是生命的两刃相交之时。

说两刃相交，在司空山顶那重修却仍简陋的寺庙里，我见到了两个僧人，话才两句，彼此知道同为行者，其中一个较年轻的乃直接道出了他的一点得意："不是每个人都能在这里住下去的，这几年，就我们两个留了下来。"年长的则只在旁淡淡地笑着，但就这笑，却让会者凛然。

凛然，不必是因为年轻和尚嘴中的超自然经验，一灯如豆、万籁俱寂，看似诗意，这诗意却必须有个身家不罣碍的前提，否则一灯如豆就代表着对环境的未知，万籁俱寂更是一切可能发生的前兆，到此，不必说诗意，连一丁点日常的心安都不可得。

但也就是这样，生命才能回到那一丝不挂的观照。那因有而取舍的烦恼才能如斯照见，禅讲孤轮独照，这孤、这独，这不与万法为侣的观照与体证，正是道人之所以为道人的原点，所以尽管有七千行者，却只能是茅蓬七千，而非寺院满山。

回到这原点，法脉就在；离开这原点，宗门就荡然。所以少林尽管繁华盖世，却只能贩武维生，而司空山虽僻处一隅，却应了"春深犹有子规啼"的拈提。

万寿辩嗣法于云巢岩，云巢岩圆寂后，他有这样的一首诗传世：

人道师死已多时，
我独踌躇未决疑。
既是巢空云又散，
春深犹有子规啼。

师死，法脉并不因此而断，巢空云散，犹有"不如归去"的子规啼声。万寿辩的拈提，是"不道无禅，只是无师"。的确，无情说法，大道现前，只看你是否观照，而只要能回到那死生的原点，就会发觉原来子规的啼声从来没有在历史中断过。

修行如此，世法何尝不然？想在扰攘处得个安顿，是缘木求鱼，写经度僧造塔的梁武帝，在禅固被达磨回以无功德之语，读书、为人，乃至旅游，我们一样也得看到那繁华之外的真实，那茅蓬七千的所在之处。

东京都南禅寺枯山水（林佳颖 摄）

一方天地

林谷芳

云水是禅者的生涯，以云水自况，是卷舒自如，所谓"一钵千家饭，孤身万里游"，能如此随缘自适，才是真正透脱的人。以此，禅家不仅行脚时要"三衣一钵，夜不二宿"，连建造丛林，也可以是"云水道场"，人在法聚，人去法息，既不需固定的住持，也不需坚固的建筑，可以坦然接受在法缘散后，让一切复归尘土。

云水，其实是真正的出家。家是孕育生命之所，却也加深了惯性的滋长，正因依赖如此之深，回家乃成为生命最本能最深的渴望；而即便常常往来于两岸，即便大陆又有诸多可吸引人之处，但自己每次回台，在飞机上见到那地上的绿意，尤其是下机后肌肤再次接触家乡空气的感觉，总那样熟悉贴近却又难以形容，这时，你才知道，真正的云水又是何等的不容易。

也就因这云水与家，总让我在每次回台北时，一次次重新观照这家与自己生命安然间的关系。安然，只因台北是我的家，还是它的确有让生命可以安顿之处？

安顿，根柢原在自己，但未臻透脱，就有赖相应的人与地。地，台北很精彩，少有一座城市能像她一样，有平原，有大河，距海近，境内又有一座火山国家公园。住台北，你只消花三、四十分钟，就可登高山，临大海。地理的多元是台北最特殊之处，她像台湾的缩影：小，却丰富。

然而，小而丰富是优点，也是局限。在台湾，绝大多数的生物都能生，却也绝大多数都生得不极致。造园者都知道，台湾的植栽要有温带松樱梅柏的姿态几不可能，而谈绿意，又不如热带的厚与亮远甚。

台北也如此，地理虽多元，却难极致。不过，尽管未能因极致而瞬间夺人眼目，它倒是很好生活的地方，而这，不仅因为要啥有啥的地理，更因在这里生活的人。加上了这关键的人，台北才真正独一无二。

谈到人，华人世界想到台北，首先想到的当然是那些作品已为大家熟知的艺术家、文化人。大陆改革开放初期，这些人的作品深深触发了大家，而即便如今已大国崛起，这些人依然吸引一定的社会观瞻，从小说、电影、文化评论到流行音乐，许多台湾人谈自己，都不免以他们为傲。

这些人多数集中在台北，也多数互通声气，一定程度说，他们是台北的主流，但不喧嚣，虽不见得名实相符，彼此的声气相通的确也形成了台北的风景。这风景融摄东西、出入新旧，对知识分子有吸引，与常民的距离也不远，合该对开放的大陆有直接的影响。

然而，若只看到了这点，还可惜了些！台北的魅力其实更隐。你从作品就可一定程度与这些主流通气，并不一定得亲临台北，真亲临，那小说、电影、文化评论提及的场景，也不一定真能触动你心，真能深刻触动你的，还在更隐、更沉潜的部分。

"隐"，是指大隐隐于市，不张扬的部分才是台北乃至于台湾最具魅力的所在。大隐，不指这些人的能力才情必定大于那些台面上的人；大隐，是指这隐，毫无勉强，纯出天然；是指这隐，不在隔绝尘世，而在原有自家的一方天地。

有自家的一方天地，因此能当下安顿，不假外求，做什么不必奢望他人的肯定，也不须依附或呼应于媒体。比起前面所说的主流，就另有一份自在，他们的行业虽各有不同，生命却都得兼一种谦卑与自信；而说到淡定，更是主流所没有的。

一方天地出现在茶人身上。台北有许多茶人，茶席一铺，人就在这方巾之地安顿了下来，在茶色、茶香、茶席到花艺、布衫的交织中就完成了一个自足的天地，这天地，既是茶人情性的投射，也是茶人锻炼的道场。

台湾的茶艺本于明代，但有这些人就有了更深的发展，"在日本见到茶道，在韩国见到茶礼，在台湾见到茶艺"不是一句浮夸的话，一种美学、生命的体践自在其中。而这点锻炼，就使得 2009 年我在灵隐寺办「禅茶乐的对话」时，大陆央视的朋友来作纪录，他们最感兴趣的乃是：为什么这些茶人随手摘下片花枝叶，瓶供一插，就成就了一番风景。

的确，一番风景不必大。在个人之外，台北还有许多小的人文茶空间，它

交河故城的行者（陈俊良 摄）

们多数较知名的紫藤庐小上许多，但小，就更像生活。例如永康街有家冶堂，简单地说就是一个茶人饮茶的店；而内行人都知道的九壶堂，更只是个住人的地方；又例如丽水街有个耀红茶馆，默默地位在街道边边，只几张桌子，毫不张扬，有次，我带了一位拥有三百亩龙井茶园的杭州朋友到此，他第一句话就是：「这能赚钱吗？」待得进去一坐，第二句话却就成了："这里真好！"这时，我才告诉他，在台北，开茶馆想赚钱的全倒了，能留下来的，都只是自己想有个喝茶空间的。

也就是这样，台北的巷弄文化乃非常精彩，不止是茶、服饰、饮食、文物、设计，每进一家就是一道风景。许多人看风景，总强调那个性的商品、个性的设计，但其实，根源在人，是那一个个在自家一方天地安顿的人才成就了这一道道的风景。

风景中的人精彩却不张扬，谈台湾，这隐性的台湾才是本，它不同于显性台湾的浮躁飞扬、主观跋扈乃至于夜郎自大，只如实地过自己的活。只看到显性台湾，你总不解于台湾为何还不陆沉，见到隐性台湾，你才知这底层的力量有多厚实。

厚实因何而来？一来自农业社会中人与大地、与传统的连接，就此，即便在日据时代，台湾仍有许多汉学私塾、许多诗社，延续着忠厚传家、默对天地的生命态度；另一则来自日人的影响，日人据台固打压了许多本土的文化与生活权利，但素简内省的生命态度则深深影响着台湾社会，其间因日人对儒佛的尊崇，中国传统文化乃可坚实地延续着；最后，1949年的大陆菁英也起了作用，他们开阔了台湾人的视野，但不如大家所想的，在沉潜的影响反而不大。

当然，除了历史因素外，台湾社会的特殊发展，尤其是这几十年来佛教的弘扬，更是使得许多生命能于当下安顿的原因。台湾诸大道场以人间性为标举的宗风，坦白说存在着一定的局限性与副作用，至于兴宗立论、实修实证更与大唐盛世有其差距，不过，在阶层的普遍性与生活的深入性上它则成就了历史之最。以是，"修行"这在其他华人地区，尤其中国大陆必须特别解释乃至于避讳的名词，在台湾却成为常民的口头禅。既然"生来即带业，生活在修行"，如何自我安顿就成为了许多人生命中的第一要义。

就这样，受传统、日人、宗教影响下的台湾生命，乃在一个个自家的一方天地中自我安顿。许多人来台湾，在它平板的天际线、已嫌落伍的公共建筑、喧器的媒体、对抗的政治外，就又看到了既熟悉又具特质的一种沉静、一种情性、一种生命，它与眼前的中国不同，像日本又不像日本，但总让人感觉这才是中国文化如实具体的显现，警觉大陆社会粗鲁浮躁、虚而不实的朋友，更常由此看到自己可能的安顿。而这些人来台湾，最深的触动往往就在食养山房。

这几年，食养山房在两岸已成为一个传奇的人文空间。传奇来自它的订位，例假日都说要两三个月前才订得到位；传奇也来自它的菜肴，复合式的料理几乎没有哪道有固定的名字，却清爽而丰富；传奇更来自它的地理位置，总离人居有一段长距离，也总让人初次找路很难一步到位，餐馆怎会开在这么远离人烟的地方？传奇，还因在此伫足，一不小心就会碰上传奇的人物，那在桌上静静饮食的，说不定就是个大隐。

这些都是传奇，但其实，传奇固然令人惊艳，真到了，才知真正的传奇只有一个，那就是：主人与他的空间。

主人其实很普通，台湾的布衣总与文化情思有高度关联，但布衣在他身上，就像乡下人穿衣一般，再平常不过；文化人能侃侃而谈的很多，尤其谈到自己的行动、理念与空间，总滔滔不绝，但主人最常说的一句话却是："这些我都不懂。"他只是朋友来了，泡壶茶，然后静静听你说；文化人总富文采，或能书画、音乐，而这些，他还是："我都不会。"

什么都不会，总该会料理吧！？食养的料理出名，可以形容为"有着台湾味道的中国怀石"，食材、做法，以及每道菜深具美感的器皿与摆置，真的只此一家，但问他为什么能做出这养生又富口感的菜肴，他的回答则是："因为爱吃，又不会做菜，只好做出八大菜系之外的菜来。"原来，这好菜还是来自他的"不会"。

同样的逻辑也出现在他最为人称羡的空间上。最先的食养只是在近山租块小地，摆上几张桌子给朋友吃饭的朴素空间，后来移到了有溪谷、有瀑布，境界幽然如当代辋川的阳明山上，最后又选择了依溪而立、自在寂然、禅房茶寮直入魏晋的汐止山间，但无论在哪，都让人一到就身心放下的感觉。

谈食养的空间，你当然可以从形式归纳出一些特质：简洁的线条、沉静的颜色、疏旷的摆设、安座的茶席，以及与自然外围的相契。然而，艺术与生命却永远是全体大于部分之相加的，许多人依此想仿制食养乃都不成。

不成，与其说是线条、颜色、空间都仿得不到位，不如说，这是仿不得的。因为能有这些，正来自主人的生命。

的确，无论是一个接待朋友的人文空间，一个远离尘嚣、直造极境的山林幽居，乃至于静体诸缘、寂照同举的水流花开之境，都只是主人心境的自然显现。说到这，他的说法仍是："钱不够，又要在此生活，只好拿能用的材料做出这样的空间来。"

但这空间，却只许亲临，难以形容，真到了，又总能让人万缘俱放。北京建筑研究所代人规画空间经费动辄人民币以亿计，所长到了这里，却只能直接慨叹："我们造不出这种空间来。"许多大陆文化人、官员到台湾非得一到之地不是阿里山、日月潭，而是食养。但这一切，竟只缘自他的那一句"我不会"。

这"不会"，却让所有"会者"觑然！

不会，所以不预存立场，不在思虑心上转，就不为法所限，过去，地藏桂琛如此拈提过法眼文益：

（法眼）过地藏院，阻雪少憩。附炉次，藏问："此行何之？"

师曰："行脚去。"

藏曰："作么生是行脚事？"

师曰："不知。"

藏曰："不知最亲切。"

行脚，是为了放空，只有放空，山河大地才能现前，所以不能预存个知，最少不能执着于一定的知。食养的主人正是如此，他在汐止行山两年才开始动工，原因只是"要让山林告诉我该怎么做"。

就是这样的放空，外缘与自身、艺术与生命乃能亲切、乃能无隔，空间乃直就是生命，而从独具风格到美学极致到寂静天然，就都是心情的映照。也所以当许多人惋惜他离开阳明山的幽居时，他对我说的却是："没到极致，一心想上，到了，才知里面映照的还是自己那深深的无明。"而几次他提到我对他的提撕，也就在这"孤峰顶上的一转"。

其实，何止是食养，台湾许许多多的一方天地，都有着一定程度的"不会"。"不会"，因此朴实无华；"不会"，因此兢业持事；"不会"，所以谦卑待人；"不会"，乃反更知道自己该做何事，可做何事。于是，居于一方天地就能自足，社会的波动、人世的竞逐也就只成为眼前晃动的景象而已。

而也于是，这一方天地乃非闭关自守，非无有生命力的一隅，它是立处即真的人生，到此，兴趣、事业、艺术、生活就只一事，即便不同人以不同形式出现，却都有着生命修行的味道在。

修行，是冷暖自知、说食不饱之事，大陆人看台湾，常以为著书立说者在此也扮演着理论先行、指导实务的角色，其实不然，生命是体践的，学者在此往往最苍白无力，而一些在大陆夸夸而言者，在台湾的影响却只能及于一二，原因更就在此。

修行，主体当然在个人，自作因自受果，但正因有一个个淡定的个人，才形成了社会最厚实的一道风景。这些年，大陆翻天覆地在变化，社会日益躁动，有识者总思改革制度以正之，这当然不错，但其实根柢的，还在个人生命的态度。

的确，如果社会像是你必须完全依着一套标准而跑的竞技场，则无论你跑的是百米或马拉松，胜利者就永远只有一个，其他都成了挫败者，而胜利者因深怕哪天位置不保一样也惶惶不可终日。坦白说，再好的竞赛规则在此都无以安顿赛者的心理。

其实，人生更该像登山，山有许多样貌，或巍然、或秀丽、或险峻、或怡人，各有丰姿，人人所选尽可不同；而即便同一座山，你也可横看成岭侧成峰，选择不一样的山路与登山口。登山，更不一定非登顶才能畅快，在一棵树下、一个转角间，稍一伫足，凉风徐来，你回眸一望，一样也可满目青山。

因伫足，而满目青山，有此青山，就有一方自足的天地。这一方天地，也许是飘浮后的休歇，也许是应缘而致的安然，也许是过尽千帆后的淡定，也许是孤峰顶上彻悟的一转。但人能如此，就有安顿，更多人如此，社会就厚实，也正是这点厚实，我乃可以无限地阅读台北。

禅者的生涯是云水，云水是为了不拘，由此乃能随处安顿，而尽管台北一方天地的主人多的是只就一处安顿，但一处处安顿的连接就形成为生命可随处安顿的场景。

这就是台北，因一方天地而可以云水三千。回台北，在我，是回家，也在云水。

与灵隐寺主持光泉法师行走于灵隐寺旁

（林佳颖 摄）

食养山房（林佳颖 摄）

我儿林雨菴

林秀芳

个性带有几分孤高自负，又有很深文人情怀的民族音乐家林谷芳，无论在任何场合，总是冷傲对事，从他拒绝参加"总统音乐会"那种布衣傲王侯的骨气，感觉上，像极了古代的文士，这样一个对人格情操要求十分严谨的人，反映在教育儿女身上，不免叫人好奇。

出乎意料的，林谷芳对儿子，可以说是近乎放纵的放任。六岁的林雨菴，慧颖清秀近乎不染尘世味，个性却调皮好动，林谷芳与朋友聚会总会带着他，而林雨菴多半无一刻是静止的；不过，这种场面丝毫不会带给林谷芳困扰，顶多只会露出无奈却又满足的笑容。

林谷芳潇洒地说，婚姻与子女对他来说，都是非计划性的产物；同样的，对待孩子，他并没有什么计划性的教育，只有大原则。他说："人生有太多的不可知，自以为可以掌握，才是无知。对孩子，我采放任主义，只要他能承担就行了。"

当孩子在他身边绕来绕去，缠个不休时，林谷芳除了微笑持续话题外，一点不悦的反应也无。他说："小孩子就像橡皮一样，你不去应对，才不会动火。"林谷芳引用鲁迅名句"横眉冷对千夫指，俯首甘为孺子牛"，鲁迅的心情，林谷芳深有同感。

少年学佛，从人类学研究者，摇身一变为民族音乐家的林谷芳，骨子里对生命有一种浪漫的情怀，在与孩子相处时那种无言之教，其实是带有很深的禅意与深情的。谈到亲子间的禅话自然不得不先提林雨菴名字的由来。

命名雨菴 禅意深远

"儿女的名字，通常投射着父母的期待。"林谷芳说。一向潜心学佛的林谷芳，少年时曾有很强烈的出家念头，此心愿未能实现，因此，在取名字时，特别从历代祖师法语中，希望取祖师的法号、俗家名字，可是怎么看都不对味。

而在这段思索过程中，也勾起了他过去修行的往事，想起他在十八罗汉洞，面对四周冷冷的山雨，一种清明凄清的心绪一时涌上心头，当年曾不自觉地作了一首《山居》：

雨渎春山空斋冷，

江上唯见树色清。

渔影映出一水绿，

鹭行飞破千峰青。

云横素庵经独唱，

剑倚寒岭酒自倾。

无爱浮沉随风去，

却将僧磬入耳听。

孩子的名字也就在其中了。

林谷芳虽然喜欢孤朗雄壮的气魄，但他认为晴天外放，雨天则教人有收敛回归自性的感觉。因此，就爱一人独自面对孤冷的山雨，也爱诗中有雨。"雨菴"有诗人的味道，心安茅屋稳，一间草屋即可安身立命。

林谷芳认为，生命最重要的是情怀，幸福的感觉是要靠内在的自足，不能靠外缘，有人居权势高峰而心不安稳；内心安定则居陋室不改其乐。"雨菴这个名字，可以是居士，也适合作为笔名，万一出家，更无须另取法号，越想越令人喜欢。"谈及儿子命名的由来，林谷芳露出得意的笑容。

永世轮回中的父子缘

林谷芳之所以少年学佛，是在六岁时看到有人自杀身亡，由此有感于死生，后来因见佛书句"有起必有落，有生必有死；欲求无死，不如无生。"遂习禅。而当雨菴出生前三天，林谷芳就很认真地和他共话无生。说来似乎有点玄，可是林谷芳却很正经而近乎庄严地认为腹中的雨菴是懂得的。他说，人在轮回中，灵识未灭，在投胎后未受尘世感污前，仍有清明的神识。

刚出生的那几天，有一个下午，林谷芳对着婴儿天真的眼神说："孩子，在这永世的轮回中，希望它是你的最后一趟，你我有缘成父子，我会尽心待你，但希望这真的是我们在婆娑世界的最后一世。"林谷芳对孩子连说了七次，而小雨菴就这么静静地听着，仿佛是老朋友一般。

林谷芳描述当时的情境，觉得两人像多年的朋友，只不知为何结下父子缘，想到这里，悲悯之情油然而生，这种悲悯是因为体会人世轮回与生命不可知而生起的不忍之心。

这样的缘分，不能强求，也不能逃避。林谷芳认为，直下承担才是解脱。他说，孩子、朋友都是一种缘，有深的纠葛，也带来不同的生命情怀，而佛法就在这生活应对之间。教育孩子，没有特殊的方法，只要他能善体生命的价值与情怀，并不需直接告诉他何者为善，何者为恶；让他知道，不能等做错了事再说对不起，而是当下就必须承担一切。

佛种子在生命观照中生根

林谷芳举一位日本政治家带儿子看夕阳的故事，他牵着儿子，到山边看落日，对着漫天绚烂瑰丽的云彩，告诉儿子说："翻过美丽的山头就是阿弥陀佛的所在，那也是我们的家园，是我们人人都要回去的故乡。"如此庄严又带点豪壮的情怀，林谷芳认为，佛种子就是这样在生活中的每一个当下给播下去的。

"孩子对是非对错的观念很琐碎，叨叨不休地念他、纠正他，未必有用。只能多讲些人生的遭遇给他听，让他滋生慈悲心、多种善根，知道有一天他必须自己承担自己的生命。"林谷芳也在日常生活中慢慢让孩子了解人生的无常，比方说，他会告诉雨菴："爸爸有一天会不见，会去很遥远的地方。"如此，渐渐让孩子了解死生的必然。

林谷芳认为自己是老来得子，因此教养不失之严，也必失之宽。而孩子本有他自己的世界，最重要的是替他找玩伴，让他们共同学习成长。而教子之道，只能掌握重大原则，否则岂不累死人。

"生了孩子，就要有让孩子蹂躏的心理准备。"林谷芳说，"人不轻狂枉少年，千万不要用大人惯性的世界强加在孩子身上，本来孩子之所以可爱，是因为他们率真，而且让我们看到自己的成长，填补了我们生命的前期记忆的空白，更严肃地说我们跟孩子并不是两个生命，而是一个生命，可他又绝对不是我们的附属品。"

孩子让我们观照到自己，当从这个观照体会到生命的缘起缘灭后，自然可以从中求得解脱。这一点，和当年对民族音乐的感动很相似。

除了艺术的欣赏，民族音乐也让林谷芳生命有着超越生命的感动与情怀。这样的感受在孩子身上同样可以观照到，这就是为什么林谷芳一身傲气，却唯独对儿子没脾气的道理了。

访于 1994 年 12 月

被遮蔽的存在
我所认识的林谷芳先生
孙小宁

把一个充满生命质感与东方文化情怀的台湾文化人推到读者面前，是我很早的一个愿望，也是目前为止，生命中最有意义的事情之一。好多次在朋友圈中说到他，不知怎的，三言两语就自觉地打住。知道倘若一个生命不能饱满地呈现在外，其实就不可避免地存在误读。何况他在大陆，远没有李敖、柏杨、龙应台那般的广为人知。这是我最不愿看到的情形。

"一个社会有它显性的标准，也有其隐性的标杆"，被他常常说起的这个观念，在他身上得到了最好的体现。但倘不是有 1995 年结识他的经历、1997 年 15 天的访台体验，我还不能印证这种隐性的标杆存在于一个社会的力量。而又倘不是有他皓首穷经、倾几十年之功推出的中国音乐经典《谛观有情》，我也未必能感受它之于另一社会形态的意义。虽然近些年来，两岸文化交流日益频繁，作为入行十年的文化记者，也听到过无数观照大陆的观点与看法，但是比之于他，我总感到失之于空。因为没有一个文化学者，可以如他这般，十几年间在海峡两岸来来往往百十来次。而这经历，又远不是一般台湾人的名胜古迹到此一游，而是如他所说：在谦卑地阅读大陆。无论是在蒙古包中听蒙古长调，还是在青海湖边品"花儿"，他都比一般人更用心地观察这个社会。与他交流对这个社会的看法，忍不住觉得，他那出于常情又不乏理性的通透观点，该被这个社会更多人听到。

"回馈生命中最初的感动"，他以这样的言语作为编著《谛观有情——中国音乐传世经典》的初衷，细细体味，其实维系着一位台湾文化人对中国文化的不变情怀。正是这种东西，让我与他从相遇到相知，结下了生命中不可思议的因缘。他对两岸文化的观察与体认，他作为文化学者、音乐人、习禅之人在当下社会的生命态度与坚守，他的有情宇宙观以及由此传达出的脉脉温情，都在点点滴滴丰富着我的生命，同时也正好提供了迥异于他人的看世界、看两岸的方式。我以为，后者尤其珍贵。

因为与他交往，我还不时接触到他的学生。他们统统叫他林老师，而且言语间，不愿意别人直呼其名。现在，当他推到读者面前的时候，我愿称他林谷芳先生。因为，两岸的语言在各自的领会者那儿，还有明显的差异。在大陆，"老师"常常成为脱口而出的一种称谓，我不愿就此弱化我内心的敬意。

一、不可思议的生命之缘

就从与他的最初相识说起吧。那是 1995 年，我在《中国文化报》做记者。很偶然的机会，被派去采访中华民族器乐大赛。那是我所不熟悉的领域，满目面孔皆陌生。组委会的人就说：你就采访一位台湾评委吧。林谷芳先生就这样被介绍我。一身布衣布裤的他眼神清澈，像是丛林中步出的隐者。他的观感也未落俗套，不是说完优点说不足，而是说到民乐最应该保有的特质。以一个文化记者的敏感，我知道他谈的话题分量，已远远超过了一次民乐大赛。从中国文化的角度观照民乐，而不囿于技术层面，视界的开阔足以令我心悦诚服。

后来在他下榻处进行的补充采访渐渐变成更为广泛的话题。说到中国文化的特质，说到我喜欢的禅宗、一些我所熟知的台湾作家。他惊异于我对台湾作家作品的熟悉，我也惊异于他对所有问题的观照方式。这是一个将几千年中国文化打通了的现代人所提供的方式，也是一个兼具宗教与人文情怀的台湾人所提供的方式。每每听来都备感新鲜。

这之后，他来大陆总不忘与我联系，同时带来一些禅宗方面的书。我们见面的时间并不会太长，但是话题却越来越广泛。终于有一天，他问我：如果我请你去台湾，你这边会不会有困难？虽然我对所有陌生的地方都怀有青年人的向往，但因为两岸特殊的局势，我仍不敢说，我能成行。还有一个东西一直埋藏在心里，就是想知道此行到底要做什么。在一个日益市场化的社会，很多东西的铺垫都是要达成一个目标，虽然已经感到林先生为人行事的不同，但我仍暗暗不安于自己的无以回报。

但是1997年，我还是有了第一次的台湾之行。办证手续异常复杂，因此错过了一次林先生组织的民乐演奏会。他常常邀请大陆民乐界人士赴台演出，而且并不以他们在大陆的名气来决定人选。那些被他认为深谙民乐真谛的人，包括上海的俞逊发先生、广东的余其伟先生和北京的张方鸣先生等。

对我的错过，林先生好像并不以为憾。他说：这样，15天都是你的，你可以好好观察观察台湾这个社会。显性的台湾人人都看得到，隐性的就未必。靠旅行团、靠海基会，都未必是最好的管道。于是这15天，他便带着我在社会各个层面上穿行。我看到了一个忙而不乱的他，怎样以一个民间身份发挥着对台湾社会的影响；也看到了他，怎样忙里偷闲地去校对他那本音乐经典《谛观有情》。一会儿是音乐会的主持，一会儿是一个著书立说者，一会儿品茶论道，又一会儿谈侠论武……别的不说，他在一天间的身份转换就让我目不暇接，而他总是淡定从容。"你这样做不会觉得累吗？"我常常心怀疑问。"累是因为在做习惯性工作，而我只做挑战性工作，这样才知道自己是谁。"

在台湾，还有一些轶闻是他身边的人转述的。比如他当年怎样拒绝李登辉的邀请，不去"总统府"演奏琵琶。他的说法是：艺术的世界达者为尊，要听琴，到我这儿来。又比如，在台湾社会一片本土化的声音中，他向来讲"中国"而不受人攻击，他的说法也特别：要印证生命所学之真实与虚妄。

在台湾，多次听他演讲，我发现许多如我一样的台湾年轻人，也喜欢听他演讲，分享他对当下事件的品评，他的坦诚直接，有他在台湾做乐评的风格。这当然缘自他生命的坦荡以及多年来习禅的经历。"禅者要有死在台上的勇气"。也许大家钦羡而奇怪的还有：怎么看他干什么，都不会有内心慌乱的感觉？

而我真正感恩于心的地方还是，他让我的台湾之行，真正体现出人与人交往的单纯与美好。每次介绍我时，他总是说：偶然的相逢，也不容易，何不把它做灿烂一点呢，也算是一生一会啊！于是，在台湾的许多场合，我都被自然而深切的友情包围着也温暖着。能在如此短暂的时间中融入他学生辈的友情圈，也从另一方面折射出林先生的人格魅力。这种生命特质，我敢说，放到现在的大陆，也同样是个异数。

二、一部经典的大陆命运

15天的台湾之行过后，我又回到往日的生活氛围。生活还在既有的轨道上运行，但我心中的一些想法却在悄悄滋长。那部中国音乐经典总萦绕在脑海里挥之不去。它所涉及的民乐，在大陆已渐趋式微，而一个台湾人，以自己对中国文化的虔敬，做着一件本该是大陆音乐界做的事情，这种坚守的力量，才是最应该被大陆读者感受到的，而不仅仅是一种出版物的引进。

我把这套书的信息向我认识以及有可能接纳的出版社透露，碰壁的居多。所得到的答复往往是：经典是经典，但未必卖钱。但是奇迹却在一家我认为最不可能的出版社出现了。昆仑出版社是解放军文艺出版社的副牌，我所认识的侯健飞也是我在《中国文化报》做《书与人周刊》认识的众多编辑中的一位。我把那套书拿给他看，原本只是不妨一试。没想到不几天的回应却比我想象的要热切几倍。带着军人特有的单刀直入，侯健飞说，他首先是被林先生充满人文气息的感性语言所打动，听那音乐，也渐渐能听出感动。"我不大懂音乐，但我认为这是一部有价值的著作，我想争取在我们出版社出版。"

在一家简陋的小饭馆，我们探讨着这套书的出版可能性。那情形，像两个不食人间烟火的人。但也因为年轻，还不能深谙其中的风险，正可以无知者无畏地往前冲。于是所有的困难又俨然不存在。就这么一步步推进，他先是告诉我，他们社领导同意了，但还得上级机关审批。接下来又告诉我，因为是音带与书的合成物，所以还得再多一个关口。磨合，磨合，再磨合。漫长的等待环节常常让他急切的性子如盛夏天气一样火爆，于是我们的电话总是以探讨问题始，以吵架终。太急了，他就说，"我真想跳楼。"我丁是奉陪　句：那我跟着你跳好了。他也就不跳了，还会更发狠地干活。这套书出版时，我眼中的侯健飞也已变成黑瘦模样。他把自己在南方监制光盘的种种经历说与大家听，每每都变成众人的笑谈。但里面的酸涩，还是每个聆听者都能体会。

　　书推出之后的宣传也意外的顺利。所有接触到这套书的媒体都给予了发自内心的关注。在《东方时空》节目中，林先生作为"东方之子"接受了白岩松的专访；而由这套书而延展开的"谛观有情"音乐会上，林先生也成为第一位在大陆音乐会上做主持的台湾音乐人。

　　他那种将音乐与人文结合起来的主持风格，是我在台湾访问时早就领略的，但在大陆，这样的风格还属凤毛麟角。他让一场音乐会成为一种音乐理念的延展，同时也赋予了民乐久违的尊严。

　　有了这次机会，他得以被更多的大陆媒体所认识。我的许多媒体同行还和他成为朋友。他总是说，这是他生命中"好人碰好人"的一场善缘。但我私下里认为，这还远远不够。因为倘若只是在北京青年宫听他讲蒙古长调，或只是读到他的《谛观有情》，对他的认识仍会停留在一个文化传承者的层面，而他生命的更多面向，仍无由被读取。

　　也是在同行尊敬的目光里，我捕捉到了另一种信息：其实，在这个变动不居的社会，我们更需要一种另类的生存，支撑我们的坚守。生活于海峡那边的林先生，是可以提供一种参照的。当我欣喜于每次与林先生交谈都会让我生命清朗之时，我想那也是其他人共同的感受。

　　如果时代之变，不是微弱的生命所能改变，那么观照，本身也是一种力量。能够不被表象的喧哗所迷惑，观照到社会内在秩序的人，尤其能感受到内省的力量。

　　这是从林先生那儿获得的最好信念。

三、历史浪漫传奇的最后一代

如果是位严谨而公允的社会观察者，我尊敬，但不会走近，或者说不会如此无负担地走近。但是面对一个可感可触、禅心机敏的生命，我则会毫无保留地说出自己的想法。因为我知道他的生命之大。

阅读这样的生命，我尚需要更多的功力，但是看到他生命中有趣的一面越多，我越相信，他就是如他开玩笑时常常自比的，历史浪漫传奇的最后一代。

六岁感于死生，高一开始习禅；因被湖上笛声触动，研习琵琶。以很高的联考学分，最后选择台大最冷门的人类学系。之后是长时间的隐居修行，之后投身社会，参与社会文化活动，在影响极大时淡出社会，成为以一袭白衣为僧众谈禅之修行法门的居士行者。生活、艺术与宗教，在他身上是那么自然的统一，的确印证了他在《谛观有情》中写到的那句话："生命之全体即为艺术之自身。"

是禅者，也是艺术家。但你很能看出，数年来禅门生死参悟在他身上的影响。要说他和那些同样具有才情智慧的艺术家有什么不同，那应该是根柢的谦卑。有这谦卑衬着，他那些即兴迸发的锐气非但不会灼伤人，反而更显出禅者的电光石火。比如他在纽约"大都会"做茶禅花乐的节目，舞台布置得极美，音乐也极美，但总有人会出来挑战：花有，乐也有，禅在哪里？台上的他只答几字：我，就是禅。那一刻，真是让台下替他捏汗的朋友暗舒一口气。

台湾"解严"之前，他曾有一段断食的经历。看到许多人在大吃大喝，他便心生鄙夷，心说：你算老几，也要吃那么多饭？他少读现代派的书，但与现代派论战，也会让人断语而归。而为台湾现代舞写乐评，又最是让舞者服气。他们说：别人写舞评，我们不敢跳；但读林先生的，反而知道怎样跳。

在现代社会，作为学者，到他那样的名气，我所见的，都差不多已著作等身，但他以演讲家的身份四处开讲，经常不落纸端。即使为报纸写稿，也是伏案即写，写完即发，几乎不怎么做存留。而他的音乐经典《谛观有情》问世，则让许多著书立说者想起他常挂在嘴边的话：老子五千言，我们要读两千年。

以一身不变的布衣凉鞋常年出入于台北，他的身上总是看不到多少现代化痕迹。电脑不灵光，英语也不灵光，但他不灵光得竟然坦然无比——去签美国签证，他以国语对之，别人问他：教授何以不懂英文？他反问：教授何以要懂英文？！

从来没有一个宗教大师要懂英文的嘛！一副老子根本不甩你的样子，反而次次顺利过关。但在非常专业的宗教交流场合，他却能听出翻译的误译。别人诧异，他会说：当年上台大人类学系，还是读过一些洋书的。专业的考不倒我，不会的是生活用语。这不叫不懂，叫遗忘得彻底。

有人的地方便有江湖，现代的江湖时潮涌动，他从不是潮头人物，但每每与潮头人物同台就座，台下的追星族便会追问：这个白头发的教授到底是谁？他们惊讶的是，这么一个不知名姓的教授，居然让那些名流对他一口一个"林老师"，表现出极大敬意。他们确实不知道，这个白头发教授，在还没淡出文化界时，台湾一些大文化政策的纲领或白皮书，都是台湾的官员邀他写的。就是竞选"总统"之类的政坛事务，也曾出现这个白头发教授的身影。这样的人该怎么称他？如果再用一个江湖术语，那就是"江湖大老"。当年帮陈履安竞选"总统"，他曾公开批评李登辉连任。别人问其原因，他的回答仍是艺术家式的：因为李喜欢油画——一个政界人物以艺术家自居，就难免会偏执、刚硬，把一个台湾交给一个偏执的人，谁会放心？以同样的思维原点，他为有同学之谊的马英九站台，一出口也是这样："以艺术家的才情来看，马英九这样的人我们是不怎么看得起的。他哪里有什么才情，最平凡不过。但是我也知道，艺术家虽有才情，但大都偏执。台北有多元的山水，多元的山水孕育着多元的人文，它需要的不是偏执，而是柔软、包容。以此论，马英九才是最合适的人选。"

让政治人物在艺术面前显出适度的谦卑，看起来是把艺术尊崇到政治之上的地位，但他返身对艺术界的批评，同样可看做对艺术家们的当头棒喝。台北一段时间现代派盛行，装置艺术无处不在，而他讥讽：纽约艺术家做装置艺术，是因为纽约街道太平整，花园太好，看着会无聊，需要打破一下。台北哪需要装置艺术，每年的党派大选，漫天旗海，岂不是最大的装置艺术？纽约可以用上百头牛来做观念，但在草原上有一大堆牛，谁会理你？

谈起各类事物头头是道，却从不见他手不释卷，这是我对他最大的诧异。我就此问他，他的回答直接一句：我读的是天地之大书。慢慢理解，这其中有禅宗的实践精神，所以在他身上反而看不到某种制式与规范。在台湾，他的朋友会告诉我，台湾的记者都以访他为幸事。随便一种议题，看起来与他的领域不相关，总能得到意外的答案。记下就是一篇文章，省心又省力。因此的困扰也有，就是一旦想要全套解析这个人时，都普遍感到无可方物。就是摄像机，也难免遇到这样的处境。这一点，我也很快有所体会。《谛观有情》在大陆出版，他被中央电视台《东方时空》选为继余光中、柏杨之后第三位来台湾的"东方之子"，前来接洽的编导自以为这个人只是为自己的书做推销，态度不免轻慢，但等白岩松的采访结束，需要他来剪辑制作时，却发现二人高来高去实在太精彩，8分钟的容量根本容不下，破例，做出一期15分钟的节目来。

　　一个从来不靠惊世骇俗而为人行事的人，为什么让媒体人如此好奇？慢慢地我有了自己的答案，就是这个时代太变动不居了，每个人都需要真正的精神舒解。而那些微妙精细的情绪起落，最能被他绵绵密密地接应。甚至他那种"练气而不落为武师，弹琴而不限于台上"的行事风格，也能成为想要得太多的现代人返观自我的一面镜子。

　　《西游记》是许多人少年时读书的最爱，但这本书对他的吸引，则是因为这其中所隐含的超越精神。以这个来看他，如今的习禅悟道，其实都在完成一种对有限自我的超越。大概只有这样的人，才会在高中的同学热衷于抒发理想时，淡淡地说一句：我只写墓志铭。墓志铭最后，依然是林式唐代传奇笔法——写完一生，最后是不知所终，但末了还有一笔：某某年，长安街头，人见一老者，须发皆白，冬夏一衲，不畏寒暑，佯狂问世，且歌且吟……时人以为乃林谷芳者……

　　一种生不带来死不带去的活法往往是别人眼中的传奇。就像电影《色戒》（作者注：非李安的《色·戒》，而是另一部国外同名电影，讲一个僧人的生命反转）中自省的和尚最终也会遭人质询一样，我也曾问他：既然如此入迷于习禅，何不出家而为？他说，那时自己并未准备好。我问：假如有一天你的妻子也像电影中那个悟道僧人的妻子那样问你——有哪一个先生可以半夜出走，抛开自己的孩子？众人都说释迦牟尼得道，可有谁理解做妻子的感受？他回答说，那其实要看是不是谛观到无常，谛观到万事的缘起缘灭。人的烦恼不在于谁养没养孩子，而在于执著。

　　虽然也这么发问，但我仍然觉得，能成为他的妻子，自有一种幸福。每次看他注视"小狗"（即爱妻周锦霞的爱称），都像是注视他第三个孩子。能感受这样的深情，也其实是一生一世的福分。听他的学生讲，他当年的婚礼也别具一格，主持婚礼的是一位尼泊尔高僧，放的音乐则是他平生最热爱的中国曲子《月儿高》。

而我们这些并不常见的朋友，每每与他相聚，也能体会到一种传奇生命的人情厚度。每次来大陆，他总不忘带茶叶给朋友。其惜缘的心情以及对人事的洞察，都让人体会到一生一会的幸运。而在台湾，我印象最深的是台北阳明山中的一片湖。离开台北之前，他带我去。一个人在湖边站了很久。他说，曾经有一个朋友，就是在这片湖中走向了不归路，临终前与朋友一一打了电话，作为告别。葬礼的时候，他特意在这儿为朋友弹了琵琶。

四、看不到书堆里的西方，却活得全面自在

能感受到这样一种生命情怀，常常让我感谢上天的垂爱，同时也激起我最大的好奇。于是在行进的车上，在吃饭的当口，乃至任何一个独处的时刻，他都常常要面对我的发问：

"到底是什么造就了今天的您？是什么样的机缘？有家庭的影响吗？"

他深思了一会儿说："我这个人的种种很难从家庭背景中找到原因。我的父母兄弟的兴趣与所学都离我非常远。体认因缘，我相信佛家所讲的'天生凤慧'。你可以查的，问我的家世里有没有从事艺术的？没有；有没有学者？没有；小时候有没有受过训练？没有。当全部都没有的时候，怎么解释？我在我的《谛观有情》那本书的序里说：我六岁有感于死生，这是无法从社会层面上解释的。而一旦从'天生凤慧'角度讲，我也就有些不敢居功。因为我知道许多不是我努力来的，而是老天给的。面对天地，你只是一个接受者。"

"除了'天生凤慧'，读书对您有没有影响？"

"我在大学之后基本就只读佛教原典而不读其他了。这一点，我和南方朔不同。假如有一天你有机会见到学者南方朔，你会看到他满头白发，不跑不跳，每天都读书。我不这样。我读天地之大书。为学日益，为道日损，生而有涯，知也无涯。很早我就看透这一关了。"

"那您读书的原则是什么？"

"只读与我生命有对应的书。人到了一个年纪，一本书打开，对你有意义的，你马上会挑出来。而没有的，就不见了。我不会让没有意义的书占据我的脑子。真正的学习要六根皆用、六根互通，就如同洞山良价悟道诗所言："若将耳听终难会，眼处闻声方得知。""

"那您是不是不喜欢文人呢？"

"许多人说我比有些耆老更像中国文人。但我不是那种文绉绉的书斋文人，禅者是实践的通人。太多中国文人要不就化在书堆里，要不就被西方染了一半。你从我身上看不到书堆里的西方，但我却活得更全面更自在的。"

"您使我想到了魏晋南北朝人。"

"的确，历史对我从来不是过去，上下五千年，每个时代在我都可以成为当下，从世俗面，我的确比较像魏晋人，但在宗教面，我倒觉得自己更像唐代的禅者。这是两面。俗世风流，但谈生命的皈依、谈气魄，唐就有更多的对应。"

孔子七十二徒，每天记录老师的言语。而我跟他相处的每一刻，都庆幸自己还带了一台小录音机。但是，面对那些有幸录下的片断，独自整理之时，我仍不免想到我生活中那些朋友。常常问自己：这样一个人，你要怎样描述给他们？

五、《十年去来》：一个台湾文化人对大陆的观察

说到两岸文化，我们也许会习惯台湾另一位文化学者龙应台女士的愤世嫉俗：《中国人，你为什么不生气？》，也许也会欣赏李敖、柏杨等对历史政治的嬉笑怒骂，但我们未必理解一个愿意将历史山川做有情世间来观照的台湾文化人言语间的温情。作为两岸文化的观察者，和他做《十年去来——一个台湾文化人眼中的大陆》的访谈，我时能感到那种温情。即使这里面有对比、有思考，但仍难发现，他对台湾社会发言，要比对大陆社会发言激烈得多。他的审慎，并非是一种政治的考虑，而是一种发自生命本心的善意。正像他在广东六榕寺看到六祖之像所产生的生命荷担一样，那既是一种禅心的实践，也同时是对浸淫许久的中国文化的回报。

在我看来，它同时还提供了两种阅读参照，其一是中国文化背景下的现实中国，以及普通的台湾人如何看待大陆，他们心存的期待与现实的落差是什么；

其二则是中国文化的共同背景下，两岸的文化样态，彼此之间可以互相补充什么、摒弃什么。

不管承认不承认，享有共同文化的生命，因为历史的隔绝，分割于两岸，是一场历史的悲剧。但从积极的方面来看，它又提供了一种文化的两种实验场，各自的优劣成败，对于彼岸的人来说，都是一种很好的参照。现在，这种比对，经由一个智慧而善意的眼光观察并言说出来，确是一件很有历史意义的事。

固然，你可以说，即就在形势紧张的时候，两岸的文化交流也一直在继续。出版界也一直瞄准着台湾的畅销作家，琼瑶打造的小燕子更是成为大街小巷的饭后谈资。但是无论是明星演唱会，F4《流星花园》，还是朱德庸的都市男女漫画，吴淡如、刘墉的人生漫笔，都不足以构成解开两岸问题症结的钥匙。因为，最根本的文化问题在这儿是被回避的。轻浅、时尚、流行、超薄阅读正成为这个时代的主题词，两岸在这方面已几乎达成同步，但是疑惑仍然在每个人心中存在，于是在一路娱乐的高调下，仍然有着生命不能承受之轻。所以，即就不是停留在两岸问题的症结上，而是集中在两岸共有的时代困惑中，林先生在《十年去来》中所做的文化思考，也与每个心存思考的现代生命相关。

而两岸的文化误读还不止这些。当大陆出版界一味地引进台湾流行图书时，我们俨然觉得，台湾社会，就已这般流俗与轻浅化了。但是每每与林先生交谈，他都给我一种认识，比如，某某当红作家，在台湾社会是不被讨论的。或者，有一些很有人格魅力与文化建树的台湾文化人的著作，更该被引进。我们传达这样信息的时候，其实谁也没有忽视市场的力量。但是它毕竟做了提醒：我们不该被一些表象所惑。所以，我以为《十年去来》在观照大陆的同时，提供给我们的台湾社会的真实，也是大陆社会的另一面镜子。

对于一个变化中的社会，林先生并不愿意铁板钉钉地下什么结论。但恰是这种感性的只言片语，正好体现出他作评论一以贯之的理念：用描述去接近它的本质。

2002 年 8 月初于北京，2013 年 6 月改毕

（注：本文为 2003 年版《十年去来》前言，此处略有改动与删节）

【赠品】